后浪出版公司

我鹅

张羞 著

四川文艺出版社

目 录

序

　　鹅现在在一个星期三下午接近黄昏但还没到傍晚的时候。鹅度过了一个短暂但完整的下午。鹅是独自度过的。鹅没动。静止着独自度过整个下午。鹅现在不饿但头有些昏。下午，鹅看着随便的一个灰尘，长久看着，鹅仿佛得到一种启示（点拨），即鹅只有一种用法，它不能独自度过一生。否则它会（因对象缺失、幽闭恐惧、缺氧、时常自言自语等各种原因导致）疯狂，而不再能把控事物那种微妙的变化。一头疯的鹅，它会把和谐的旋律听成一种噪音，把噪音当成一种风声，把风声翻译成一句产品定位语，稍后又把定位语理解为某种过时的外星信号。它会认为云的自然移动可以用来发电，植物缓慢生长是受到了恶魔的诅咒，羊和牛交配会诞生一个杯子而文森特·梵·高是它认识的其中一个好的亲戚。

　　它会在阳光下看着风，感觉一切大势已去。

　　而当它经过银行，它会重新发明匹配的密码。它看到花朵枯萎便想起义和团，看到鹿它感到紧张。它通常会对举重产生兴趣，它认为它比泰坦强壮。它从此收集各种发票，变得热爱吃胡萝卜。进入深夜，它在纸上图画，它图画各种交叉线条，对写意的水墨技法不屑一顾。它总是自顾自走到村口，也不跟洗衣裳路过的裴寡妇开两句玩笑话，只是背靠在村小店的墙壁上（上面喷着"少生优生""农业学大寨"等标语）自顾自念着佛经。它换毛，有时候春天，本来很正常，但它总是跟其它鹅滔滔不绝传播，说这是朝廷要下来招安啦，大家做好准备而且就在这几天，总之不是星期三，就是下星期三。它坚决不再喝可乐型汽水，不管是蓝色还是红色（它之前就对此皮肤过敏）包装的可乐，它的理由，如果非要让它说清楚，它会说可乐是一种前现代饮料，喝了容易感冒之类云云。它整夜通读《资治通鉴》这是肯定的，这可以说是因疯引起的并发症的一种。它脑壳中一直盘旋着一个假想的敌人，认为它是孔乙己，但其实是祥林。它有时又理性过头，通过反复推论，得出薛定谔并没有养过猫这一事实。它其实偶尔也有自知之明，知道它不可能成为一匹真鹅。它在大势已去的局面下，还能保持这样客观的认识，不得不说它不是真疯，合情合理，只能说它有些失控：张三丰从来没认过它这个徒弟。它不再下河游泳，对水的恐惧与日俱增，它站在岸边，反复回忆它的前世。它有各种理由睡不着觉，其实是它不想睡，它亢奋，要求医生必须开具它亲自提供的药品名单。有一年，它真的乘车去绍兴找孔乙己复仇去了，它住在咸亨酒家对面的一间出租屋里。它根据模糊的生辰八字推算骨重，大概不足二两。它有时突然走到尽头，停下，望着乌漆麻黑的深渊，不知道在想什么。它转了个身，又回来了（那会儿是冬天）。而有时，它又不是这样。

第一章

　　下午，鹅说走就走，鹅走了。鹅是走着（大摇大摆）走的，鹅不会飞。鹅在还是雁的时候鹅飞在空中它还不是鹅，鹅忘记飞行的本质成了现在的鹅。现在的鹅通常是一种毫无修养和品位的家禽。也有的成了宠物鹅，那时它们离鹅远，离宠物比较近。鹅通常一无是处，除了下鹅蛋和给生物链上的上级提供能量。有时，鹅整天在孵蛋。鹅在孵蛋时对其它鹅充满敌意。鹅不一定能孵出雏鹅。有时是蛋质量的问题，有时是当地风水不好，有时是孵错了蛋。鹅一般不能孵出鸡、鸭、龙。现在很多养鹅场用仿生孵化箱孵蛋，这在解放鹅繁殖劳动的同时也增加了鹅的仇恨，但鹅无法阻止异化。鹅是坚定的自然主义者，对人工、现代科技、后现代文明、智能这套东西嗤之以鹅鼻。长在喙嘴上的鹅鼻孔细长，有微微凸起。鹅感觉受到了伤害。鹅无法再在鹅场待下去，它走了。它朝自然的方向走去，走得自然而然。鹅发现无法回到自然环境。鹅朝未来走去怎么可能往回走呢。鹅所谓的自然其实是记忆中遥远的大自然。大自然比自然小。鹅离开养殖场去大自然，鹅走进公园。鹅干脆来到公园中央的湖边。鹅看见湖面上的波纹在不停破坏它的倒影。鹅开始猜测比分。鹅在脑壳中的意识仿佛被先是扭曲后开闸泄了洪，感觉像是被倒影偷走。鹅在倒影世界恢复秩序和理性之前离开湖边。顺便收走了那些阳光。鹅现在无处可去，在闷热的天空下。鹅打算告叙述者的状，要求恢复它的自由和生殖权。鹅有这些权利，但要看在什么情况、形势下。这里，鹅还是暂时忘掉这些劳什子比较好，免得感冒。没有鹅是无辜的。鹅时已尽，鹅世很长，鹅在中间应当休息，是吗。路过公园中央的钢铁大佛头时，鹅熟练展开批评与自我批评。鹅用轻功飞上佛头。鹅大不了再用轻功，轻轻降落到地上。鹅感到一头鹅之所以是鹅的前提是飞和学会抒情。鹅依赖直觉但向来不怎么信任，尤其在星期四这天。某个星期四，鹅学会了否定之否定的技法，在学习抒情的时候。技不压身，鹅平常感觉负担沉重。但习惯了就好，也没什么，鹅停在佛头上迎着微风想。鹅环顾四周，只是在环顾四周。抬头望天，天空荡荡的，也许天就是这个样子。鹅想起从前在天上的日子，它依稀想起了，它想了一会儿。鹅并不热衷于怀旧。要怀也应该是从前的鹅来怀现在鹅的旧。从前的鹅当时还新，到现在，鹅成了古老的物种。鹅感觉不到一丁点的可能性它能恢复飞行，它曾经梦想飞过山川和苦海到达彼岸，可现在它只能用不够火候的轻功，从佛头坠落到地上。鹅撞击地面时翻了个身。鹅被大地托着。但实在只是被地心引力吸附在大地上。鹅对大地本身的引力极其微弱。鹅能感觉到身上的重力因子，但那只是一种想象算不上标准的感觉。鹅的任务是成为鹅，鹅这么想，它现在是一头标准的鹅这点确凿无疑。鹅想过就忘了。鹅有这种特殊的能力。鹅在想。鹅需要一点风，哪怕一根稻草用来思想。周围正好有一点风，鹅想了一会儿。鹅通常比较死板，在思想风的时候。鹅在思想其它什么的时候也一样。鹅想风（一个东西）只是风（一个东西），但这怎么可能呢。鹅站在风中思想风。想了一会儿，也就不想了，鹅忘了为什么要闲着没事去思想。风最大，它还能大得过大吗，所以基本上没什么可思想的。有时，鹅是抬杠高手，要是仔细观察的话。鹅被捕后，几乎丢失了食欲。风什么的，鹅其实对任何宾语一律不感兴趣。鹅有时自身也被作为宾语使用。在这种时候，鹅坚持认为它还是主语。鹅热爱抬杠。但鹅总归只有一种用法但那又怎样但鹅总归只能有一种用法即鹅不能单独度过一生那还有必要再写吗再写就成民族文学啦。鹅只能去修行，修成真鹅。为此，下午，鹅悄悄来到一台自动取款机的旁边。

鹅不重要。这里，鹅跑或跳动，鹅没有重点。鹅不会得狂犬病，鹅平常不穿灯芯绒裤。鹅的历史不同于《鸟史》，一片空白。鹅没法被大写和弯曲。鹅通过鹅自塑鹅。鹅崇拜的偶像假设是关公。一头鹅在等一头鹅，它在等一头鹅的什么。鹅为了除掉其它鹅需要有一个合乎鹅群的借口。所谓名不正则事不成，鹅熟读《孙子兵法》。鹅看着是好的，不见得一定就好：鹅有欺骗性。鹅困了也要三番两次吃点安眠药。鹅继承鹅祖留下的大部分基因特征，在阴雨天老是犯风湿痛。鹅鹅头痛，但脚底板通常滚热。鹅的膝盖隐藏在胸脯的绒毛下面很少被注意到。鹅其实也可以是一种中草药，尤其鹅血，具有解毒之功效，而鹅胆对解热、止咳、消除痔疮大有裨益。鹅肉就不用说了，益气补虚，延缓衰老（注：湿热内蕴者慎食）。从采集加工学来说，鹅四季均可宰杀，但冬季最好。大概那会儿的鹅来得相对温顺些。"鹅"的总笔画是 12 画，繁体"鵝"来得复杂些，18 画。"鹅"根据草书的优点在 20 世纪中期被简化为"鹅"。也没简化多少，只是把"鸟"部略作调整。要谈论鹅，就要大概知道一些鹅的知识。鹅的基本知识大概就这么多。另外，"鹅"作为一个字，是仓颉（黄帝的史官）创造的。没有仓颉就没有鹅。或者至少不会是现在这个样子。在毛利语中，"鹅"的说法是 Kohi。这至少说明毛利人曾经也养过鹅。现如今，养鹅的利润在下滑，养鹅人必须要以科学的发展观念、眼光来看待养鹅业，老路子估计是行不通了。当然这些也不重要。不一定非得养鹅，随便搞点别的什么多少也能挣点。老话说，劝人养鹅，还不如去海南打工。但鹅毕竟吉利。鹅，不是鹤。鹅出生低贱。这跟鹅的实用性有关，鹅比鹤好吃。古怪的是，像《山海经》如此丰富的一本食谱，里头竟然没有鹅。鹤是有的，但估计跟鹅不搭边，指的应该是一种野鸡。总之鹅没有引起足够重视，直到王右军时代，鹅才登上历史舞台，成为文人墨客们偶尔为之的寄情之物。鹅，红掌拨清波，白毛浮绿水，应该为曾经有过的辉煌而充满自信，而不是像现在这般颓废。下午 15 点 34 分，一头鹅站在河边，自言自语说道：你是我的拯救我生命的源泉，在你里面充满喜乐和盼望，即使在黑暗中行走，你的光却永远照亮。

　　鹅没有黄鹅。要是有，它必定是鹅中的珍稀品种。鹅主要看着秒针行走。鹅从本质上也是一种分形构造。鹅有许多本质，看哪方面。白鹅的本质是白。鹅通常沿弯曲的道路走去前线。鹅超级喜欢瑞典轻型纸的手感。鹅看到两个闹钟表示的时间不同。在不同的时间，鹅看到它们停着没动。鹅等了一会儿，它们仍然静止。鹅知道复杂但怎么表现复杂不知道。而简单，那就是简单，看上去就简单。鹅除了一些特殊能力之外还有别的特殊能力，比如把简单看复杂。鹅常常复杂地看着简单的事物。鹅认为设立裁判的目的，是因为裁判公平、公正。鹅把这件事看得过于简单。鹅看事物比较单调。鹅重复看事物。鹅在黑暗中看着黑。鹅最近很少做噩梦，不知道什么缘故。风吹在树叶上也吹着鹅毛。鹅什么都不是，除了是鹅。鹅掉进坑里（经常）。鹅经常走去一个走不到的地方，从来没走到过。下雪了，鹅看着鹅毛大的大雪，一看看两小时。六月通常不下雪，也不下鹅。鹅不是一种好的导电体，鹅可以说不是一种优秀的建筑材料。但鹅的毛可以用来做成鹅毛扇，鹅毛可以做成笔，鹅不像说的那样一无是处。鹅站着的时候不能躺着。鹅斜插在路上。鹅得到红牌，但坚决不从比赛场退出。鹅坚信理智能赢情感，当情感薄弱的时候。鹅在地上画一个圈，跳了进去。鹅在按电梯时，正好没有碰到它的邻居。鹅认识柿子但不吃。三天后，鹅依依不舍离开派出所。鹅想见见夸父和甘地，没什么特别原因，就是在办理暂住证时就这么想起来了。鹅在一句话里逐渐变得没有意义，因为多余。鹅是一句话的发动机，不是播种机。鹅如果还有一点用处，那便是在一句话里它起到了带头作用。所有一切在向鹅靠拢、汇集、堆积、拥挤、压榨、排列、开火、投掷榴弹、鼓风、跃迁、逼迫、撕扯、碾压（有点过）、点燃、射、分析、做出批评、观察、瞭望、鸣叫、倾诉、交谈、擒拿、捣毁什么的，导致鹅只能用跳起、躲闪、逃离、跑、边走边停、休息、假装、否定、认错、交代事实、适当的反击、掏心掏肺、疏离（啥玩意）、捡钱、俯视、用轻功、上天入地、利用科学定理和常识、感叹、及时顿悟、面壁、通电、投降等等手段和妥协来达成共和。

　　一头鹅在火星的岩石上用喙钻了一个洞。难以想象，这是一头什么鹅。这不是一部描写鹅的动物冒险小说。说它是一部缺少悬念的动物推理小说也不对。它是一部讲述一头雌鹅在童年时代被强暴后逐渐变性为雄鹅并引起高血压、失语、认知功能障碍、躁郁症、被爱妄想症等一系列并发症在饲养员指引下走上修真之路最后在快要逼近筑基之时万念俱灰而投河自尽的半自动小说，但这只是计划，目前看来它很可能是一部严重缺乏传统小说元素的关于鹅的诗，如果硬要说，那它是一部鹅。这部鹅之所以它是一部鹅是它具有虚构性。它虚构了一头不存在的鹅并且这鹅会表演相声。这鹅表演相声的风格是不说话并且它通常只说传统单口相声。现在鹅醒着，醒来在黑乎乎的电影院，在电影里，一头鹅在三月起飞，飞到六月还没着地，鹅拐了一个弯消失，稍后鹅加入别动队，前往西班牙捕捉一个苍蝇，在一个八竿子打不着的山沟，鹅开始胃痛。鹅抛弃队伍，连日连夜研究起中成药，在失去想象的早晨，鹅得到一粒稀世药丸，入口即化。鹅昏昏沉沉运行在水面上，忘了向迎面驶来站在船头后悔的年轻进士打声招呼。鹅感觉今年（虎年）必将大旱，荒野龟裂寸草不生。鹅跟踪真鹅薄弱的形迹来到一个可疑的交叉路口，痛失方向。鹅接住终于从天空掉落的硬币，发现两个面都是反面。鹅感到饿，吃了一些芝麻，随便练起荒废太久的武术。鹅看见远处大地和天空交相辉映，一轮红日缓缓升起，发射出难以忍受的光芒，这时前两天那种大势已去的感觉再次涌上心头。鹅叹了口长气，失去大部分重量，展开宽翅，鹅反复拍打，以为能制造出少量的风，劳而无功后，鹅闻到一股烧焦的气味。鹅离开那里之后，有一天，天空下起了细雨。鹅在这里，不在那里。鹅过起简单生活从此，在第二天早晨行散的路上，小心躲避隐匿在树丛中的摄像头。鹅厌倦下蛋，对健身的兴趣日渐消失，鹅嗑着瓜子路过银行，看见一头鹅始终象征性地站在那台 ATM 机器旁边，表情僵化，鹅眼蒙眬，仿佛真鹅附体但明显有误，鹅稍后路过电影院门口时，懒得再去排队，鹅停在一块广告牌前方通读寻狗启事和一则悬赏通告，鹅投币，在附近的无人售货机购买两瓶牛奶，公园门关着，一群鹅在跳秧歌舞，另一群在等死，鹅穿过鹅群难得遇见了偶像，那柄他扛在肩上沉重的大刀正在生锈。偶像穿着一双气垫慢跑鞋，意志消沉。鹅瞄了一眼手表，还不到 09 点 01 分 08

秒，鹅停在路边看着一朵黄花准备休息，鹅陷入沉默，之后爆炸。鹅仿佛获得新生。一场运动正在潜移默化中秘密运作，在这里，为首的鹅左边翅膀上别着一块鲜红的黑布，在往平静的风中随意播放着超量的广告，但都比较去中心化，没有侧重点。鹅环顾四周，到处寻找方位，但被从天空飘落的无数印着反动标语的钞票纸搞蒙了。鹅感到渴，贴地低速飞行寻找露水。鹅路过一个喇嘛庙，一个年轻喇嘛在庙门口低头发着短信，鹅失控一头撞在一个不知道什么东西上，鹅开始昏厥，之后休克，之后才一鹅头扑街在地，鹅被打猎经过的花木兰捡走。鹅在苏醒后似乎动了一下对木兰动一动的念头，鹅三思后最终还是放弃了。在秋风中，鹅逃离茅草屋，来到一块开阔空地。鹅没有想到眼前的一派景象就是生生不息的大自然，鹅看见一头自然鹅衔起一片草叶，在嘴上来回咀嚼。鹅用鹅语同它谈话，自然鹅白了鹅一眼，关闭眼睛没有理它。信不信我用咏春打你，滚，自然鹅说。鹅受到惊吓，连忙吞下一粒速效救心丸压压惊。鹅仿佛听见从遥远的身后传来木兰的织布声，鹅快步冲刺跑进前方的树林。鹅吃了一些五花八门的蘑菇，在兔子洞边上鹅睡着了。鹅倒睡了三天，三天后又睡了三夜。鹅在一个坠落中的太空舱中睁开鹅眼，还没开到三分之一，太空舱发生爆炸，鹅及时从口中吐出它的灵。这灵仿佛光芒在虚空中炼狱，不知道过了多久，也不知道经历多少时空，最后灵轻轻降临在一头鹅身上。鹅找回自身后，愈加寡欢，整天纠结是去当一个游吟诗人，还是回家种地。鹅偷偷来到养殖鹅场，咨询其它鹅，它们统一的观点是认为这年头做什么都是错的。今夕是何年，鹅问道。其它鹅不知道鹅在问什么，以为这是一个暗号。鹅无所事事，回归常态。下午，鹅阅读麦尔维尔的《白鲸》，读了一会儿，放弃了。不是难读，是鹅对故事怎么也提不起二两的兴趣。鹅泡了一壶蜜枣水，准备服下后冬眠。可惜鹅是热血动物，没这种机会。鹅闯进隔壁邻居家，准备宣布一件事，它决定成为一个相声捧哏。邻居不在。实际上，鹅和邻居的关系一般，平常极少说话，见面也不招呼。鹅行走在楼下小径分叉的花园里，心头郁闷，鹅决定去小区的香烟店铺买两罐可乐。没承想还没走出花园，雷电大作，下起瓢泼大雨。不久大洪水袭来，鹅在最后时刻才搭上一部慌忙出逃的拖拉机。鹅被送到一条大船上，跟其它动植物关在一起。一个农夫拿着算盘一个笼子一个笼子在清点数目，计划在天亮前出发。轮到鹅时，鹅及时隐身。鹅到处寻找这里。鹅找到一处境地，怎么看，也不像这里。这里不是那里、那儿、那些地方，这里，鹅至少不会那么失落，鹅至少没那么空。这里在这里又不在。这里有一株菩提树，鹅在树下稍息。鹅打了个盹，醒来后，鹅看着这里，这里什么也没有。鹅和树木，除此不存在其它什么，除了其它。鹅想起它的痛苦童年。童年总是和痛苦连在一起，鹅也不例外。鹅有时记性牢固，鹅总能牢牢记住一点东西，即便在鹅灵运行在虚无中，在单调反复轮回的过程里，鹅总归没有舍弃它的根源。鹅感到异常疲倦，电影还要等一会儿才开场。影院黑乎乎的，观众零零落落不知道藏在哪个角落，鹅在黑暗中游行，仿佛一头猫在寻觅那只独角的鼠，鹅一次又一次被电话闪光灯发出的闪光击倒，鹅，难道战争已经打响了？周围悄无声息，有些鹅突然开始疯狂进食薯片，一群丧尸从亮起的大银幕冲出，手里端着机关枪和突击步枪和矛、盾，举世无双的交响乐不是出自贝多芬就是瓦格纳，观众纷纷逃离现场，山呼海啸，东拉西扯，不知道这一切只是虚拟，鹅特别宁静，感觉这罐可乐的味道稍稍偏甜。鹅关上眼睛，来到阳光明媚的街上，一部城铁正从城乡接合部开往更郊的郊外，一架波音机从天空深处缓缓飞来。鹅迈开大步，匆匆忙忙消失在一干闲散但焦虑的鹅群中，以为这样它就能巧妙躲过那个暴戾无聊叙述者的监控，怎么可能，鹅在接近中午 11 点 30 分被发现的时候，正因为脱水和缺氧，气息微弱躺在公园的长凳上 CD 血条。鹅主动承认错误，但它承诺割地赔偿的那套东西已经落伍上百年了，鹅说你还想怎样。你还想怎么样，你说，鹅说。显然它还是有那么一点鹅脾气。鹅回到养殖的下午，天空照例下起鹅毛大雪，不啻为一种通常的欢迎仪式。鹅回到它专属的鹅笼，开始绝食以及逐渐正视对万念俱灰的准确理解，即所有的想法和打算无一不破灭。鹅走上修真道路并且乖乖接受统治，无论谁统治，还不是一样。鹅恢复下蛋功能，尽量做到每天一两个而且不重复。鹅斩断胡思乱想，大早上一醒来便着手清除思想脑壳中的糟粕。鹅热情帮助（抢着）给邻居鹅孵蛋，公事即私事，鹅的觉悟缓缓上升和光明起来，鹅时时能感觉到那颗小小的灵魂在不停升华，鹅的体重在不断增加，羽毛出现光泽。每到过节，比如端午什么的，鹅耐心学习裹粽技术，顺便把和面粉和制作拉面等一干厨房技术也掌握了。鹅红光满面，不再失眠，便秘顽疾也得到有效改善，鹅平时偶尔也尝两口老酒，享受日子带来的满足感。鹅的审美在加强，认识变丰富，鹅的艺术细胞大量繁衍，鹅盼望一场大雪，这样就可以挑着酒菜担子，一路踏雪寻梅。而且这是被鹅场允许和鼓励的。

鹅今天阴天。鹅得到一枚勋章。表彰它在鹅群动荡骚乱泛起的局势下照样每日打坐悟禅，鹅表示此乃鹅谓之鹅之本分。鹅吃下药，在冥想中试着走去当铺。路上，鹅碰见鹅三和鹅四，它们试探鹅（实际是推销），对西方菩萨是否了解。鹅前两天刚开始信佛祖，是无神论者。鹅提醒鹅三鹅四它们的十字架掉地上了。鹅三鹅四说不想了解也没关系，它们还有决赛门票有两张富余。鹅使用特殊功能，快速把它们忘掉。鹅弥陀佛，鹅念着口诀，清净、无为，鹅弥陀佛。路过球场时，鹅踢了一会儿足球。鹅虚汗淋漓，感到眼前太阳光照特别刺眼，鹅没感觉到这时有风停着不动。鹅有一种感觉，体内肋骨附近的性欲正在一点点削弱。稍后鹅感到导弹在天空乱飞，眼冒八丈金星。鹅到了极限，感觉快要被煮熟。鹅虽然不擅长奇门遁甲，但还是及时来到指定的地方，准备自动消失。在身体逐渐透明消失之前，一个声音如同天籁莫名问道：鹅，口令是什么。当铺，鹅随便说了一个。这明显是一个错误的回答。鹅被迫恢复肉身，一闪念被抛入无间地狱。鹅在冥想的语法中仿佛鸿鹄四处游荡，累了，停在光秃秃的岩石上休憩，渴了，接一捧天落水救命。鹅接通风，风迟迟停着不动，接通雨，雨还在至少两千里之外停着。鹅说好话，请求一个友善的鸟鬼带它离开。鸟鬼说，这里是阿鼻无间，开什么玩笑。鹅感觉大势已去，血压急剧升高。看我干什么，这时迎面走来的一头鹅瞥了鹅一眼说。鹅觉得熟悉，忘了在哪里见过。鹅走投无路，只好随便吸收一点污浊的真气，循着通往水泊梁山的道路走去。鹅体质偏弱，乐理基础几乎为零。鹅七拐八拐踩中一枚地雷。鹅在等，爆炸或心不在焉眺望着。鹅始终在这里，鹅想。鹅不曾脱离世相一步。鹅离开鬼知道是不是的地雷，从这里，走去那个这里，鹅感觉被跟踪，可周围空无一物。鹅打消谋杀跟踪者的念头。鹅一度甚至放弃了抵抗。鹅弥陀佛，鹅用那把仿真水枪自尽后，喝了一口茶水，赶紧从头开启新一轮冥想。

鹅现在在灯火摇晃的油灯下数钱，反复数。鹅对一堆钱的热爱到了忘记孵蛋的程度，鹅不能欺骗鹅自己。鹅无法阻止通货膨胀。鹅得自谋出路。这时鹅场响起雄壮、颓废的广播播音，鹅推开窗，看见鹅群被集中在广场训话，接受仇恨教育。鹅听着便是。鹅不拒绝。鹅心态平和，没见过世面。鹅用独门绝技自我灌输信念，以抵抗外部意志入侵。鹅不是一头鹅，不是鹅群。鹅念叨着。鹅是鹅。鹅总是各种各样的鹅，鹅是各种鹅的总称，是事实的一种。是被规定的事实。鹅通常遵守规定。鹅遵守鹅是鹅的规定。鹅反复念叨着大约等于催眠。关鹅鹅事，鹅没什么可担心的。鹅听见一声枪响，天空中升起大量焰火。鹅饲料的主要成分是秸秆和微量的盐。事实就是这样。这样，而不是那样。在潜意识操控下，鹅自我念叨着，效果相当明显。鹅感到气息均匀，脉象呈平稳的正弦波态。又有几头鹅被清洗，或简单被放逐，鹅群中或多或少存在这样的败类。鹅必须保持冷漠。鹅磨炼意志，为修真养气不择手段。鹅抓过一个雨滴，反复点化，雨滴还是雨滴。鹅叹了一口气，情绪低落准备回床睡觉，或继续数钱，而这时鹅群又相互开始撕咬。鹅大致了解，自毁性使鹅群作为自然物种保持了良好的平衡，几千年来都是这样。鹅摸着挂在脖颈上的铜质勋章感到安慰。鹅望着夜空，花火消灭，黑乎乎的天空不再有具体变化，这时黑暗中弥漫着一股危险的信号，可是天线不知道丢哪儿了。随着鹅群逐渐退去，广场仿佛退去潮水的沙滩空空荡荡。鹅关上窗户，同时关上心门。鹅弄不灵清这类二手冥想法是否有效，只知道醒来后，养殖鹅场阳光灿烂。鹅鹅气大喘，热血在体内膨胀，稍后又趋于平静。鹅特地去测量血脂血压，一切正常。其它，鹅 70% 的成分是水。

鹅外出游荡，在允许的特定时间内，顺便在现实中修行。鹅有时沿着河岸，寻找信号。这东西到处都是。鹅嗅觉在退化。河对岸，另一头鹅静止站在风雨中。大概是在运功。这另一头鹅展开鹅翅，鹅腿分叉，鹅头向着天空方向，仿佛标靶。鹅停着，看了一会儿，也就不看了，耗不动，还不如上山下乡去搞绿化建设。鹅走开。鹅总体趋势在衰败。鹅大致上感觉修真可能是一个阴谋，可能性不低。鹅做梦梦见四大金刚中的魔礼青，脸孔像一只螃蟹。鹅极少做梦。这另一头鹅这时突然起跳，投入河水里，消失。鹅究竟是一种什么东西，它那么鹅，鹅想。鹅无法脱离鹅自身，升天后再来观照鹅。鹅打坐、冥想，鹅有时感到了饿。鹅随便吃些垃圾饲料，喝点雨水，鹅继续静坐，或外出修行。下午，鹅的化身被怪风吹走，隐隐约约不知道吹去哪里。鹅不在这里，而有时，鹅饲料紧缺。鹅又接到通知，说又不用上前线了，缓一阵子再说。鹅场每星期三更换一次口令，这又是何苦。鹅用特殊方法翻墙，出去寻找化身。鹅化身现在正坐在风中，随风飘移，仿佛一只塑料袋飞舞。鹅连忙跟它复合，捞回一点点真气。鹅螺旋上升，快要钻进云层，在得到一个含含糊糊的暗示后，才摇曳、翻滚，降落到一部推土机旁边。鹅让自己重复降落。鹅最后选择降落在一头明显是母鹅的鹅附近。鹅得到一通貌似绝妙无比的真传。鹅精疲力竭，当月好不容易积攒的真气消耗殆尽。鹅趴在地上，鹅头掉进浅浅的水坑里。鹅神识涣散，乌云密集，鹅顺势想起在少林寺当短工的岁月。入夜，鹅偷偷练习铁布衫和梅花桩，为的是什么，鹅忘了。鹅没有穿墙术，鹅的脑壳里砌了一堵墙。鹅肉身沉重，气若游丝。鹅稍后深入敌人内部，那里空虚虚的，什么也没有，除了一把椅子。椅子上坐着一头帝王企鹅，它打了一个饱嗝，鹅才及时回收自己那缥缈的灵魂，从神游中苏醒。鹅决定去厨房烧些水。

　　鹅有时一连生三天病。鹅是动物，不是矿石，可能是五行缺水。鹅望着水壶壶嘴上冒出的蒸汽，一望望到水烧干。鹅闭门不出，抄写《道德经》。用自制的鹅毛笔蘸墨水。鹅书法潦草，对楷、隶、行书一窍不通。鹅一般用鹅掌纹路签字画押。鹅不认罪，怎么可能呢，鹅光明并且行事端正。鹅关起窗户、关闭眼睛抄经。鹅叹了一口气。叹气也算修行，饲养员说。饲养员扔下一些催化药片，按月份配给。但鹅知道，那只是为了加速产蛋。鹅最近产蛋数量、质量统统在直线下降，鹅感觉性欲在消失，性取向动摇。鹅按时打卡吃药，但有时也偷吃一点自炼的丹丸。星期四三，鹅总想着逃离鹅场。可是又能去哪呢，鹅想。在万恶的阶级社会，鹅走到哪里都遭歧视而且哪里不是这里。鹅只能在这里（不管它是什么），这是叙述者的设定。这里，现在是鹅场，鹅场所有鹅就像钞票纸，每一头鹅被打上了专门的编号。鹅的编号是浙剡－9757。鹅的档案据说存放在隔壁的保险库里，那铁皮库门总是关闭着。鹅有时下雨刮风，鹅在鹅场才有一丝安全感。鹅时常回忆鹅是什么星座，天鹅座，那太遥远。鹅认命，总比认错强，鹅时常走错路口。鹅感觉空落落，在下雨的时候。有时雨要下不下也有这类感觉。鹅是不是修行方向不对，鹅琢磨，越修越感觉大势已去。有时星期四五，大白天的，鹅总有一种冲动想删除鹅。但鹅总归无法删除并清空鹅自身。鹅同样得遵守宇宙能量守恒定理。算起来，鹅的精神生活，主要是看着一杯水。一头鹅，空荡荡的，仿佛一副鹅架，看着一杯茶水。鹅架被蜘蛛丝缠绕，漏洞百出，丝网上挂着一些鸡零狗碎什么的。然而，鹅。鹅的日常相当枯燥，世道不好是一个缘故。鹅难道就没自身原因。下午，鹅灵感爆发，感觉身后是大海。鹅转身看，却又看不见身后。

　　同理，鹅停着，风也是。鹅停在风中，常常比风停得还久。鹅感觉大势已去在风中。鹅的这种感觉和总体趋势在衰败的感觉相当接近。鹅场星期三更换口令，这次才轮到当铺。星期三，鹅正在失去个性。鹅天不亮被闹醒。窗外，一些鹅已经在广场晨跑，垂着鹅头，四通八达跑着。鹅对着灯火下蛋、猛吃一通饲料、再憋着下，好歹下出一个，还不合格。鹅药量在加大，肝脏肿胀。鹅为了突出个性，私自从鹅背脊到鹅头染了一条长长绚烂绚烂的紫毛。鹅接受审查，被迫写悔过书。作为惩罚，鹅基本派不上用场的两根尾毛被剪掉一大半。鹅被饲养员要求加速修行。鹅，搞点成绩出来，饲养员说，否则送到昆仑山脚下农场接受特殊训练。一阵不大不小的风撩起鹅毛，鹅望着天空感到颓废，但只有一小点。下雨了，鹅有过好的后悔吗，没有。有鹅绥绥，在彼淇梁，鹅有时特别怀念想象中的飞行。鹅得过十米跳台亚军，在空中掉落的体验和飞不说如出一辙，也应该大同小异。鹅跳了下去，用轻功。鹅在仿佛一团甜味的浆糊里坠落，越往下越慢，鹅很快入了定。鹅睡着了。鹅的神识来到湖边，一个蜻蜓点水，鹅飞去站在湖面上。湖上弥漫着断草的新鲜气味，鹅吸收一大把，把它憋在胃里，使之与原始真气汇聚、碰撞、之后相融。鹅感到一阵头晕，吐出一口红血，鹅胸口发闷，险些失掉重心。鹅只好用脚掌轻轻发力，脱离水面，直接升上天空。不断有乱箭从四面八方射来，鹅轻松一一避开，顺便拉下几滴鹅屎。鹅跟着气流移动，稍后加入炮火交加的空战，不是波罗的海沿岸，就是已经到了爱沙尼亚。这时，一架鹅机（三弟，三弟，三弟啊，你听我解释）冒着浓烟冲向地面，鹅想起曾经被插入，屁眼一紧，如同惊弓之鸟一头掉了下来，即将触地之时，又仿佛被磁力排挤，平稳停在离地三尺的地方。鹅拍了拍翅膀，正式起飞，去追赶那排成人字形的雁群，只可惜越追越远，在飞经倒挂的天空时，它们最终消失不见。鹅停在一面大旗飘荡的旗杆顶休息，这一趟，鹅飞得太匆促。鹅及时吐纳、运气，朝空气呐喊两声，结束飞行。以上，鹅在修真日记中做了如实记录，算八成当季的KPI考核。鹅感到世事无常，现在的修行不再是叙述一场冒险，反倒成了一场叙述的什么冒险。有区别吗，没有。下午（星期三），鹅不小心压坏了一根草。

从一朵花、一根草中看见世界，鹅因为随地吐口水加之思想模糊，还是被送去昆仑山脉接受一番再教育。现在鹅忘了。三个星期后，鹅才回到养殖场。鹅按常规炸了两挂鞭炮，跨过火盆，换上新衣裳，搞完仪式后，又连忙用特殊能力忘掉那些不好的事。鹅把它们忘得一干二净。鹅现在停着不动，好像脑壳坏掉一样。不知道什么原因，鹅时常感觉脑壳在突起。隔壁的邻居鹅走来假惺惺问，说鹅，怎么样。鹅在泡茶水，没理它。鹅出门散步，尤其注重对尾部的保护。鹅最近胃口尽失，遇上闪电心事重重。有时星期三，鹅感到枯萎。也可能是在星期四。鹅不能在同时完成两个动作。鹅，鹅场心理师说，估计是得了什么马尔堡病毒感染。七天，最多不超过八天，它掐指一算。鹅通常对中药过敏，干旱也是。鹅隔空抓取一个雨滴，抓一个，放掉一个。下雨天，或晴天，或者阴天，鹅连着几天对孵蛋失去兴趣。鹅开始演算数字，反复推论一加一等于多少。鹅的逻辑理论主要来自一个出来散心的西伯利亚尼姑，这个再说。把一只火机立在桌上，鹅长久看着，以为它能开出花来。鹅，鹅在鹅场熄灯后，鹅不再唉声叹气，如同一只没阉干净的夜猫，鹅来回在阳台走动，大批大批背诵七言古诗。下午，鹅琢磨着怎么自废武功。鹅大吗，还是小或轻，或者超载。鹅不分左右。鹅有时怀疑自己。鹅的怀疑不是没有道理，鹅神神戳戳，尤其在阴雨天。而平常，鹅尽可能节约体力，并且鹅远离各种弱智娱乐，除非一些不必要的娱乐。像吹毛求疵、韬光养晦诸如此类。鹅大致上肯定大势已一去不复返，要做好准备。鹅在等待命令下达。鹅把锅、碗、瓢、盆丢得到处都是。鹅有时把鹅头伸进水缸里，一待待一下午。一个下午，鹅看见水缸在漏水，决定辞官归隐。但想想，还是算了。另一个下午，鹅决定一头鹅走去淮安。走到三分之一不到，鹅又急着连夜返回。为此，鹅损失了足足半打真气。鹅懒得再喝可乐，喝这东西有什么意义呢。比如，鹅去看一场电影，可有哪部电影不是假的。鹅感觉仿佛活在一个破梦里，下雨的时候在刮风，刮起风，又开始四处漏水。下午，鹅磨磨蹭蹭下地劳作，照旧偷工减料，从它的表情可以看出，应该是搞丢了密码。鹅有时去沙漠寻找一个金刚石，在静坐时空里。鹅恨不能把这里的沙子从头数两遍。鹅支持不劳而获，这是实话。现在，鹅实话实说懒得去前线送死。姜蒜焖鹅，鹅有时想，它们的比例该怎么算。从鹅的视角看去，根本看不见虎。

　　鹅的这种颓势一连持续好几个星期。星期三，鹅在面壁。鹅被带到派出所说，鹅，是不是你，是不是。鹅这两天面壁修行，正在失语。鹅这天星期三，阳光忽明忽暗，仿佛有大事情发生。鹅在修行的思路上走了三千里，翻山越岭，才遇见一朵黄花。鹅，你还是老实交代。对方说。鹅，把你带来，我们肯定是有证据的，是不是，你说。对方连珠炮似的说。鹅看着这朵花，它脆弱极了，一朵黄色的小花，一个清澈的露珠停在花瓣上。鹅朝它吹气，露珠在花瓣上荡漾。露珠的表面反映出鹅的凸面镜像。鹅，鹅听说有的鹅场已经在建别动队，主要负责潜伏。鹅被一脚踹飞在地，又被拎着脖子弄起来，扔在椅子上。鹅伸出翅膀，用鹅毛尖去接引这个露珠，这时露珠瞬间爆裂，山谷里回荡着一阵闷响。鹅打开关闭着的鹅眼睛。这样吧，对方说，你说。鹅不知道要说什么，鹅的大部分意识还在彼时空。鹅弄到傍晚才回到住处。星期三，鹅场发生真气盗窃案。一头老鹅的真气被盗了，就这么个事情。被盗的意思是先谋害，后抢走，但这跟鹅有什么关联。鹅在面壁，在风中、雷暴中一动没动好几天。鹅没什么可说的，鹅得进食，睡觉。鹅其实对真气两毛钱兴趣都没有。鹅的目的是什么。成为真鹅并不是鹅的目的。大概实在吓唬不出东西，对方把鹅放了。对方让鹅把真气留下，暂时保管并且免费赠送一个无线监视摄像头让它抽空装上。鹅吐出真气给它，也就那么一小点点，可有可无。鹅留了后手。真鹅意味着什么，鹅不知道。真鹅是鹅的真实，是真实而不是真空的鹅。真鹅无处不在（包括真空），如果真鹅处在隐身状态。真鹅出行一般用专列，真鹅不用鹅掌行走。真鹅的翅膀大于炽天使这类大天使的翅膀，在理想状态下。鹅认为真鹅大致上也就这样。早上 8 点 35 分，鹅走去窗前歇着，重复看着这个茫茫世道。这正是一匹真鹅要脱离的世道。鹅又长途跋涉，不仅蹚过三条河，还翻过三座山。鹅来到一座寺庙门前，而不是上次的一朵花。鹅和坐在门槛上的年轻和尚自来熟，聊了会儿这个、那个。鹅停止思想，当和尚说不要思想时，鹅便让思和想统一停着。鹅被和尚在鹅头上用夹住香烟头的手指头点着，通过一股热流输送什么信息进去。鹅荒芜一片的脑壳中立即出现一幕幕蒙太奇景象：一头鹅明显叹着气，慢腾腾晃荡着，连同一个旱龟走去，还是从前线撤退不知道。它的鞋掉了一只，钢盔和步枪驮在背上，在路过一条小溪时，它停下，支起一个简易灶台，升起火，看着夕阳，煮起米饭来。转而另一头鹅（看着熟悉）诗意地寄居在广阔天地之间，时不时掉下眼泪水，也不知道得罪了谁，还是有人欠它银两。一头鹅四处躲闪，在炮火中差点永生。稍后一头鹅，这是一头雄鹅，扔出一张东风说，东风。而另外一些鹅，经过特殊加工成为一种生产力。天黑了，一头鹅打开台灯，关上又打开。一头鹅在流水线上把鹅肉装进真空保鲜袋，一律快递去陕西咸阳。鹅的情况主要是这些，中间随机穿插大量一闪而过的静态画面：阿姆斯特朗登月照、一个受伤绑着绷带裸睡的女子、一个小流氓将枪直指摄影家的镜头、一只被汤勺打捞起的小猫、一截倒在地上的木头、香火森林，甚至一股紫色的烟气什么的不一而足。鹅感觉脑壳快要爆炸，全身鹅肉在发抖。鹅今天星期几，如果星期二，它就不是星期三，鹅不得不重启思想。不断有新画面在冲击脑壳，鹅无法放松。鹅弹出三丈之远，和尚一个健步飞身而至，把鹅托在手心。去，年轻和尚说道。说完，转身走回寺庙，关上大门。这时可能会下雪，但没有。下午，鹅停在庙门口台阶上回神，吃着冰棒。这一通进修醍醐灌顶，似乎打通了全身六脉。鹅忽一下，拍动鹅翅，竟然跳起两丈来高。鹅弥陀佛，我佛慈悲，鹅顿首再拜，依依不舍离去。鹅傍晚吃了一些饲料，不久倒头睡去。鹅还没睡过两分钟，又被带去派出所询问，不过这次对方并没用暴力强迫什么，只是说，在这里（鹅在这里，始终，而不是那里）的铁笼休息也一样，而且还有空调伺候呢。

鹅看着太阳每天照常升起。鹅叹气。鹅要求吃一块草皮。要求吃自然草，而不是枯燥的饲料。鹅现在处于下课或者干脆说放空状态。鹅在铁笼踱步，心思却在广阔天地遨游。鹅在任何地方：这里、那里，它都是鹅。在任何情况下：阳光下、雨里，甚至大雪中，统一是鹅。鹅自从学会修行，总算尝到了一丝甜头。鹅与和尚。鹅简直遇到了贵人。鹅和和尚师傅隔天相遇，搞得跟恋爱似的。鹅有时深夜，目光穿过铁栅栏，望着当空明月，脑壳里全是和尚的音容。鹅等不及，打通法门，一路奔袭赶去庙中，不料师傅竟然下山苦行去了。鹅，你这样下去是不行的。对方说。师傅，鹅心中默念，万水千山总有情。鹅，我们的政策不是保持沉默，就能混过去。鹅，这点你一定得搞清楚。对方说。鹅坐在庙门口，聆听着晨钟暮鼓，鹅必须等师傅回来。鹅无论师傅去哪，鹅坚持等。风里来，风里去，鹅这一等，便是十年。一头鹅有多少个十年，没几个。鹅还是等。等到庙在一个星期三倒塌，菩萨金身脱落，鹅依然等待。鹅，对方说。不说了，你走吧鹅。对方打开笼门，鹅关着眼睛离开派出所。鹅不愿跳出冥想。鹅关着鹅眼，一直关着。一头鹅兴冲冲跑过来，说鹅，你的真气漏了。骗你的，这一头鹅说，是你的蛋已经孵出来了。鹅不听，始终牢牢静坐。怎么可能，鹅自从来到养殖鹅场还没受过精。一些鹅从大老远赶来，劝说也看热闹。鹅群有一句没一句议论鹅，是不是快要升天了这鹅，但看到破败暗淡的鹅毛，又觉得不是这样的征兆。是不是吃错了药，仿佛也不是。下午，一头被拖出去就要枪毙的鹅，也过来瞅上一眼，求个心安。鹅慈悲，在它鹅掌心画了一个绝对圆的圆。鹅在等。鹅不动，鹅内、鹅外一动不动。鹅相信师傅怎么可能凭空消失。鹅的感情是真的。鹅仿佛孤儿独自停在庙前，直到拆迁队开着推土机到来的那个下午。鹅，你们缘分已尽。鹅留了一滴眼泪在工地上，谨以此纪念消失的师傅、年轻和尚和贵人。星期五阴天，鹅恍兮惚兮归来，至少有五十个来电未接。

鹅站在河边空想，秋天。

鹅的想法需要尊重和保护。养殖场在经历一小阵骚乱之后，恢复往昔的平和，认错，或被正法的鹅，数量日益减少。比如，有的鹅甚至还得到难得的平反机会。鹅说无所谓，有一天下午晴，鹅场调研员问鹅，是不是也要搞搞申诉。鹅说没空，这不正忙着日夜苦修。没想法，鹅说。鹅站在河边想，评估它的世界观，最近，它涣散不少。也许是真气的作用。鹅在河边移动。鹅自动过滤一切感觉。鹅能明显感到体内真气在膨胀。鹅的实用价值偏低。鹅有时，怎么说呢，感觉走上了一条不归路。例如：一头鹅对鹅套近乎说，鹅，笨蛋自以为聪明，聪明人却知道自己的愚蠢之处。这话对吗？鹅没理它，转身走开。它也是鹅，不是吗。鹅和鹅的区别是什么，如果有，那么它们的本质不同。鹅是一种生命体，鹅的任务是增大宇宙的熵值。鹅除此以外，什么又是鹅的义务。鹅历史上，鹅起义怎么总在失败。鹅的核心价值观是啥，除了下蛋和提供鹅肉。天塌了，一头鹅为什么还在路上闲逛。造鹅的主存在吗，又是谁造了它。数字是什么，对鹅而言。鹅是否值得拥有自我意志。暴雨如注，鹅的中心思想在变浑浊，神经和性欲却愈发亢奋。鹅就要突破修真初级阶段也许。鹅加大力度炼制丹药，每隔半小时做俯卧撑和仰卧起坐。鹅狂啄一株银杏树的树皮，鹅撞击和摇晃树干。鹅试着做一道佛跳墙，在脑壳实在需要休息放松否则它会崩盘的情况下鹅放多了盐。鹅口吐白沫。鹅在野外、在空气里来回游荡，只因情绪过分紧绷。星期二，鹅忍不住点燃自己，但点到中途，还是放弃了。还不到时候鹅想。鹅经过审慎猜测，可能怎么着也还得两礼拜。鹅身为一头鹅，可以不理性，但要有一定的克制而不是动不动抑郁忽而狂躁。鹅静下心，作为自我疗愈写了三四个短诗下午。鹅打开洗衣机，跳进滚筒里休息顺便烘干羽毛。鹅，为什么是鹅。而且正好是。鹅在以前还是兔或异形时鹅不是鹅。这里，鹅的变化中假设隐藏着某种深刻的道理。鹅实际上会伴随鹅的一生，没错，直到消灭。鹅毫无疑问大势已去但秋风扫落叶那又怎样，鹅饿了也要吃饭。下午（整个下午），鹅看着一粒尘埃和更微小的埃着重看着，没有功劳也有苦劳。

中午，一头鹅被上下左右看着。一头鹅，中午，上下左右，没看出好处。一头中午的鹅，它能有什么好处，没有，也没有坏处。它看不出有任何好处，一头中午的鹅。即便上下左右看着。一头鹅的好处是什么，即便在中午。一头鹅，它的好处如果显而易见，那是什么。尤其在一个星期三的中午。一头鹅没被看出好处，在一个星期三的中午，无论上下，还是左右，还是从饲养员的角度，它没缺点也没有好处。它是一头鹅，而不是其它任何东西。如果鹅可以说了算，它也只能是一头鹅，鹅这么想。中午闷且热，鹅在群芳南路路过这一头掉着眼泪水的鹅，没打招呼，只是简简单单纯粹路过它。仿佛使命。鹅没有气力，中午。鹅四肢平摊伸张开，连着脖颈的脑壳紧贴土地。鹅喙嘴口水流淌。鹅在一株银杏树的树荫下日常修行，就这么平摊着，前胸口绒毛细腻、洁白，荡漾在微风里。这时，鹅的未来还未来。鹅是攻击型的。鹅归根结底是一种布朗运动，不是吗。鹅抬起一只鹅脚，垂直于天空竖着，鹅的这次反击，传递了意味深长的信号。鹅属什么的，狗还是龙。鹅至少是土象星座，对土地有深刻理解。鹅在微凉的土地上呼吸渐弱，鹅很好地滑入虚幻境地，鹅知道。鹅驾驶一头巨翅大鹅，不知道要去哪儿。鹅和大鹅悬空在暗红色的混沌中，等待那个光亮。鹅抽空算了一个总账。鹅适合朗诵，在阳光下。而默读，大概是在雨中，鹅想。鹅来到世上，其中一个理由是来散步。鹅没有其它理由。鹅现在在这里（不知道）。鹅说，我们走。大鹅开始移动，朝着那个光亮，匀速移动。鹅刹那穿过光亮，来到一处鸟鸣花香的地界。鹅熟悉，吸气，使出几个前空翻，飘落在桃树枝条上。鹅远远望去，一片粉红，看不见尽头。鹅被大量香气击昏，从树枝摔落，砸进一支溪流顺水流淌，估计三天三夜后飘荡到一个旧社会。鹅被捞起，在一群人的上下其手之下，鹅被褪了毛，开膛，掏空，撒上盐，沥干水分，鹅被高高挂起在一根竹竿上。鹅感到全身干枯如柴，岁月静好。鹅稍后涅槃，化身为一头新鹅。大雨中，鹅念口诀召唤，大鹅即至，俯下它的鹅头。鹅驾驶大鹅离去，不留一点踪迹。傍晚时分，鹅运行到时空尽头，停下，抖落一身的尘埃和晦气，缓步踏进庙中。一头真鹅，鹅头上空飘浮着淡淡的光圈，手持长须拂尘，脚踏小片青云。怎么样，真鹅说，你还是来了。鹅没说话，鹅撞击各种物体。鹅在院子中央打滚，抱着院子中央的古松树痛哭，时而练拳。简直无法交流，不可理喻。真鹅愤愤说道，拂袖而去。鹅气走真鹅后不到半小时，天空飘起毛毛细雨。鹅坐在空庙的屋檐下，安分、平静，只是坐着。并没有大势已去的错觉。鹅关闭所有感知通道，进一步遁入更偏的时空，在那里，鹅以自身的风格不小心捡到两毛钱，在一个一根木头倒在路上、阳光刺眼的下午。鹅沿着四周唯一的道路走去，不愿意。鹅跳进一个箱子，关上箱盖，躺下。

　　鹅场天黑了。一头鹅站在广场中央（像是在罚站），旁边陪着另一头鹅。鹅穿过窗户，看着。鹅这是什么意思。鹅场近几天气氛压抑，饲料极好：不知道添了什么秘料。一头鹅和一头鹅彼此站在一头鹅的旁边，一头鹅怎么就成了另一头鹅。一头鹅不应该被任意指定。天黑了，一头鹅不再被看见。如果是这样，何以见得它们是一头鹅和另一头鹅。即使不是这样，一头鹅还能被模糊观察到，一头鹅被认为是一头鹅，而一头鹅被认为是另一头鹅，除了出于方便叙述的目的，它还有更好的意义吗。叙述者没理睬鹅的疑问。在一头鹅的旁边，安排另一头鹅，简单说，这就是抒情。鹅这样想。鹅这样想，是它的脑壳坏了。它们也不是两头鹅。一头鹅和一头鹅，它们是什么，说它们仅仅是鹅，这明显不够，鹅想。它们至少是两头不同的鹅。而不是粗暴的一头鹅和另一头鹅这种说法。通常情况下，后半夜，这两头鹅会被拖出去消灭。鹅三更（以为能看出点什么）醒来张望，路灯下的广场干净、空荡，它们已经不在那里。星期三，鹅早晨 5 点不到醒来，开始睡回笼觉，睡过中午，不小心又睡过第二天中午。中午，饲养员掐着时间点来没收鹅蛋。鹅没有，只能用等值的真气替代。鹅最近真气入不敷出。鹅得出门打怪升级。鹅不想，大势已去，鹅懒得折腾。鹅绕过漆黑的客厅来到卧室，躺下。鹅看着天花板上一根停止不动的进度条，这没什么大不了的。鹅听见敲门声。鹅关上鹅眼睡觉。鹅重复听见敲门声，鹅忘了。鹅没有听见门障被突破，一群鹅在屋子里翻箱倒柜，这是它们的事。鹅，一个鹅音说，动一动。鹅睡着了，不想动。鹅连同床被掀翻，鹅滚出老远。鹅被机关枪在身上一通扫射后，实在太疲倦，在墙上一通挥墨舞笔，搞定一幅世界末日水墨山水后，鹅出门游泳去了。这能怪谁呢，鹅说。也不知道在对谁说。一连几个星期都是这样，鹅自言自语，对着月光。鹅意识到，鹅和鹅聊得太久，鹅容易失落。鹅经常说不用，鹅不饿。那就再说，鹅接着话说。鹅不太愿意勉励鹅自己。鹅没经历过战争和大屠杀。鹅不像信鸽具有通信功能而只是被制造成鹅肉罐头。鹅的翅膀（其实只是在真鹅的情况下）相对比天使的翅膀宽大。鹅 14，这是什么意思。鹅仔细看着一个浮粒。阳台，中午，鹅在吐血。鹅喝了太多水，咳出的却是鲜血。事到如今，鹅对鲜红色敏感。鹅不得不退而求其次望着雨水。鹅它首先是鹅，鹅不着急。鹅主要是不了解鹅自身。鹅放大了鹅的阴暗面。天黑了；鹅看着一头鹅（自身）一点一点亮起来。老兄，你（指鹅）在做什么？鹅不可能鹅到天亮。天亮了，鹅还没有想起那只拖鞋。鹅时有发生。鹅不知道。但鹅时有发生：要让一个鹅忘掉自己是鹅，除非它从来没有想起过。鹅从来不是一个单独的鹅。一个鹅不可能单独。除非它不是一个鹅，而是真鹅。奇怪的是，没有任何一部佛经提及鹅。在一个鹅明显被冷落以至忽略的时代，鹅的孤独可想而知。鹅就是这样。鹅自身不知道有一种高级的孤独。鹅来回在鹅和鹅之间穿梭，这是鹅忘掉自身是鹅的唯一方法。但鹅自身不知道。有些事迟早会发生在鹅身上，有些则不会。下午，鹅接到通知，说烧香拜佛并不能增加真气。鹅没有气力。鹅因为熟悉，停在湖边。鹅是一种物质，意味深长。鹅有弱点。鹅，它的视力发散。鹅无法聚焦它的视线。鹅始终是鹅。而也只有鹅才是鹅。鹅喜欢吃胡萝卜多于吃树叶。鹅提前下了船。鹅群的眼睛是雪亮的，眼珠乌黑。以鹅的名义，鹅对鹅说。另一头鹅（鹅）心领神会，跟着说，以鹅的名义，阿门。

　　鹅被饲养员关了三天禁闭。理由是鹅禁止无性增殖。而具体到鹅的理由，是鹅在错误的修真路上，曾经无性增殖成正负两匹真鹅，而这是不允许的。真鹅就像光线无法被污染，但最主要的是，真鹅无法由鹅分裂，而只能飞升得到。否则它就不是真鹅。无论正，还是负（有负的真鹅吗，不可能有），真鹅不可能是鹅想象中的鹅。鹅不能想象真鹅，这是养殖鹅场多少年前就定下的规矩。真鹅，这么打比方，如果真鹅是一部汽车，它只可能是类似竹排这样的水上交通工具。忘掉真鹅，鹅场心理师说，只有忘掉，才可能接近真鹅。鹅不知道心理师说的是真是假，不想知道。鹅把它的秘密锁在内心最深处，同时忘掉秘密和密码。鹅早早放弃了它的绝招。鹅现在在一个星期三，在一个湖边。鹅在一个星期三的重要性往往大于在一个湖边。鹅从湖边离开，在一个星期三，但它没有离开星期三。鹅不能单单只在星期三，除非其它星期几也是星期三。不絮叨这个，既然其它星期几不是星期三。鹅没有牙齿。但严格来说，鹅是有牙齿的，细小，一整排一整排地排列在上下喙嘴内侧。下雪了，鹅垂头丧气回到家中，这又算哪门子回到家中。这里，鹅是这样的鹅：它忘了（而从叙述者的角度，是它不被想起和定义）。所以鹅在慌张时，感到特别焦虑，有一种烧焦的感觉。鹅从头来过的可行性不大，饲养员直接说了。鹅的申请没有通过。现在鹅场还是讲规矩的，赏罚分明，饲养员说。鹅既然饲养员这么说，想想也就算了。鹅说，饲养员同志，你知道，我是爱鹅场的。我对饲料发誓，鹅说。知道，饲养员说。好好把真气养足，平时多下点鹅蛋，放心吧，你的申请我去争取争取。饲养员说。鹅没什么可说的了，这话都已经说到这份上。鹅坐下来，进入安静不动状态，三下两下就入了定。

　　鹅现在在一个星期三下午，落雨天，鹅在面壁静修。鹅场在闹暴动。鹅心无旁骛，鹅烦。力拔山兮，一头雄鹅敲开门低声说。上星期三，鹅在憋蛋，一头鹅敲开门这么说了一句。鹅明白，大体上明白。鹅说明白，鹅对这头神经兮兮的雄鹅说。鹅烦不止一天两天了，鹅近阶段正在渡烦劫。鹅的烦占鹅全部的3%。尤其星期三，又落雨，鹅尤其烦。但确实不知道在烦什么。但鹅烦的正是这个。雄鹅在等。鹅说明白，你还想怎么着，有事儿吗。力拔山兮，这雄鹅说，山兮。意思再明确不过。是啊鹅说，不就是气盖世吗赶紧走吧，烦着呢。雄鹅立马说这样啊，不好意思打扰修行。鹅道败落，世风日下，鹅把门关上，雄鹅走了。少顷，鹅又听见敲门，听见雄鹅说鹅，开开门，还有点事忘了通知。养殖鹅场上星期五傍晚开搞罢工，执行停蛋计划，这头雄鹅边敲边喊。敲过三巡，鹅拨开门的子门，鹅说，你们干你们的，都什么时代了，我没兴趣。雄鹅把鹅头探进来，说理解，不勉强，只是你还有富余的真气吗。雄鹅借了点真气屁颠颠走了，大概是要搞什么土得掉渣的真气弹。上星期五半夜，包含真气的鹅蛋在鹅场上空乱飞，炸裂，一如升焰火一般。鹅站在窗前看见，一两头鹅被当成典型，在广场就地正法。但仍旧没浇灭鹅群对小小暴动的热爱。鹅对疯狂的事物一向冷漠，鹅在房间内练了一会儿健身太极。到星期六、七，运动一度呈扩大化趋势，鹅在门后加固了三根钢条，两把弹子锁。鹅牢牢守住真气不再泄漏。鹅烦的主要原因是什么，次要原因是节食。鹅依照修真手册，提前三天沐浴、更衣、过午不食。星期三，鹅通身散发臭气，脑壳鼓胀，鹅的烦在放大。鹅面壁对着两面墙交汇的墙角处，看着那根笔直的墙角线。鹅服下两片安定，维持正常体温。鹅，走廊外一群鹅在欢呼，拍打玻璃窗户在喊。鹅，快出来玩，它们喊。一头呆鹅甚至跳起来反复撞击玻璃窗。鹅走过去把窗帘拉上，关死，鹅给了每鹅一根中指。鹅把三门衣柜推过去顶着。鹅场大面积失控。鹅要懂得随时保护好自己，为了升天的使命。鹅叹了一口气，回到椅子上重新坐下，对着墙角线。鹅在思想中让这根线物质化，穿过烦的中心，把棉花似的烦切割成两半。一个星期五，鹅坐在树下，看着一头淋湿的鸟，看着它的前世今生。鹅看见它身上五花八门的烦。鹅现在星期三看着自身同样的烦，鹅感到口中清淡，稍带苦味。鹅依次用线条切割烦，直至粉末状。浇上汽油，鹅用线团引火，把这堆烦粉末点燃。烦燃烧着，冒出大量青烟，升空消失。鹅看着烦一点点烧完，转化为那头淋湿的小鸟。鹅把小鸟托在手掌心，走去厨房烧水，途中换了几遍背景音乐，都不理想。鹅索性打开98年的治疗专辑，让它循环播放。下午，鹅穿过骚乱、兴奋的鹅群，离开鹅场，来到河边放鸟。鹅弥陀佛，鹅念叨口诀对它进行驱逐，鸟不动。鹅把它放下，放在地上，鹅走了。六月，鸟跟在鹅身后，骄阳似火。鹅转身，冷不丁一连发出三支飞镖，鸟一二连三接住或避开。鹅烦，有时是因为技术太差。鸟反打飞镖过来，鹅用喙嘴接住。鸟，鹅说。鸟马上说，鹅，兵荒马乱的，不要跟鸟说话。鹅望着这头淋湿的鸟，想不起究竟欠了它多少银子。一堵砖墙砌得有点歪。鸟，鹅说，其实我也不想这样。要不我为你念两行诗，鹅说。就这样，鸟跳起，又飞落到鹅背上。

星期三，一头被淋湿的鹅，它想都没想，叹了一口不大不小的鹅气。饲养员说鹅，怎么搞成这样，是不是又病啦，烦。鹅饲养员的脸上被抓出几十道血痕，眼球暴凸，另一只蒙着纱布。鹅从河边回来，突然下起大雨。鹅停在一株大树下躲雨，吃了一点烧烤，炼了一会儿气。鹅在地上挖出一个坑，跳进去试了试，还是有些紧。鹅往坑里引进一些雨水，洗了个澡。鹅神清气爽，鹅摸黑回到住处。静静的鹅场这会儿消停了，穿着防护套装、手持喷水皮管的饲养员们在清理卫生，有一些在往地上、空中撒白石粉什么的。鹅路过时，叹了一口长气。鹅以其人之道还制其人之身，明天只吃一餐饲料。鹅一头倒在床上叹气。鹅睡过去。鹅听见什么召唤声，睡了过去。鹅经常，鹅听到，鹅听到各种，鹅经常听到各种莫名其妙的声响。鹅的脑壳里有东西，嗡嗡作响，鹅在发热，鹅脑壳鼓起，通红。没有鹅的脑壳是外翻的，这是常识。鹅有时会生病，作为动物。鹅是一种想象，不是吗，在一头鹅生病时。鹅想象它脑壳里有一个魂魄：一粒蚕豆那么大，超轻的魂魄。鹅魂魄总是轻的，透明并且没有温度。鹅魂也不例外。鹅听见饲养员来了又走了，备上门，锁好。鹅隐隐约约听见钥匙串晃动的响声，饲养员走了。鹅想，门应该是锁上了，这会儿鹅感到安全。鹅把仅有的那点真气转移到丹田加密锁上，防止被盗。鹅就要跟着那头淋湿的小鸟的幻影睡去。傍晚，星期三，鹅深深睡去，抛弃一身的烦，进入一坨无边大梦之中。鹅看着天空头顶那颗闪光的卫星。鹅的体内70%是水，俗话说。鹅作为有机体不能被分裂成更小的原子鹅。鹅的魂在短暂生命结束时会自动消失。鹅没有机会炼完狱后，下到地狱。星期三，鹅反应缓慢：航空学是一种佛学，在鹅看来，而不是什么空气动力学。鹅在真空中不需要动力也能对付星际航行。这时，一头鹅对鹅说，鹅，你想回到从前吗？一头鹅（仿佛真鹅，但不是）在舔一颗硬糖。鹅不知所以和所以然。鹅走开了，鹅头顶的卫星发出最后一闪光芒后消失。鹅感到一阵惊悚加恐慌，一个倒栽葱鹅头插入沼泽中。凉风习习，鹅不知道，一头短吻鳄正从不远处疯癫奔突过来。鹅潜入泥底，吃力游动。鹅感觉不出方位，周围缺乏氧气，鹅翅几乎无法动弹，但鹅还是用鹅掌推进、潜行。鹅这时它的少林功夫派上用场，鹅一通折腾，用大力金刚手硬生生劈开泥沼，再用排山倒海掌两边推开，鹅沿着这条新生道路走出沼泽。鹅走去看了一场电影，又是丧尸片，索然之极。鹅拖着沉重的肉身，敲开饲养员家的门。鹅说那就算了。饲养员拎着一个啤酒瓶，口吐烟圈说还得等，这事急不得。鹅说那算了，无所谓。鹅正要离开，饲养员撒网一把罩住鹅。饲养员爆炸，燃烧着化身成牛头恶魔。鹅双脚被尼龙绳绑紧，打了七八个死结，鹅头则套上厚厚的黑布袋。多少，鹅听见牛头问。一个人说，直达十块，托运便宜点，七块。鹅在傍晚7点不到的时间点被运到火焰山，扔进火焰中央焚烧。鹅又闻见一股烧焦的气味，连忙使用真气。鹅在火焰中用真气制造出一个球形空间，以抵挡炽热火焰。鹅感到也许这正是传说中坐化的最好时刻。鹅还没准备好。鹅感到大势已去但这种时间点真的对头吗？鹅宁愿去参加一个朋友的奇怪晚宴。鹅意味着什么，在星期三。鹅想起它的童年，算了，鹅想。鹅在烈火中得到永生，及时涅槃为火烈鹅。鹅全身通透，由火焰组成。鹅极端痛苦，但又搞不清那是什么东西。鹅也就是说，鹅如果全部是痛苦，那鹅就是痛苦本身。鹅以纯粹痛苦的方式存在，这让鹅感到幸福。鹅稍后周游寰宇，吞食黑洞，火气越来越大，几乎没有孤独。鹅有时望着这死寂、过分美的星际空间，仿佛要与它融为一体。鹅思念雨水。在某年某月，鹅回到银河旋臂回到鹅场，鹅场正在落雨。鹅一落地，饲养员立即用强力喷水枪把它浇灭，鹅湿漉漉带着一身疲惫回到住处，鹅还在睡着。鹅把鹅摇醒，但不知道为什么鹅始终没醒。鹅也摇不动，安安静静坐在一旁喝些水。鹅，它安静（甚至慈祥），鹅睡着。而鹅坐在一旁，它们一模一样，相同。

鹅和鹅，这是一个问题，对叙述者。鹅和鹅相同，而鹅不能形容，也不能区别鹅。鹅睡着，鹅坐在鹅一旁。鹅的痛苦和烦一样。鹅不能有时远远跑到前头，转身看着鹅自己，这不能。鹅，黑夜降临，鹅点燃灯盏，望着沉沉睡去的鹅。鹅有一种说不出的感觉，它说不出。但能感觉到。而鹅沉沉睡着，除了烦和昏沉沉没有力气，它不用感觉，便知道鹅就停在它旁边，在灯火下叹气。这就是鹅总在不停向养殖鹅场上级提出申请的原因，它们没法理解。这不是简单乱搞一通的修真实验，这关乎鹅存在的意义。这，说到底，这跟下不下雨无关，这也不是在反对什么，不是。这是对烦的思念。这时，鹅吐出一口气，苏醒过来，走过去，与鹅复合，一起坐在灯下叹气，在鹅现在是一个星期三深夜星期三这天快要过去的星期三。

一头鹅（是吧，这就麻烦了）。一头鹅把桌上的烟灰归拢后，扫进满满当当的烟缸里，其实这种小事不用一头鹅其它谁也能做，只要它有类似手这种东西。比如：一头鹅出神地望着一只手表。它是怎么做到的：出神。鹅差点吓着一个神（真鹅）。当时神正躲在树下抖落身上（昆仑山的吗）的大雪花片，鹅它正好从神头顶飞过，还差点碰坏它后脑壳上的光圈。鹅最近练习飞行，真气积累使然。鹅身轻如雁，一度出现精神返祖症状。鹅申请飞行执照，在一个精神空虚的下午。饲养员说，鹅，所谓飞行，实在是有翅动物的一种假象。鹅不需要飞行，饲养员说。鹅对决赛比分不怎么在意，而饲养员说的通常都对。饲养员以真气税上涨为由，提取了鹅大部分真气。鹅因为没有下蛋，剩余真气也统一没收。鹅场心理师好心，给开了一些治愈抑郁的药。鹅现在处于零真气状态。鹅常常感觉不到一丁点的性欲。鹅，怎么说呢，潦草说，它应该知廉耻。在养殖鹅场，鹅的核心任务始终是下蛋、提供肉蛋白，所谓修行只是顺道。鹅通读《论语》后，感到被欺骗，智商受到严重侮辱。鹅出走，三次，三次又自愿返回鹅场。鹅这是怎么了，鹅望着天空中央的那个雨滴。大清早，隔壁邻居鹅来串门，说鹅姐，有蛋吗，借我两斤。七老八十的，它眼见着快成一头废鹅，估计过两天就要被送去屠宰场。什么蛋，鹅说，你有吗，你有什么蛋，鹅蛋，还是鸡蛋，还是恐龙蛋，你有对不对，你要不要借我两斤，我用真气换，要不要，要不要，你妈的。邻居鹅自觉没趣，走了。下雨天，鹅无心修行。而到了星期二，鹅连高级饲料都懒得吃。鹅无法忘记飞行，入了魔。鹅在屋子里来回移动。鹅渴了不想喝水。鹅失眠，但好在它夜猫子惯了。鹅对着月光狼嚎，带着无限悲哀。直到星期二，还是三，不记得了，鹅被强行插入。鹅表情（如果有）痛苦之极。鹅流着孱弱的眼泪水（如果有）说这不行，不能这样。饲养员在一旁监督，没说话。鹅场交配令上是这么写的：鉴于此鹅下蛋能力低下，经综合分析，主因为性激素偏低、思想模糊，伴有癔症型鹅格障碍。特命 07 号种鹅前往交配，以刺激性激素分泌，提高生蛋质量。以上，某年某月某日。鹅被五花大绑，反扣在床上。鹅呼喊，喙嘴被塑料夹锁住。鹅尾部绒毛稍许被拔，洗净后，07 之尾顺势插入。鹅感觉五脏六腑被一通搅拌，嘴冒白沫，主动昏厥过去。

醒来后，入夜的天空淅淅索索明显下着雨。鹅复又昏睡过去，一路在熟悉的噩梦里穿梭遨游。天亮了，鹅终于醒来。一醒来，坐在旁边的饲养员说，鹅，这事还没完。说实话，你的情况比较严重，饲养员说。

鹅性有善、恶。不要怀疑鹅。鹅有善的，必然也有恶的，否则一头善鹅，它怎么才算善。鹅性并非先天拥有。鹅起先只是一种野雁。鹅星期二下雨，一头作为鹅的鹅最好去学一学伦理学。星期二不是下雨就在刮风，鹅坐在空水缸里谴责佛陀。落发成为一头尼姑鹅，鹅想，或二，盘起头顶鹅毛修成一头道姑。鹅两者必居其一。鹅还能做些什么，除此以外，鹅这么认为。鹅，时间能冲淡一切。鹅不相信时间，认识不够。而鹅的心里面到处充斥着重叠的阴影。鹅想起07庞大身躯，07的双翅紧紧包裹鹅全身。鹅恶心。一股恶气从胃部升起，直达鹅脖颈，把脖颈鼓得硬邦邦的。鹅看了一会儿植物图鉴，流出悔恨的眼泪水，在星期二下午。鹅昏昏沉沉睡去，在外头起风之时。鹅的恢复假长达五天（算上端午一天法定假）。鹅吞下一把药片，睡去。鹅现在能做的事暂时不多，它也不想，鹅对大势的判断没有把握。一头鹅来到景致平淡的海湾，看着停泊在海湾上的帆船，它看着，不知道在看些什么。鹅睡去，通常它去了哪里。鹅有时只是睡去，哪里都不曾到达。鹅大部分活在现实空间，鹅，饲养员说你的情况有待进一步调查。鹅如果是善的，它就不是恶的鹅。鹅罪孽深重，在佛陀那里。鹅想起曾经压坏过一根草。鹅弥陀佛，念佛也是在积善。鹅在寻找什么东西。鹅充分准备好了之后才开始四处寻觅。鹅警觉，仿佛听见一阵声音。鹅把掩盖在翅膀下的鹅头拔出，换了侧面，又插回去。鹅最近得了嗜睡症，它自己不觉得，真气量为负。鹅场对负真气的鹅通常作消灭处理。鹅（这真好）路过一个年久失修般的西伯利亚道姑。鹅对于将要发生的事，鹅不太会有过多的想法。假如即将要发生，那么它肯定会发生。鹅在休息，它不关心这些。鹅在休息时非常宿命。鹅怕休息，有时。饲养员说，最近多休息。鹅离真鹅越远，鹅越觉得快要接近极限，报废或筑基。鹅对这两者都没有经验。鹅有时亟需一件防弹衣，有时则不怎么需要。鹅说，停着。鹅没睡醒，大半还在睡中，当时，对方说，在一根线上。饲养员站在一旁陪同，而对像是在询问。鹅警觉，听见一阵钥匙串碰撞声，鹅提起鹅头，关着鹅眼张望，鹅又睡去。鹅被饲养员带走，迷迷糊糊的，走路东倒西歪。鹅说，一个不完整的标语。鹅被坐在对方对面的椅子上，对方在桌子对面坐着。对方问道，高高兴兴上班，平平安安回。鹅说，一个不完整的标语。鹅说。鹅身上插着几十根电线，全身插得满满当当。饲养员在喝水，说鹅，不急，慢慢来。鹅放松，喝一口水，扔掉杯子。鹅很在意鹅的附近有什么，鹅经常转动鹅头，观察鹅的附近。鹅看到附近各个方向都是墙壁，墙壁上挂着几个老派标语、一个电子钟：10点27分。鹅就说，一个不完整的标语。对方说，一个动作。鹅脑壳的两侧的电线连着一台示波器。这样搞行不行，饲养员说。饲养员有些担心。没事儿，叙述者说，都是这种搞法。而且你有什么权力质疑最高存在，叙述者警告饲养员，连你上级都不敢。可以，对方说道。鹅，对方说，点燃一支，接着又点起一支，请快速回答。鹅思想好一阵，说一头鹅。鹅跟对方一问一答，规矩就是这么定的。鹅缺乏精力，想睡过去。对方让饲养员泼一桶冷水，饲养员提起一桶冷水，从鹅的鹅头直泻下去。鹅正确地回到现实中。鹅说，中午。当对方问慢时。鹅快速说，在震动。当对方问电话时。鹅对答如流。对方说，铁匠。鹅沉默着，不说话。对方把一把拔毛钳丢上桌。鹅说，沉默着，不说话。鹅感觉有些饿，鹅三天两夜没有进食。鹅说是第二天，当对方发问说这天之后的下一天时。升起又下落，鹅回答太阳。一斤，鹅回答重量。火车晚点。晚点，鹅回答道。比较。A和A，鹅这么回答。也不知道在答什么，鹅。鹅只是回复对方不停的提问。鹅回到住处，在饲养员拖动下，在回复完一千来个囊括文史哲，以及地理、天文诸如此类问题之后，鹅倒着走回住处。其中有一个问题，鹅是这样回复的：雾气中，虎来到河边觅食。鹅忘了问题，想不起来了，这通常不是鹅的错。可以了，对方说。暗示饲养员把鹅领走。鹅这天星期二，天空放晴。鹅差点给饲养员跪下，在回来路上。鹅判断认为作为鹅场底层员工的饲养员心存善念，鹅问发生什么事了吗。鹅躺下，倒头躺在床上不动。鹅哪里都不想动，没意思。鹅喝了两口水，在饲养员离开后。鹅稍后吃了小小的两颗颗粒饲料，这时饲养员应该走远了。鹅躺在床上，这是它的权利。鹅一动不动，保持静态。鹅听饲养员说，等着，看看情况再说。星期二下午，鹅睡过去。在意志涣散之前，鹅决定有必要去学一些玄学知识。

　　鹅相对天空而言是猫。相对屈原，它仍然只是鹅。鹅被跟踪（一种臆想），星期几，鹅在屋子里反复走动，仿佛一头多疑的母鹅。鹅被强行插入交媾，这事可大可小，只是不容易遗忘。鹅有效果吗，似乎没有，鹅的性欲大范围枯萎着。鹅修了一会儿真，下午。鹅感觉修真比吃药效果强。鹅对着一头苍蝇发功，苍蝇被炼成极细小的丹丸，服用后，鹅感觉鹅毛光泽有了气色。鹅甚至下午来了兴致，到附近公园游了一圈。鹅 tàn（探）, tú àn（图案）, tuán luán（团圞：这是什么东西）, tān lán（贪婪）地吸收着被污染但还算新鲜的空气，在湖边。鹅望着风，以及风向。鹅愿意和风比谁停得更久，鹅停着，直到起风。下雪了，头鹅在带领鹅群回到村庄时总是丢三落四，鹅停在风中思想。鹅会得中风吗，没听说过。鹅稍后感觉到一种东山再起的感觉在体内，一些沉渣隐隐约约的在泛起。鹅望着公园中央的大佛头，跟平常一样只是望着。下午，鹅群散去，只有鸡零狗碎的几头鹅在凉亭里弹唱黄梅戏选段：有两头抱在一起在跳慢四。鹅现在没有冲动端起冲锋枪对它们进行扫射，鹅的善和慈悲尽可能在压抑暴戾的恶性。鹅念了一句鹅弥陀佛。再稍后，鹅闻到一股腐败的气息（一条白肚朝天的臭鱼在湖面上荡漾），鹅开始自然而然嗑起瓜子。鹅穿过城铁站去对面看一场电影，鹅没去。练了几下大鹏展翅和太极后，鹅从公园离开。法律，必须是。鹅相信法律，尤其正规的法律。鹅在离开公园后以最大放松程度接近停在围墙上的喜鹊，在快要走到群芳南路的草皮上，鹅跨过一朵小小的黄花，一点点靠近。鹅在一个适当的距离停下，距离喜鹊不到三步。鹅远远听见鹅场上空响起空袭警报声，鹅环顾四周，下午的周围安安静静。鹅远远望去鹅场，只能望见鹅场的轮廓和鹅场广场中央那根光秃秃的旗杆。鹅几乎以凝视的方法望着这头喜鹊，同时感觉身上药效支撑不了多久。鹅这天是正端午，鹅同时在怀疑楚怀王和屈原那不清不楚的关系。像喜鹊这样的一种鸟，即使再驯服，它可能成为鸽子那样的家禽吗，不能。鹅这么想。出门遇见喜鹊，总好过遇见穷人。下午鹅放弃对喜鹊的观察，返回鹅场。鹅是在走到半道时就被劫走的。

鹅现在距离一个杯子和一个烟缸同样远近。鹅冷不丁一阵抖动。鹅基本上没任何在关心的事物。即使鹅关心这个那个，鹅也表示冷漠。拿出来，一头鹅懒散状命令道。什么，鹅问。那个东西，这一头鹅说。鹅看着这一头鹅，在想那个东西。那鹅在往烟缸抖烟灰也喝茶水但它主要是一头凶鹅。一头明显凶恶的底层雄鹅，它的脑壳上有类似甲骨文的裂纹，破过相，喙嘴缺了一个角。鹅在一个不知道什么地方的黑屋里，鹅被打昏后，被运到这里。这里不像那里，这里没有桌椅子，只有墙壁，没有窗户，只有一盏煤油灯盏放在鹅和一头鹅之间的地上。这里通风极差。这一头鹅在等。在摇曳的灯火照耀下，它在扇刚吐出的烟圈，用翅膀一通扇，之后彻底掐灭烟头。鹅把那个东西给它，但不知道怎么给以及给什么。鹅这时想去一趟古代，参加科举什么的。鹅想起惨不忍睹的决赛比分，鹅想爱怎么着怎么着吧，鹅内心其实有那么一点愤怒但又没什么鸟用。鹅遭受一通打击，鹅腿大概是骨折了。鹅现在如果它要真气，当然也给，反正留着也没啥用它只有一个苍蝇脑壳那么点小。鹅吐出真气给凶鹅它不要。它要那个东西，但没说是哪个那个东西。这样，它说，它起身，走去把房间门打开：外头黑乎乎的，灌进一阵凉风。它新点燃一支，说鹅，出来混，为的是什么。还不就是这些、那些东西，行了，拿出来。它说。它有点不好意思，终究没直说。鹅取下脖颈上的挂坠，把微型炼丹炉献上。这样，它说。还没说完，它转身走开了。

而饲养员是这样说的，说鹅，麻烦跟我来一趟。下午，靠近傍晚，鹅不知所以、不惑、哪怕不愿相信地回到养殖鹅场。鹅被丢在路上，摘掉头套后，鹅发现其实是被丢弃在路边的银杏树下。离鹅场不远，鹅正是在这个地方被劫持并受到威胁并且被迫交出那个东西：炼丹香炉。当时，那一头鹅没有要。鹅就不知道什么原因，不知道它究竟要啥。鹅还是没去看电影，下午，鹅想还是回去算了。鹅在想，在这不知所以的一天。鹅这天星期几，也许是星期二。鹅对这天是不是星期二无能为力，对去中心化时代的逼近同样。饲养员站在鹅场门口特地迎接，没回去住处，鹅一路被带去派出所。鹅前两天又提交了一次申请。报告饲养员同志，鹅说，要不我回去洗个澡先，有点颓，感觉。后者说不用，花不了多长时间。星期二，下午，天空一点点在往下暗淡，鹅停在银杏树下歇息，整理思路。鹅的一生短暂，未来还未来。鹅除非修真，成为一匹真

鹅，鹅还能干点啥，还能怎么脱离这个旧社会。可路漫漫
其修远，修真也需要好的设备和才华。鹅思想了一会儿，
转而又思想起竹林七贤。鹅对他们不感冒，这些纨绔子
弟，技术不行。鹅想还是回去算了，一头鹅出门太久，总
归是要回家的。鹅不知所以游动到鹅场，遥遥远远便看见
饲养员熟悉的背影。鹅不知所以，那头凶鹅（显然，它是
一头雄鹅）为什么要走去，关上门，再回来，默默转过身
并且高高翘起它的屁股。那会儿，鹅甚至感到有那么一点
委屈与失落。鹅现在在星期二深夜，鹅坐在上次坐过的板
凳上，面前摆着一听插着吸管的百事可乐。对方坐在老位
置，桌子对面。饲养员也在对面坐着。鹅看见那凶鹅走进
门，俯身在对方耳边嘀咕。对方点头确认后，它走了。你
可以走了，对方对鹅说。

鹅没有动，看着对方，不知所以。喝可乐，对方说，
天怪热的。鹅注意到，这个对方无非就是以前的对方，鹅
场的最高执政官。真的，走吧，对方说，没啥事。鹅真动
了一下，对方便哈哈笑起来，笑着说，跟你开玩笑，是不
是。喝水，对方收起脸说。对方仔细翻阅一份桌子上的报
告，说鹅，对方停了停，没往下说。没事，对方叹了一口
气，关上报告，说，没事，可以走了。鹅不知所以要走，
对方便又哈哈哈大笑起来，拍着桌子，开个玩笑而已，哈
哈，对方笑着说。把你那个什么，那个香炉放在桌上，对
方突然严肃说。鹅把香炉放在桌上。这不就对了嘛，对方
说。对方说，把手，翅膀放在桌上，放好。鹅把翅膀摊
开，摊开在桌上。对方重复又哈哈笑起来，开个玩笑，搞

这么严肃，对方说，玩笑不懂啊，你还当真了。对方咽了一口唾沫水，用鼻孔叹了一口气说，走了，你们聊。说完，对方起身离开，出画。

鹅场派出所，内，夜（人物：鹅、饲养员）：

淡入，一间常见的审问室，烟雾在灯光下弥漫。鹅在喝可乐，饲养员在重复咳嗽。饲养员掏出口罩，戴上，但咳嗽不停。这是一罐蓝色的百事可乐，起开的罐口插着两根红白相间的吸管。仔细听，能听见可乐罐内二氧化碳泡沫的破裂声。鹅在喝。鹅疲倦，鹅眼几乎关着。鹅一边喝，一边可乐水从嘴边流出，鹅快睡着了。这时，似乎有腰肌劳损的饲养员起身，在屋子里来回走动，偶尔停下，撑两三个俯卧撑，或仰卧起坐。墙上，石英钟的秒针停着，看不出现在具体几点。屋子里烟雾渐浓，不知道从哪里灌入。那烟雾仿佛毒气，又或者只是普通烟雾不知道，饲养员在不停咳嗽。饲养员把一只脚撂在桌上，开始做腰部肌肉拉伸动作。鹅则继续不动，喙嘴上呷着其中一根吸管。鹅现在完全处在睡眠状态。饲养员做完一组拉伸后，放下脚，走回到原来的椅子坐下，之后，再也没有动作，除了不停反复咳嗽。烟雾愈来愈浓，鹅和饲养员的身影在雾气中逐渐隐没。雾气最后连同灯光一道吞没，现在它看上去仿佛火山口的浓烟，不断翻滚、变换。稍后，出放大的字幕：非洲。

鹅觉得在理。况且无论从哪方面说，鹅明白这都已经是事实。也就是说，鹅现在正在变态，从雌鹅变成雄鹅。鹅接受，既然从稍早的性心理测试报告，还是（鹅不知道)两个小时前的麻醉体检,都表明了这一事实情况。鹅几乎有那么一点冲动,当时凶鹅正翘着它那光滑的鹅屁股。鹅的胃还是丹田滚烫,鹅感觉。一团火焰在体内燃烧,鹅明显感觉到这种怪异的现象。它是语言的吗,它至少是文化现象。鹅说不上来,不知所以。鹅总归是没有进一步动作,鹅处事一向谨慎。鹅深知江湖险恶,充满隐喻。鹅知道,鹅群发生变态行为不能说没有,但鹅以前也只是听说。鹅要是有机会回到古代,为什么一定要参加科举呢,去梨园唱戏也行。鹅以前下蛋,因为它是雌鹅,而且在性成熟期。鹅经过大自然处理,被鬼斧神工处理成不像鹅。但一头鹅有必要是愉快的。鹅是鹅,鹅以前一直这么认为,它能错到哪里去。鹅至少现在也这么认为。鹅本来它是一头好鹅。一头完整的天然好鹅,而现在,有些事正在起变化。鹅感觉这并不是修真的副作用,这是一个劫吗,不像。鹅场饲养员分析说,也许这跟你的童年遭遇有关。鹅当然认为饲养员的想法没错。鹅叼起两支吸管,吸着可乐水,在对方走掉而饲养员亲自把通知下达给它的时候,鹅有点荒凉感觉,不知所以。鹅星期二,那会儿鹅的选择不多,销毁或尽早阉割(体检报告表明,那个洞里面一个凸起的东西正在野蛮生长,仿佛异形,报告形容说),两者选一。但加在一起其实只有一种,养殖鹅场怎么可能除非可能但无可能允许一头不再能下蛋,又绝不可能(这种可能性极小)成为种鹅同时性取向摇晃的"鹅"的存在,逻辑上绝没这种废鹅存在的可能。鹅机灵,当时就跟饲养员说了,说饲养员同志,快下雨了,我回去睡觉。也行，饲养员说，允许回去。好好考虑考虑，饲养员说。

　　鹅接上。星期三，鹅乔装成一头鹅，它走了。鹅必须
走，只觉得所住的并非人间，鹅必须逃离。鹅假设它是一
头鹅，混在鹅群中它走了，一走了之。一头鹅它躲藏，在
街上、电影院、城市、公园入口处，在阳光下，它失去隐
身能力，从脑壳里挖出定位装置扔掉它逃走。它改名换
姓，易容，收起武功，成为一头普通鹅。鹅它现在已经是
一头标准普通的鹅它保持低调。一头鹅现在走在路边它不
说话，也不抬头看天。它不能。它必须小心再小心，像所
有鹅一个样子它没有特点。一头鹅当它路过另一头鹅时它
垂下鹅头，假装只是路过。另一头鹅同样，仿佛赌输了
钱。鹅，另一头鹅转身说了一句。别的没说。路上到处是
这样的另一头鹅，形容如同丧尸。一头鹅和另一头鹅没有
区别仿佛消失，但怎么可能。当一头鹅遇见另一头鹅，这
另一头鹅便冷冷抛出一句，鹅。别的不说。仿佛在通风报
信。一头鹅赶紧躲开。一头鹅走在路上，下午，走着走，
路面渐渐翘起，垂直指向天空。一头鹅退而求其次走去鹅
群稀松的街上，若无其事穿梭在另一头鹅和另一头鹅之间
以为安全但其实很快在移动的鹅迷宫中迷失。一头鹅和另
一头鹅通常区别微小。鹅，一头鹅和另一头鹅擦肩而过另
一头鹅说。别的不说。我不是，一头鹅解释说，我是一头
鹅，不是鹅。知道，鹅。这另一头鹅神经兮兮、神神秘秘
说。一头鹅快速躲闪。碰见不同的另一头鹅，这不同的另
一头鹅同样说，鹅。或者说，明白，鹅。别的什么也没

说。仿佛在打招呼，仿佛不是，只是在报信。一头鹅不确定。鹅，一头鹅试着对另一头鹅（它们没区别，反正都是鹅的一种）同样说。这另一头鹅理都没理它，走开了。这另一头鹅跑去同它附近的另一头鹅点头确认。确认完后，这附近的另一头鹅兴冲冲跑过来，对着一头鹅的耳边小声说，明白，鹅。一头鹅它懒得再解释，但也不愿承认，它跳飞起来。还没跳到一半，便被另一头鹅一把抓住鹅腿拉下。这另一头鹅看着它，没说话。看了一会儿，感到起风了，才冒出一句，明白，鹅。一头鹅实在没什么可说的，鹅群的眼睛是漆黑的，它无所遁形，干脆重新回到鹅原本的模样。娘希匹，鹅说。鹅摔出唯一的忍者烟雾弹，在雾气中消失。一头鹅现在星期三它又能去哪里呢除了逃离这不是人间（总不会是鹅间，抑或鹅人间）的人间可逃去哪里那里仍旧是人间。人间如同地狱它替鹅类准备好了，相辅相成且如影随形又怎么可能仅凭那点可怜的修行得到解脱呢。不符合市场规律。一头鹅它本来是一头好鹅，一头性成熟的蛋鹅，但现在它有点破罐子破摔。它，一头鹅，口吐泡沫光天化日之下坐在公园长凳上想起以前逃离又重复返回鹅场的岁月。它被吃定了。一头鹅逃不动，它哪里也去不了即便这天是星期三。一头鹅没这种勇气，它没有。它能有这种逃离设定的勇气吗一头鹅，没有。一头鹅它被生物逻辑锁死，从起初就这样。一头鹅生活在现代这个古代。一头鹅在逃离时只是胡乱逃离，这就是它最后总要返回鹅场的原因它没来得及搞明白，仿佛离家出走，走远了，它总要自动回到家中。它是一头鹅，仅此而已，它尝了一口可乐。这都一股什么味儿，它是被吓唬大的一头鹅，有时是恐吓。有时它习惯了而当时它没有勇气。一头鹅只有一个鹅胆。具有清热解毒、杀虫之功效。一头鹅即便在走失的情况下，凭借良好的嗅觉和方位感，它仍然能回到老地方。一头鹅就是这样的，而不是那样简单说这已经成为一种鹅本能。一头鹅感觉又被监视上了，它起身离开。它起身，但没离开，站着没动。它感到无聊，一头鹅，它无无聊聊站着。一头鹅它站在空气中想了一会儿，感觉有些想不动，它又坐下，坐回到长凳上。它有逃出一里路吗，这一趟，它仅仅才来到附近的公园，一群鹅停在湖中央，停着。不知道在停什么，一头鹅看着湖面以及湖面上空的天空，鹅群中的一头怪鹅突然对它大声喊叫。而其中另一头怪鹅只是掏出手持机关枪朝它一通扫射，不像更古怪的另一头鹅连着射出两支火箭筒而附近其实并没有坦克和楚门。一头鹅第一次打了一个呵欠，大腿乏力，脚踏棉花从非机动车入口处离开公园。一头鹅一离开，一小块天空便塌了下来，掉进公园深处，管它呢。一头鹅穿过城铁站阴嗖嗖的地下通道来到马路对面，它一边走，通道跟着它一边倒塌。一头鹅走得慢，它没什么可急的，在逃亡路上。一头鹅它等于还没开始就已经放弃，这又是何种原因它想，假如销毁并非坏事。傍晚，一头鹅拖着鹅的躯壳顺利回到鹅场。鹅场饲养员像上次那样站在门口，一头鹅走过去仿佛就要承认错误，但饲养员安慰说回来就好，鹅，回来就好。

　　鹅场在下雨。鹅在鹅场。不仅在，鹅还看着整个鹅场，真当是一块风水宝地。星期二（三），雨天，鹅站在窗前，喝水也看着鹅广场上的那根旗杆。隔壁邻居鹅作为废鹅，前两天早早拿去报废，没耽搁。新入住的鹅连毛还没长齐。星期二，或三，又是雨天，好日子。鹅等会儿，下午1点，便会站在那根旗杆下，仪式性烧毁。这是商量好了的。饲养员也支持。鹅，饲养员说，这也算是从头来过。鹅认为饲养员的意思，是这类事并不新鲜，而我们之间也谈不上有啥感情。所以鹅是自愿的。鹅点背，它承认。鹅是一种古老的生物，不像地毯。鹅这么认为。鹅是第三人称、第一鹅称。这是一头鹅。鹅说，自己对自己。我们熟吗，鹅。鹅说。鹅这么说时，通常是自己对自己说。鹅熟归熟，其实也没那么熟，彼此也没说谁欠谁。经历一番折腾后，鹅毫发无伤。鹅说。一头鹅开始从事编剧事业竟然以为那也是一种修行这实在太荒诞，鹅说。鹅对饲养员说，有没有这回事。（就像亲人）饲养员说，这种事，你说有就有。鹅是这么想的，鹅想，修行是一回事，修真修成一匹真鹅是另一回事，是不是，鹅说。你见过的，饲养员说。饲养员点燃一支，站在鹅旁边站着，看着窗外。现在都进入虚拟时代了，我怎么知道，鹅说，怎么知道你们给我设定的真鹅是不是虚构。是啊，饲养员叹了口气，没说话，保持沉默。怎么说呢，她说，信则有，这种事，心诚则灵。饲养员深深沉沉吐出一口烟气说。几点了，鹅问。不急，还早。饲养员，鹅这会儿似乎有一种冲动，扑向饲养员一通交媾。鹅望着雨中那根光秃秃的旗杆，在脑壳里仔细观察、审视这种冲动：它不大，只有苍蝇头那么点小，仿佛一家废弃的印刷厂。鹅，鹅说现在鹅场还是讲规矩的是不是。鹅，饲养员把鹅端起放在窗台上，那当然，饲养员说，一切以新颁布的鹅法为准绳。哪能滥杀无辜。饲养员说，抬头三尺有神明的。鹅这就放心了。鹅不一定是唯心主义，但饲养员说的多少也是安慰。鹅没心情吃。饲养员在碗里倒出一些高级饲料，鹅实在没这个心思。鹅这会儿不饿。我去睡会儿，鹅说。饲养员没什么可说的。我知道，鹅最后说，那只是一种娱乐活动，是吗。你见过的，饲养员还是这句话。

鹅雨过，天空放晴。时间正好。鹅被绑在旗杆上，喙嘴用单独一根绳高高吊起，一对鹅翅拉开捆绑在一根横木棍上，双腿悬空。鹅通过两侧的鹅眼左右看见广场上还是来了不少鹅，都是闲的。鹅武功已被废除，真气吐了个干净。鹅此时篝火材料已经支架完成。鹅现在一尘不染。鹅说没什么要留言的。鹅嘴用绳缠得死死的怎么说。鹅摇动鹅头，同样没法摇。鹅简简单单晃了晃鹅腿，大概意思到就行。从一个山峰峰顶俯视一头鹅。这样做有没有意义，有，那它的意义在哪里。仿佛一个下午，一头鹅慢腾腾晃去前线，老实说它又有什么好处。风停着，此刻，它当然必须停着。一群鹅排队有序升天，其中有一头掉了一只的拖鞋。而且是左拖。闲着没事，一头鹅在地图上描绘以前游荡过的轨迹，而且这头鹅鹅以前还认识。鹅感觉到口中一股甜，特别的腻味。鹅现在星期二或三它的胃在痉挛，出门前忘了吃药。鹅在出门前，停了停，它似乎想起什么，但什么也没想起。鹅这奇短的一生有过好的后悔吗，没有，但有过好的遗憾。鹅遗憾之极在出门之前，它把炼丹炉送给饲养员而后者说这玩具还是你拿着稳妥。鹅想起来到养殖鹅场那天鹅场整天在下雨。鹅现在连一口小小的气都叹不成而这一切谁说不是命里早已注定。鹅场安静，除了疯狂的知了（鸟）声，鹅场安静极了。又极度平静，一如无风的湖面。鹅是这么感觉的，当它因为疲倦而关上鹅眼。鹅感觉到委屈但能埋怨谁呢，鹅最多只能感到一点失落而不是失控，这时，鹅特别想化身成一个鹅弹在点燃自己后轰平整个鹅场。鹅现在竟然有点儿愤怒而这是它之前一直没有算到的，这至少说明它也有正常的时候。鹅在正常鹅看来通常不怎么正常。鹅想念雨水。鹅想起自己可能属羊或兔，但这可能还是错的。鹅感到无聊在一个不下雨的鹅场中央，尤其在一根旗杆上被绑着，而且被绑着的鹅正是它自己。鹅曾经也是千百万鹅中的一个，不是吗，这些亲人都去哪儿了。鹅因为蛋生，鹅的血缘关系总是没那么严重。鹅在关键时刻总不能让一个蛋壳来帮忙。饲养员在给鹅梳理鹅毛。一下一下往鹅毛上喷些水，接着用抹布小心擦去上面的尘埃。一头小鹅（不是新隔壁邻居鹅）在悄悄哭泣在鹅群中。这就没劲了。鹅真想告诉它，向它不厌其烦讲述从前庙里的那一匹真鹅的座驾其实不是扫把，不论那扫把有多漂亮，它只能用来打扫卫生。鹅快速想起和尚师傅，它不得不想趁着这会儿还有点工夫。鹅想念他，真的，这甚至是唯一值得想念的东西。鹅在想。鹅想，它当时应该在那头凶鹅的屁股后面搅动一番，成鹅之美。这么一想，鹅便又想起 07，它在广场上吗。鹅打开眼睛，貌似没找到。它平时应该很忙。它，鹅场的孵蛋率在直线崩溃，它估计最近精力透支严重。鹅对它没什么埋怨的，这不是它的错。报告显示，鹅成为种鹅的概率仅为 0.13‰，低到可以忽略。总之，无论怎么说，鹅场的决定是正确并且精确的。鹅始终不认为鹅有抑郁倾向，最多有那么一点反社会又或性格分裂（注：这是不被允许的），如同佛陀。鹅信佛吗，当然信。虽然这有难度。大概就是这些。要回忆的东西没多少，鹅的记忆力一般。鹅没有气力，也不紧张。三头鹅：一高、一矮、一远和一朵花。鹅的反面是什么。这一直以来是困扰鹅的问题。也许只有在达到真鹅的阶段才能解决：真鹅对鹅而言，看来和雨也没什么区别现在。现在，真鹅慢慢成了鹅的一个心结，可惜没时间。这会儿是星期三，饲养员在身上摸索那盒火柴。那就这样。饲养员摸出火柴，点燃篝火。广场上瞬时响起三发电子礼炮。一头鹅早就准备好啦，扮成萨满巫师围绕这堆小型篝火跳着舞蹈。饲养员俯下身，凑近火焰点燃一支，吞吐起来。鹅群不约而同（合适的）欢呼或沉默着，各取所需。晴朗的天空复又乌云汇聚，在接连闪了三四个雷电后，一颗颗巨大的暴雨珠从天空倾倒下来。幸好挡雨程序亦有预先演练，一个遮雨棚快速被搭起，滴水不漏。而这一切统一被摄像机和监控设备全方位无死角 3D 立体记录并且即时直播。

　　鹅只能排第三。

　　鹅凶巴巴的。鹅看着一副不共戴天、对牛弹琴的样子，只是凶又能凶到哪儿去呢。鹅在真鹅面前，再凶，也就像鹅在一头大象面前连一只蚂蚁都不如。一头像鹅那样的鹅，它对自身还有什么不满意。真鹅看着鹅，仿佛在看着什么。傻乎乎的，你有什么不满意，你说。真鹅说。在遇见真鹅的日子（星期三），在庙门口，真鹅手持扫把，从台阶高处俯视鹅。鹅说这不能够。鹅说，你说滚就滚啊。鹅原地翻了十来个筋斗，稳稳停住不动。鹅看着真鹅用扫把左右扫地，不知道它是真是假。傻乎乎的，凶一个瞧瞧，真鹅说。鹅就站好，凶巴巴站着。傻乎乎的，真鹅说，你有什么不满意的吗。鹅，鹅就是鹅，你有什么不满意。你打扰我扫地啦你知道不知道，傻乎乎的，滚。既然真鹅如此不屑，鹅只好蓄势发出两个大力金刚掌。一前一后，真鹅吹一口气便把它们化解于无形。鹅是在一个下雪的星期三遇见的一匹真鹅。它至少像一匹真鹅。它的姿势、语气、扫雪的动作、望着雪花的表情、脑壳上若隐若现发光的光圈，无一不打动鹅。鹅当时就跪下了。师，鹅准备拜师，还没说出口，当即被一脚踹飞，从庙门口一路滚下台阶。师什么师，你干吗的，傻乎乎的，真鹅说。鹅就说了它是做什么的，怎么一路修真到此。傻乎乎的，世上哪有真鹅。真鹅说。难道你不是，鹅口吐血沫问道。真是傻乎乎的，都不知道你在说什么。说完，真鹅转身返回庙中。鹅这一住，就住了整整十年。鹅一头鹅在庙里扫地、做饭、撞钟、静坐、冥想、炼丹，仔细等着真鹅回巢。它没回。它说，真鹅说，既然你这么喜欢这个庙，免费送你。真鹅至少不是骑着扫把走的，它随手把扫把传给鹅。鹅一直把它当作衣钵。鹅这十年，下过多少场雪，又下过多少次雨水，刮过多大的风，鹅不想记得。鹅只记得，真鹅离去时说过一句话。它说，鹅，送你一句话，你听着，傻乎乎的，我只说一遍，听好了，指不定以后能用上。真鹅说，说完，它说了这句：鹅只能排第三。这句话，鹅即便在那次修真结束，在苏醒后的傍晚，鹅仍然反复记着。鹅现在星期二或星期三在广场的火焰里烧着，它想起的，不是什么怪力乱神、蒸汽机、区块链、地震、核桃还是静静的瓦尔登湖，而是这句话：鹅只能排第三。也有这么一种可能，真鹅给的是一句梵语发音，谁知道呢。鹅在烧，鹅烧得正旺。

鹅吃草，逼急了鹅也破坏草地。鹅放下饭碗，匆匆赶去前线。鹅，星期三。鹅能自动浮在水面上，在正常情况下。正常情况下，太阳每天在变轻，鹅肉等家禽类价格五十年保持不变。鹅点燃。点燃后，鹅燃烧着。鹅站在无数鹅对面，而不是反面。鹅曾经无限大而有时候，鹅渺小。动员大会还搞不搞啦。鹅的运气通常不错。再说了，鹅熟悉各种阴谋论。比如：一头鹅回家，而另一头鹅正好出门。另一头鹅悄悄出门去了，三年后的星期三，它才返回。这是早就预谋好的。鹅（就）是这样的，而不是那样（哪样）。鹅烧着就烧着了，又有什么所谓，鹅还没烧熟。鹅使用恐惧，恐惧带来信念，信念产生光环，而不是使用真气。鹅现在星期三真气为零。鹅挂在旗杆上，周围那点薄弱的光环在抵御火焰的侵袭。鹅光环分多种，鹅通常使用祈祷光环，或救赎型。鹅现在周围散发着淡蓝色薄弱的光芒，鹅也只能这样。鹅懂得自我保护。鹅如果现在还心存一丝希望，它就不应该继续翻译"鹅只能排第三"
这句话。这顶多是一句废话。鹅的心、肝、脾在撕裂，胃
在搅动。鹅汗流如瀑。鹅在祈祷，用"鹅只能排第三"这
句话重复祈祷。鹅临了仍旧信任真鹅。不能不信。真鹅
意味着鹅是真的。鹅弥陀佛，鹅有时如此祈祷。鹅发着超
高烧，鹅毛在变形。事实上，鹅现在严重脱水。鹅（从
外部观察）仿佛进入熟悉的冥想程序，骑着一朵加速开往
西天的白云。给鹅五毛钱，有什么鹅用，不要给，它暂时
用不上。鹅暂时还不想跟佛陀对话。如是我闻，佛陀停在
菩提树下写书，树下同时停着一头鹅，不仙也不真，普普
通通。鹅 1840 年，一个泱泱大国怎么就打不过一个外夷
岛国。鹅叹了口气，来到佛陀身边。鹅说。佛陀关着眼
睛，乌黑的头发盘成一小颗一小颗的螺旋状物。鹅没说，
忘了说什么。鹅观察佛陀和公园中央的大佛的差别同样忘
了。一小堆篝火，烧十分钟还没烧完。鹅看见饲养员吸完
一支，又用火柴重新接上一支新的。她是四川哪儿的，饲
养员。鹅不存在涅槃重生的可能，绝不可能。鹅现在在追
求极致放松的道路上，鹅越走越远，鹅气息薄弱如葱。鹅
走远了。鹅没打扰佛陀，拍了拍他的肩膀，鹅走了。而那
一头普普通通的鹅及时追上来，说等等，不急。鹅就等
着，停在路边喝水也解开包袱数钱。鹅这么做，一定有这
么做的道理。尤其在佛陀面前，鹅能明显感觉到一种大
势。而佛陀就在这种大势的中央。佛陀是大势本身，也
许。鹅在不远处看着佛陀，看上去他有些疲倦。鹅只能排
第三，鹅说。这普通鹅没明白，它看着鹅，拍拍鹅的翅膀

说，不急，再等等。篝火比之前烧得更旺盛，那些柴火经烧极了。鹅有些等不及。鹅现在星期三下午鹅身上羽毛在逐渐呈焦黄色。鹅仿佛有一种想去洗手间的感觉。鹅一只眼打开，另一只关着，关着的这只看着佛陀的沉默，他在沉默什么。他只是空落落地擎着那支毛笔，根本没动。鹅打开着的那只眼睛，看着下雨的天空，主要是天空，而不是雨。鹅在两个视觉景象中注意到一根模糊的细线，也可能这线根本没有，不存在。鹅在等。等雨停，同时在另外时空等佛陀的最高指示。鹅不知道。鹅现在星期三也许碰到了一生中最奇怪的时刻：这很容易理解。鹅再也没有别的什么事，鹅叹了一口气。鹅叹的这一口气不长不短，也不特别，鹅也就在这个时候：好好的雨突然停下，所有雨滴停在空中不动，而佛陀跟着也轻轻叹出一口短气，而饲养员（这里暂定她是四川简阳地区的）随手弹着烟灰，而广场鹅群中的一头小鹅在惊声喊叫，仿佛看见了什么怪东西。快看呀，它在喊，蛋，那里有一个蛋。显然是没见过什么世面。茶水中的蜜枣很甜。

星期三，当一头小嫩鹅说那里，它指的应该是鹅的屁股。蛋，当然是指屁股里的蛋。鹅现在这个蛋只有一小半露在屁股外面，它在缓缓推出。佛陀放下毛笔，合上书本，收起文房四宝，他重复叹了一口轻气，他消失，连同他的宠物鹅和那株树，以及树荫。他总归是没说一句现成的言语，鹅理解。而鹅场上空，雨继续停着，稳稳停在空中不动。鹅现在星期三下午神识全无，意识全部掉入潜意识的海洋被稀释并且埋没，鹅简单说它现在星期三下午脑壳里的思想正处于捞魂状态：它踮起脚，鹅翅尽可能去勾那个漂浮不定的魂魄。鹅蛋在缓缓推出，它大，比通常的双黄鹅蛋大不止一倍。当这个鹅蛋大部分来到外界，凭着地心吸引力，它脱离屁股，掉了出来。鹅抓住温暖的透明魂魄紧紧不放松，鹅一鼓作气一口把它吞进胃里。鹅四周的淡蓝色光芒渐渐褪去。鹅蛋掉进火堆，鹅蛋洁白。而这时鹅群不知道什么原因，统统跑开了。它们夹杂在鹅群中间有些是上次搞暴动好在逃脱惩罚的鹅：这是一个病句。鹅现在星期三下午 2 点 18 分左右鹅已经什么都不知道了，也没谁关心。养殖鹅场及时拉响警报，围墙铁丝电网赶紧通上电。暴雨突然恢复下降状态。而饲养员蹲着，仿佛看着一摊难得一见的奇迹。鹅蛋在旋转。大范围，不但自转，还在螺旋形（类似佛陀的发型）往外移动。鹅蛋暴力，转速引起的高速旋风把篝火、遮雨棚、雨滴、乱七八糟的杂物以及饲养员本身等不断往外抛甩，直至清空出一片绝对平坦、干净的场地。稍后，鹅蛋转回场地中央，竖着，完全静止，不再移动。并且没有一个雨滴打在鹅蛋上，统一绕了道。

比如：假设一个土豆不停膨胀，长成比地球还大，那就成了倒过来地球长在土豆上是不是。鹅的故事很长很长很长，只是基本没内容。连最基本的坑、蒙、拐、骗都没有。这不怪鹅。鹅在湖边，偶尔也浮在湖面中央发呆。鹅时刻提醒自己，鹅是什么，什么是鹅。鹅叼着一支吸管，形而上学似的空叼着。鹅最近忌可乐，改喝明前龙井。鹅的待遇不仅在饮食方面，在精神，也略有（大幅度）提升。鹅有大把时间外出闲逛，美其名曰在陶冶情操中适当修行。而这是鹅场经充分研究、论证后特批的。顺便还给配备了一名保镖：那头喙嘴残缺的恶鹅。恶鹅的本质是鹅场特务、卧底，这点鹅不说但心跟明镜似的。一头鹅意外被刺身亡，这种日子惶惶而不可终日简直没法过了，但一律与鹅无关。鹅落得那真叫一个清闲。鹅现在毫无疑问在鹅群中成了一头特殊鹅，因为鹅蛋。它的鹅蛋。一个鹅场史无前例的巨鹅蛋。鹅场的历史短，也就几十年。鹅在两星期后在星期三醒来，第一直觉是喝可乐。鹅需要大量可乐水。鹅迷迷糊糊下床，鹅掌一落地，便扑通倒在地上。鹅醒来拔掉身上各种针头、插管，但饲养员说不要运动这里面有好东西。鹅就着茶水服下两个回魂丹，鹅的魂在胃里好好的，异常老实。鹅说，鹅只能排第三。饲养员让它再躺息两天再说。明后天再来看你，饲养员说。鹅蛋放在一个青花大瓷碗里，满满一大碗。饲养员把碗移到床边。饲养员说，在你昏迷、换毛的这些日子，它一直在晃动。鹅没说话。不知道什么意思以及发生过什么。我的鹅啊，饲养员。饲养员把当日销毁仪式上的来龙去脉说了一遍。鹅只记得天空在下雨和一支毛笔它的笔尖是开叉的，别的没啥印象。鹅没说话，看着这个怪蛋，看一会儿也就不想看了。饲养员备上门，走了。鹅在生理盐水注射下睡去，安稳、静好，一点也不生气。下午，鹅从不远处走来，走到近处，边走边蒸发。不知道，鹅说，别问鹅。鹅路过一个湖，它忘了湖是什么。它假设它已经忘了。恶鹅跟在鹅屁股后头，问东问西，大体上都是一些基本问题。恶鹅问一个，记录一个。恶鹅提着鹅蛋笼子，跟一条狗腿子似的。请问这是什么，恶鹅指着湖说。恶鹅把录音笔凑近过来，等鹅回答问题。这是什么。这能是什么，这不就是那个什么吗。忘了，鹅说。鹅场特地给派了一名保镖，加双引号的"保镖"。鹅腿子有时翘起它的屁股，高高翘在鹅前方。实在恶心。鹅正大光明，厌恶这种阴绰绰的测试。鹅腿子有时从鹅场心理师那里弄来新表格，鹅统一回答不记得，忘了。请问这是什么，鹅腿子竖起一支笔问。一，鹅说。鹅有时候说，水。鹅腿子连忙从保温杯倒出茶水敬上。鹅有时都不用说，停着。鹅腿子立马跳上鹅背做全一套泰式按摩。做狗就是做狗，鹅说。鹅腿子没说什么，认真做好记录。鹅明白。当饲养员说，鹅，研究研究这个怪蛋时，鹅就明白了，从此它的一静一动都只能在鹅场的监控下。天下没有免费的一日三餐，免费的高级饲料，大好免费的山水风光。鹅聪明。鹅难得糊涂一场。傻乎乎的，鹅敲敲鹅腿子的脑壳。提稳当了，鹅提醒它，弄破了怎么办。万一有个什么闪失，蛋飞走了又怎么办，你负责啊。你能负责吗，傻乎乎的，傻。鹅腿子没说什么，反正鹅说什么，它就记录什么。入夜，鹅腿子在门口站岗。等睡到下午，鹅出门行散或串个门什么的，它还立在那儿。鹅问饲养员这是什么意思。鹅不该问。安全，饲养员说，你现在是特殊情况。鹅对饲养员有想法吗，有。鹅多少有那么一点。鹅的身体仍然在变化，鹅能感觉到。但这不是最重要的。对鹅场来说，关键是蛋。鹅现在是星期三，鹅现在突然感觉对佛、静修、炼药之类非常信，鹅它不得不信，现在。鹅平均产蛋 30—40 枚 / 年。鹅场有上千的鹅。鹅场的历史不说短，也有五六十年。在那么些芸芸众鹅中，它怎么就下出（而且是在非常态的情况下）这么一号蛋。这里至少有无数个疑问。比如随便说：一、它为什么金刚不坏。无论摔、敲击、锤打，或者机床锻压，哪怕用硫酸黄水浸泡，它外壳无损；二、用 CT、核磁共振、X 光、烛光等照射，它仿佛石头，完全实心。但它看着又那么通透；三、鹅蛋一般是静物，不会无缘无故移动。除非它不是鹅蛋，那它又是什么；四、太多了，举例举不完，就说，它为什么看上去还如此普通（除了体型大）。鹅搞不清楚，鹅场科研人员更是一头雾水。但不管有多少疑问，鹅只需要其中一个疑问：此蛋与鹅究竟是一种什么关系，鹅就顺利成为鹅场的特权鹅。鹅明白这一点，也愿意从可乐改喝无聊的茶水。鹅在回忆。这一切发生了什么，鹅不知道。而饲养员为什么说，你是见过的。见过吗，佛陀和真鹅，鹅真不知道，不记得。鹅在饲养员把点燃香烟的火柴丢进篝火材料之后，鹅的时空发生错乱。鹅以至于重生（不能这么说，准确的说法应该是侥幸逃生）后，鹅的失语症消失，成了一个整天絮絮叨叨让自己也厌恶的鹅。鹅如果不是被什么附身，想不出别的可能。鹅甚至现在的血压、血脂、体重、肌肉脂肪比率等一切正常。鹅除了失忆，实在想不出更好的办法来回忆这一切。下午，鹅看了一会儿《水浒传》，它都一时想不起看它的理由。鹅不知道，一本造反失败之书有什么看头，鹅不记得了。鹅问鹅腿子，让它去隔壁邻居那弄一支扫把。

鹅腿子（傻乎乎的）当真弄来一条扫把。鹅望着扫把，感
觉熟悉，感觉有一种在一个寺庙扫落叶的感觉。而到了深
夜，鹅盯着这个蛋，要说有多熟，它其实非常陌生。它始
终没动，在碗里。它或者偶尔动了一下，但鹅有时睡着了
不知道。它有时（鹅仔细盯着的时候）仿佛真动了那么一
下，只是一下，但这种事鹅又怎么敢确定。鹅最近自从被
鹅腿子全日制贴身保镖后，鹅神经脆弱。鹅不知道为什么
它变得超级敏感，尤其在起风的时候。鹅感觉每根鹅毛都
在呼吸，而且鹅能从饲料里分辨出其实玉米成分是从美国
进口的而且还转过基因。鹅不说，但它心里敞亮着呢。鹅
如果鹅的一生也分春夏秋冬的话，它可能处在五月初八夏
至（星期四）这一天。鹅不知道。鹅有时鹅突然开口，却
不知道要说什么，鹅也不渴。鹅有时假设鹅突然开口说
话，却仍然不知道要说什么，而有时，这反而让鹅觉得充
实。鹅有时星期三下雨没事看着碗里的鹅蛋，这是它亲生
的，它是鹅蛋吗。鹅假设它是鹅蛋而不是其它，可这种假
设又能有多重要。鹅在假设时，非常有耐心。鹅假设星期
一是星期二，那鹅还是鹅吗。鹅假设星期一是星期二同时
也是星期一时，它是不是仍然还是鹅。鹅的假设通常比较
随意。鹅有一次假设它在世界的外面，往下归纳琢磨时，
它差点疯掉。鹅通常看着这个蛋假设，这总要比凭空假设
来的有趣。鹅假设蛋动了动，鹅马上发现这个假设太假。
鹅扣下扳机。或者鹅干脆直接上前线去修行算了。鹅总归
是会回归理性的。鹅无所事事整天，下午，鹅不认为这是
一个阴谋，或仅仅是一个传奇。鹅这天是星期三而不是假

设的星期二或一。鹅要摆脱逻辑单独存在，这对它实在困难。鹅是鹅，那又怎样。这又回到了老问题三。鹅现在星期三下午，饲养员拿着一块勋章（特殊贡献奖）特地跑来贺喜，但同时也提醒鹅，说鹅，你就没想过，研究方向是错的。而且，饲养员停了停（一边在桌子上摆弄着那个鹅蛋，这里敲敲，那里磕几下），但还是深刻有力、情意深长说出了口，说鹅啊，你的性取向现在不明不白的，它始终是一个要面对的问题。你要尽快做出选择，最迟星期五，饲养员想了想，说适当宽限几天，下星期三宣布也行。

鹅，鹅弥陀佛的鹅。鹅的鹅。鹅是白色的，白色的。鹅可以是白色，也可以黑。鹅没意见。白色有时让鹅（更容易地）联想到恐怖。鹅没意见，对于颜色，能用就行。鹅现在不需要偷偷炼丹了，鹅明着炼。但不知道为什么兴致不大。鹅朝前走，有时倒着朝前走，鹅方向不变。鹅星期三绕着湖中央的中心点绕了一圈半，鹅自动沉入湖底。鹅坐在湖底，回忆一座庙。那里遥遥远远下雪没有，这需要花一点时间想。鹅的想法一向慢，甚至有时只是停着不动。鹅浮出水面，下午，鹅不能总沉在沉重的湖底。不是吗。鹅摸出一把鹅瞄准鹅群中任意一只鹅。鹅有时是这样的，记性不好。鹅有时一头鹅是一头被刻意安排，同时必须能被理解的一头鹅。鹅作为一头鹅自然也不例外。否则它就不是鹅或不产生意义。这里，鹅必须依附诗歌才能成立，否则它（鹅，我们已经说了很久了）又是什么东西。鹅是诗的派生物，在这里。不知道。鹅不在这里之外

的任何那里。鹅在这里。鹅也只有在这里，鹅才成立。反
正就这么一个意思。这里放着一罐可乐。这里，原本放着
可乐（蓝色的百事），但现在，这里是一壶茶水。别的地
方不知道，但这里确实经常这样。这里和鹅关系不大。鹅
单独。比如：鹅。鹅现在上午 8 点 35 分让手表上的分针
倒退 10 秒它还是 8 点 35 分。鹅嗑瓜子，从最后一颗瓜子
嗑起，有时（在适当的时候）。鹅有时在适当的时候几乎
能理解鹅的一些行为。比如：鹅坐在阳台上，准备随时坐
坏。鹅不会觉得，鹅在随时变坏，除非变坏的意思是变得
没那么通风。鹅听其它鹅经常说，要是鹅神经衰弱，会对
周围的动静特别敏感。而鹅现在的感觉是，鹅大势已去。
鹅说：需要有光，光停着不动。这就是最好的证明。鹅有
时大清早走过树林，树木明显在倒退。鹅有时感觉鹅的结
构实在是一些气，而不是鹅和鹅和鹅之类细枝末节。鹅，
六月，早出晚归，导弹停在空中生锈。鹅，雨要下不下，
而风，六月的风，基本上不是要去关心的事。而有许多
事，鹅确实已经忘了，这是确实的。就好像这些事情被抽
空，在一个下午，鹅醒来，大势已去它没了记忆。它是一
头什么鹅，怎么成为这样的一头鹅，当它没有记忆（大势
已去）。鹅不知道。鹅现在停着。停在原点。鹅在屋子里
来回走动。走走停停，下午，鹅回到原点停着不动。鹅这
时成了一头新鹅，怎么可能，在大势已去的情况下。鹅旧
或新它还是原来的鹅。鹅旧或新通常只是鹅的一种感觉，
而感觉不重要。鹅如果要换成新鹅，它最好转世投胎（在
理论上）。鹅暂时还没这种想法，下午，鹅停在原点想，

也许下午会有雨。鹅天空阴沉，有下雨的可能。但没有可能它这时已是一头新的不同的鹅，无论从哪个方面，鹅没变化。鹅脑壳空着。鹅平时也很空，在脑壳空着的时候。鹅现在只有一点变化，在来回走动，走走停停之后，鹅感觉有点脱水。鹅停着的原点上面没东西，空的，只是一个抽象的点。鹅的这个原点差不多在屋子的正中央，而那个蛋摆在窗台上。蛋在窗台上停着，在碗里。下午，鹅的任务是继续认识这个蛋。鹅有时停在原点看着这个蛋。有时不看，垂着鹅头在想，边想边叹气，也不知道在想哪些东西。鹅通常不需要对生产的蛋负责。鹅需要负责，对这个蛋。这个蛋特殊。这个蛋特殊是因为它不是蛋而是这个蛋，它被特殊化了。这个蛋，怎么说呢，鹅对这个蛋一无所知。这是一个怪蛋。但这不是它的错，鹅这么想，也这么认为。它只是一个蛋，与其它所有的蛋都不同。鹅有时远远看着这个怪蛋，看不出什么东西，初看它也不怪。而稍远，窗外天空阴着快要下雨了吗。雨要下不下的，雨怪起来有时比蛋还怪。鹅有时奇奇怪怪（空着翅膀）在屋里走动，走走停停，鹅有时连它自己都感觉奇怪。但感觉并不重要。感觉是一种怪东西，鹅的感觉通常也不例外。鹅要是没有感觉，它就不会感觉到怪，它成了植物鹅。鹅吃草。从来都是这样，这没什么奇怪。鹅在整个宇宙万物中自有其使命。鹅的思维通常比较涣散，但还能忍受。鹅喝了一点茶水感觉想吐，下午。鹅被禁止喝可乐这简直像一场小型灾难、一间濒临倒闭的印刷厂。鹅自从被勒令严禁喝可乐以及类似饮料之后变得奇奇怪怪，而不是因为它要对这个怪蛋负全责。鹅场命令鹅尽快提交鹅蛋分析报告，否则别怪不给面子直接送去前线挖战壕或仍旧送去昆仑山下农场接受再教育（鹅忘了）总之两者选其一。鹅甚至面临被再次销毁也有可能。鹅平时大量诗歌写作经验让它对写一份报告应用文充满大量不屑。但事实却相反，鹅不能凭空虚构一份报告，毕竟它是应用文而不是抒情散文。鹅需要针对这个蛋得出一个结论，无论它是什么。饲养员说研究方向错了，她的判断可能是对的。鹅通宵研究这个鸟（此鸟非彼鸟）鸟蛋。鹅有时哪怕连孵蛋的方法——管它呢反正这试试那试试总比空看着强。鹅的研究方法主要还是空荡荡看着。这是什么？一个蛋。一个什么蛋。事情就这么变得复杂起来，或许它根本就不是蛋。蛋通常指的是某些陆上动物产下的卵，胚胎外包防水的壳。这一个蛋百分之百防水。是不是卵蛋，还有待进一步分析。而事实上，它没法分析。要是方向错了，事情会越走越偏，鹅这样想。鹅不去想这些。鹅现在星期三停在原点看着这个蛋，完全不知道下午究竟会不会下雨。鹅星期三原定是宣布鹅性取向最终归属的最后期限，鹅不去想这些。这个蛋停着没动。鹅走近，上下左右看着。鹅在成为真鹅的趋势中无限靠近真鹅，而养殖鹅场去年的鹅数翻了整整一倍。鹅不认为现在搞蛋研究也是在修行，这是两码事。鹅也许这是一个真鹅之蛋，一个真蛋，否则它怎么那么大，那么的不同和普通。鹅看着这个蛋感觉它貌似真，但感觉是感觉，并不重要，不能作为证据。鹅如果这个蛋是真蛋，它至少能感觉出某种暗示。它现在彻底没有，这个蛋，它静止停着，不动，也不可疑。它甚至让鹅想起旧社会某个佃户，但仍旧没有疑点。它干净、洁白，静静的，绝不动摇。鹅发脾气很正常，谁叫它是鹅呢。鹅上下左右看完后，重新回到原点叹气。鹅在炼丹香炉里插上三根细香，运气也是重要的成分。鹅大范围绕上三圈回到原点和始终站在原点（鹅这样做了）对原点来说没有本质上的区别。鹅叹气，在是不是停在原点叹还是其它地方也没区别，在本质上。本质这个东西，鹅，本质上它不是水壶。鹅的本质对应蛋。鹅现在鹅对蛋是一对一的关系。鹅的这种对蛋的关系相当薄弱，还没产生情感。外面下雨了吗，没有，只是在闪雷电，没有情感。蛋孵出鹅。蛋通过鹅孵出鹅，这过程产生了情感。鹅使用感情去认识一个蛋，有这种必要吗。鹅有时通过仿真孵蛋器来到世上，鹅没有情感对仿真孵蛋器，但有记忆，少量的。在艰难的孵蛋岁月，一头鹅日夜望着空荡的天空，难免对空荡产生情感。这是一种什么样的感情，鹅还没想好。鹅现在星期三对这个蛋只有一种强加的关系还没有感情。鹅通常极少感情用事。鹅认为战争也是一种情感表达。鹅需要感情，有时则不需要。看准对什么，鹅对蛋没有感情，可以没有。但感情有实用性。鹅说到底鹅是鹅，它需要什么感情，不需要。鹅风格大变，在面对一个蛋的感情的时候，鹅感觉（真的不重要）离真相越发遥远。鹅琢磨不透，对这个停在窗台上的蛋。鹅没那种感觉。它是蛋，这毫无疑问。它可以不是停在窗台上的蛋，可以竖在桌上，所以是不是停在窗台上不重要。停在窗台上不是这个蛋的本质。这个蛋和窗台之间也没有感情，这只有它知道。这个蛋为什么会停在窗台，是因为它是鹅端过去放在那儿的，而以前，它还在鹅的胃里。鹅在蛋还在它胃部时鹅不知道所以也没有感情。鹅现在星期三对这个蛋的感情稀少，只有一点点。鹅现在想清楚了，它们之间有情感，虽然可能这种感情是单向的，是鹅对蛋的方向。问题是这个蛋如果不接受这种感情，鹅又怎么去了解它。鹅对这个蛋的感情说穿了是因为感觉有那么一点熟悉。鹅不会无缘无故对事物产生感情，而对这个蛋，是因为熟悉（不多）。因为熟悉，鹅有些说不上来这是一种什么感觉只是感觉熟悉。熟悉其实是清楚地知道，但感觉，除了不重要，它很难被清楚知道。所以才产生这么一种感觉：感觉熟悉，但说不上来为什么熟悉。外面在下雨，如果在下，鹅会知道，因为鹅熟悉下雨的感觉。鹅感觉（想起）它有可能是一个真蛋，但这种感觉比较可疑。这个蛋，它看着真但说实话它只是普通。鹅走过去，端起蛋，上下左右仔细检查，没有查出问题，它真，但更普通。把音量调高两个档次，也没有问题。蛋是不是真蛋，有时候这要看它孵出的是什么。蛋孵出鹅，真蛋孵出真鹅，这由天然阶级属性决定。问题是宁有种乎，真蛋从哪儿来。据说真鹅并不生产蛋。真鹅在成为真鹅后通常斩断繁殖链条。真鹅也没有情感，它不需要。这在历史上有明文记录。而且如果一匹真鹅实在闲得无聊产了蛋，也不一定要下真蛋，它也可以产假蛋而且也不是因为感情。假蛋一眼便知，没什么可讨论的。这个蛋，它绝无可能是假蛋。假蛋是这样一种东西：它看一眼便知是假蛋，但再看，又看不出哪里假。假蛋有时根本不是蛋的一种，不论它是什么。真鹅也可能生产这种蛋，它看着假假的，其实假中有真。或者反之，假也是真的一种，不知道。鹅被二元论、对立、辩证法诸如此类祸害已经不是一天两天了。真鹅理论上只能生产出真蛋。所以，鹅停在原点这么推断，这个蛋至少有 3% 的可能是真蛋，因为它完全不假。还因为外头雨停着，即便雷电大作。真蛋的标准是什么，鹅不清楚。鹅场手册上并没有对真蛋做严格定义。鹅场养殖手册主要是一本针对鹅类预防传染疾病以及饲料选择的科普著作，并不涉及刑罚、修行、形而上学、生物演化、量子力学等等这些冷门知识。总之，鹅这么感觉，如果它是真蛋，就一定会有真蛋的暗示。这就像一匹真鹅，它至少脑壳上空漂浮着光圈。现在它没有。鹅它是一个（超）大，但普通，且绝不假而且鹅群可以证明是鹅从鹅屁股亲自下的蛋。报告要是这么写，指定完蛋。鹅当时星期三有雨，生物停产已久却冷不丁突然冒出一个怪蛋它的理论基础是什么。这不是在写一份超现实魔幻主义什么的鹅蛋报告，它确实需要一个可被接受的解释。但这不是鹅的问题。鹅这么想，鹅的问题是鹅是鹅，它不需要去解释，最多提出一两个问题。怎么解释，这不是鹅的问题。这不是在搞自然科学，虽然鹅场这么认为这项工作。鹅是白色的，星期三，鹅现在感到特别疲倦。鹅打开录音笔，口述报告，只是看着这个怪奇怪白的蛋，它又明显陷入恍惚。它怪吗，如果它怪。它不动、洁白、均匀、稳定且普通，明确显示出某种存在。那么它还怪吗。有一点。它怪在哪里。也许是因为它不动、洁白、上下均匀、同时稳定和普通和明确显示出某种存在的感觉它才怪。也许是它没有情感（鹅能感觉到）。也许还是因为鹅自身的怪，不知道。鹅认为一头鹅认为一件东西既普通又怪，很有可能是这一头鹅自身有些怪，是一头怪鹅。但一头怪鹅自身不会认为自身是一头怪鹅。在怪鹅看来，一切都是怪的，除了它自己。饲养员前两天似乎察觉出什么，对鹅说，鹅，你有没有觉得，这里有些怪。饲养员说的这里是屋子里，而屋子里只有鹅和饲养员。饲养员不怪，她是四川来的。鹅没有说话，它也有类似的感觉。而且越去感觉，越怪，而且没有形象。鹅在喝茶水的时候，确实觉得味道怪怪的，没什么喝头。鹅感觉空气也怪，在叹气时，它那么空。空气里有一种怪的气氛，鹅感觉，仿佛里面活着某种怪，无色无形，又到处都在。这么一来，反过来再看着这个蛋时，反倒又不觉得多怪了。一个蛋，它再怪，又能怪去哪里。它就摆在那里，在一个明清大瓷碗里，除了一种旧社会的感觉（那主要还是由碗引发的），它（不会是龙蛋吧）实在看不出有多少的怪。怪如果它是一种动物，它至少会动。它不动，这一个蛋，它在鹅盯着它看时它再没动一下。而如果只是物，安静的静物，它至少也会让鹅害怕。可它又如此宁静、和平，完全感觉不出恐惧。它独立、无味，轻重约一钱（在轻的时候），仿佛空蛋。鹅有时捧起它摇晃，它轻飘飘的，如同绑在印刷厂大门口的一只气球，可一旦放在空气中，它又能垂直自由落体。它有时又沉重，推都推不动，但通常是在阴雨天的下午。这是它怪的地方。除此以外，鹅对它使用真气，也看不出它有何种变化。这个蛋，它仿佛在呼吸，轻重变化无常。单凭这点，就可以说它不是怪，而是更接近一个神蛋。这就麻烦了。一个蛋它不可能既是怪蛋，又是神蛋，又是真蛋。鹅现在来到窗前看天，这时天空仍旧阴着，雷电消失不见，在一种大势已去的氛围中。鹅熟悉这种感觉，但又懒得投降。鹅稍后只好叹了一口气，把这个蛋囫囵吞进胃里。剩下的，全凭它自己，它怪、神或真，还是有别的情感方式，它总会有一个结果。它想重新来过，还是融化消失，都行，鹅随便它。下午13点45分，鹅花两分钟时间通过鹅场高音喇叭广播宣布它从此承认雄鹅的身份并坚决捍卫异性性取向这一事实，之后，回到床上，倒头睡去，在若干常见的雾气中等着被放逐的那一天来临。

　　鹅现在星期二沉默着，坐好，坐在河边一块石头上休息。鹅说兄弟，来，鹅对凶鹅说，以一种一个悲惨故事结束时主角常用的那种语气。稍后，鹅叹出一口长气。舟车劳顿，凶鹅躺在阴凉的树下，在吃饲料。鹅当时星期三，当对方说一个蛋没有翅膀，它怎么能飞呢的时候，鹅坐在那条熟悉的椅子上，而对面坐着对方。就这么飞走的，它还能怎么飞走。鹅说。整个事体就是这样，鹅说。鹅有时感觉没有必要一开始它只是一个鹅蛋。鹅作为生物中的动物，总归也有始终。你有什么证据，对方说。对方当时星期三明显对鹅的表现不怎么满意。鹅说我亲眼所见。鹅有时影影绰绰来到一个地方，不是这里就是那里但都不是在星期三或星期二。鹅当时说，明白。反正对方说什么，鹅都说明白。鹅对押韵天然免疫。鹅感觉不好，有时：在闷热的中午，天空阴着。鹅热。是吗，鹅的体温（谁知道）。鹅让阳光照射着，下午，在河边。然后蛋飞走了，鹅老实说道。鹅不想骗对方，虽然它在欺骗，但即使骗，也要骗得实在。这很容易理解。鹅相信自己说的每一句话，只能信。鹅认定那个蛋（不管它是鸟蛋、龙蛋，还是亲自从胃里蹦出来的怪鹅蛋）是飞走的，那它就是飞走的。鹅现在星期二下午对凶鹅的屁股实在没有兴趣。但也不觉得多恶心。鹅发现即使在承认雄鹅身份后，对其它雄鹅仍旧没有兴趣。鹅得输入密码才能得到糖果，通常。鹅只好又重新重复一遍说：整个下午，我在研究这个蛋。不急，对方说，什么时候，说具体。企鹅更多属于鸟类，一种在水里飞行的鸟。鹅没有气力，坐着，在现在星期二下午。同志，你们已经问三千多遍了，鹅叹了口气说，鹅不想再说。它是突然飞去窗外，飞进天空接着消失在上星期三下午。鹅明确说，在上星期三的下午。鹅有点不想回答，但又不能。理论上，你不能对一头等死的鹅怎么着。你的情节特别严重，又是累犯，你明白，饲养员说。鹅明白。但鹅不想再说什么了，它已经说过三千遍。动了一下，接着又一下，接着旋转，接着一点点悬空，悬在碗的上空旋转不动。鹅当时星期三在派出所询问室对对方"老实"交代。对方让旁边的鹅端来一壶泡好的茶水。对方说，可乐也有，你喝哪个。都是套路。鹅说不用，不渴，鹅说。鹅停着没说，看着茶杯和杯子里的水。凶鹅这时没什么可说的，它敲敲鹅的脑壳，说鹅，三十年河东三十年河西，谁能想得到呢，凶鹅说，反正路途遥远，沿途欣赏一些大好风景也不错。凶鹅这么说是在鹅提出建议去河边走走的时候。凶鹅有自己的算盘，或者说问题。它说为什么不呢。鹅回到鹅场是在一个兵荒马乱星期二的下午。鹅同时知道凶鹅它的目的并不是护送鹅去三千里外的边疆，凶鹅准备好了让鹅在路上随时消失，鹅知道得一清二楚，再清楚不过。鹅现在星期二，鹅正好看着江上高质量的雾气，鹅在睡去时曾经梦见过这样的雾气，感觉熟悉。鹅以前回到鹅场总有一个理由但这次没有，它只是想回来在一个星期二，没有理由。也不需要，鹅这么认为。鹅变化大。鹅现在成了一头新鹅。鹅沉默。怎么了，鹅说。什么傍晚，哪个傍晚，对方发问道。不知道是故意，还是真不明白。兄弟，鹅说，来吧。鹅对凶鹅说，在现在星期二一个下午。凶鹅没听见，自顾自在吃饲料。谁跟你是同志，对方说，谁跟你同志了，看着我的眼睛，对方说。鹅当时星期三蒙蒙眬眬看着对方，以及对方的眼神，以及对方背后的墙壁。是吗，对方说，这就不对了。鹅说，是啊，它是怪蛋，一定有它的道理。鹅的修行通常缺乏理论指挥，而接受审讯通常不算在修行。对方没说话，做了一个继续的手势。鹅认为这天是星期二，认为这里是任何的这里。目前，这里是河边。是下午还是傍晚说清楚，对方说。不知道对方究竟想知道些什么，除了事实以外。不知道怎么回事，下午，它突然动了一下，鹅说。凶鹅没告发鹅，这是它的事。这年头，是头鹅都有自己的想法。鹅以鹅自称。鹅说，难道鹅还能把蛋给吃了不成，它是飞走的，同志。等等，对方打断鹅说，你这点没说清楚。鹅有时回到明亮的现实中。鹅，有时星期二，鹅看着江上而不是河上（河上没有雾气）的雾气。鹅假装理了理思路说，我一转身，它便开始启动。鹅稍后被发配边疆，路过一条河。鹅对河没有情感，有，那它是一种什么情感，说不清楚的。鹅说，兄弟，来。暗示已经做好准备，而大家不需要把事情挑得太明，以免伤了感情。不知道凶鹅听见没有，它在吃饲料，还在吃，在阴凉的树下的微风中。你说什么来着，对方当时星期三下午转过身问，什么时候。当时星期三下午，天空闷热，鹅和对方双方都不怎么理智。鹅不知道对方在问什么，也不知道自己在回答什么。审讯从上午开始，已经搞了七八个小时。大概只是在走个流程。不知道为什么，鹅昏昏沉沉有一种往未来移动的感觉。历史上，鹅从来没有被当成弓箭使用。鹅认为对方最近可能正在闹离婚，鹅当时星期三下午认为对方其实对它没什么兴趣，只是在走一个审讯流程而已。鹅以前常常失语，不说话。整个过程就是这样，鹅说。我说完了，鹅说。鹅至少有一点明确，鹅不分左派右派。鹅（信息）有时入不敷出。这不行，对方说，你是当事人，你说什么就是什么啊，这不能算证据。鹅在解释，反复解释蛋飞走的事。鹅说，中途不知道怎么回事，它。鹅突然不说了，不想说。鹅叹了一口气，实在懒得再说。然后呢，发生了什么，对方追问道。追得急，仿佛外面在下雨。鹅当时上星期三自从吞下鹅蛋后，清闲许多，鹅整天睡去。鹅看着事情一件一件正在蓬勃发展。鹅拉开弓，只是拉开，并没有引箭。鹅即便来到战场，估计也只愿意看一些哲学类的图书，何况它可能并不愿意。鹅现在星期二下午在河边说可以了，而凶鹅没有动手。何必呢，凶鹅说。鹅不知道当时星期三下午对方要它说什么，其实鹅什么都说了，说得清楚明白可对方不信。对方重新坐回到椅子上，问道，你没有说谎。对方在反问。鹅没什么可说的，鹅说不是下午，也不是傍晚，我说得很清楚，是下午接近傍晚的时间。企鹅不是鹅，不在这里讨论。鹅现在星期二站在河边，河里没有水，是一条干河。当时，对方说。对方停了停，没有说，在想。鹅有时望着鹅，鹅不动，也不知道在望什么。几点，对方终于问道。不知道，鹅说，反正是下午快要傍晚的时间具体几点几分不知道。鹅在不高兴时总会显得不高兴，但有时也不是，看情况。就是这样，鹅说。鹅当然接受，鹅说，我接受。鹅当时对饲养员说它能接受，并且不反对也没什么上诉的必要。这一切只不过是在过个场，鹅认为。鹅不能空等着自动变成鸟抑或真鹅，这太漫长。鹅可以完了，鹅有时这么感觉，而有时正好在现在星期二一个下午。鹅饿了也要进食。鹅现在极饿，但不想吃东西。没有鹅会浪费在对它没有意义的事上，这过于高级。你确定，对方重复问道。鹅比池塘小，池塘比湖小，鹅知道。鹅说，随便。饲养员那天星期三在门口道别，说千山万水，我们下次见。鹅没什么可说的，走了。鹅没什么可说的，鹅说，它就是飞，飞走了。我，一头鹅，它已经说了三千遍了，鹅说，你们还要这一头鹅怎么说。你们说，鹅。对方连忙让鹅冷静下来，歇口气，喝点茶水什么的。其实也就一两分钟的事，鹅说得再清楚明白不过。其实凶鹅并不坏，它只是长相凶，它迟迟没有动手。还用我继续说吗，鹅说，再说也说不出个卵蛋来。饲养员给对方点燃一支，说歇会儿，消消气，让我来问。鹅星期二来这里做什么，鹅现在星期二问凶鹅，鹅实在不知道要问些什么就问了这个问题问我们来这里（河边）做什么而这里根本没有水。凶鹅在树下吃包裹里带来的饲料，它热爱饲料。明白，（对方当时星期三下午外面天阴着）对方说。那么，这个蛋在碗里不停颠簸，到一定程度的时候，它突然蹿起来，停在碗上方差不多一米的地方，停了会儿，它就飞走了。事实是这样吗，对方问。鹅没有时间观念（经常迟到、早退）。鹅当时星期三被推进各种检测仪器检查，确实在体内没发现蛋的痕迹，后来星期四也没有。鹅在湖面上停着，鹅幻想停在一个有水的地方，不管是湖还是河水。鹅现在星期二这条干枯的河上没有河水，它们都去哪儿了。重新再来一遍，对方按下录音键命令道。第二天早上，鹅还没完全睡去，便被拎起、戴上脚镣铐，离开鹅场。对方说继续，重来一遍。鹅不适合流浪，鹅不认为这是一个缺点。鹅有时星期二下午在一条干枯的河边认识到自己的一生可能缺少一点什么东西。鹅有时看着社会这哪里还像一个社会而鹅其实并不关心这个。鹅后来不知所踪，那是很后来很后来的事了，已经接近未来。它在碗里，鹅重来一遍说，长久不动，而我站在不远的地方看着，对不对。鹅说。鹅看着对方说。能确定的环节先确定下来。鹅现在星期二，凶鹅吃完饲料神经兮兮走过来，翘起它白花花的鹅屁股。我以为看错了，但不是，它动了一下，之后又动了一下，它开始颠簸起来，这样清楚吗。对方用手势打了一个勾，表示确认并继续。有时是什么意思，鹅有时这么想，有时并不是偶然。鹅说很清楚呀，就是上星期三的下午快要接近傍晚的时候，好像天空还是阴着的。既然对方抓住准确的时间点不放，鹅当时星期三下午在审讯室望着墙上的石英钟不动的秒针索性把话说清楚点。鹅始终无法摆脱动物的主动性，虽然鹅它有多么的不情愿。鹅是这么考量的，这件事和我无关，我已经忘了。鹅现在星期二在河边感觉无颜再见江东父老。鹅实际上鹅的感觉大部分来自舌头。对方说，回到问题上来，蛋怎么飞走的，对方问。它一开始在碗里，是不是，鹅说。明白，对方说，继续。鹅按时跌倒，只是每次跌倒的方法略有差别。鹅说，我亲眼看着它起飞，穿过窗户，飞去天空，接着消失、消失、消失、消失、消失。鹅没有不高兴，鹅只是懒得说话。鹅有时被鹅想象成一根屋顶上冰凉的栋梁（摘选自《释放一种蓝色》）。鹅没有鹅是安全的，鹅消失。鹅通灵，消失。这是鹅场的规矩，饲养员说，重则斩首，轻者发配边疆三千里，你同意吗。鹅说当然同意，大不了消失，鹅说。你不是说是下午吗，你想想清楚，鹅。对方不依不饶，反反复复，对方经验丰富。这一趟凶多吉少，西出阳关啊，饲养员说，你要有思想准备。鹅没什么，鹅保持沉默，鹅早已将生死置之度外。鹅这些日子并没白修行，至少在口头上能做到超脱。凶鹅现在消失了，天下之大，总有它容身之处。愿关二爷保佑它。傍晚，鹅说。说完，鹅没再说一个字。第二天早上，鹅回到住处，倒头睡去。对方站起来，背过身，望着墙壁和墙壁上的坏掉的石英钟。鹅反正对方问什么，它回答什么便是，但鹅懒得说。鹅坐着，望着这条干枯的河流，想起它曾经河水泛滥时的样子。鹅弥陀佛，鹅没有气力。上星期三下午什么时候，对方说。没完没了。鹅要经过驯化后才成为家禽鹅，就像人，有时也分成被统治者和极少量的统治者。鹅叹了一口气，说好像是下午快要傍晚的时候，还没到傍晚。鹅分布于地球上的每个角落，除了南、北极。慢慢说，喝点水。只有很少的鹅会游泳。现在我来问你，你说，蛋，是飞走的。对方说，鹅，你说说看，它是你下的蛋，你应该清楚。鹅不去想这些劳什子。行，对方让鹅继续。鹅路漫漫其修远，鹅虚无、自然、纯粹、朴素、简单、平易、清静、无为、柔弱、不争等十种真鹅特征皆无。鹅第二天被放逐，三千里。鹅和饲养员告别。鹅这一趟走了没有三十里也有五十里还剩下二千九百五十里，鹅不想再走，走不动了。鹅和押解员凶鹅来到河边，它们没看见河。鹅没有内容只有形式：详见叙述者拙作《谈论鸟》。鹅的组成左边（或上）一个我，右边（下）一个鸟。鹅现在星期二河边凶鹅翘起屁股，等着。鹅，一个动作：鹅着。它是怎么飞走的，对方说，它究竟是怎么飞走的，你要好好交代。审讯到末尾，就连对方也不得不相信这是真事。而凶鹅说，鹅，你把我害苦了。我不想要你的命，我要你的命干什么用，凶鹅说，你说是不是。你走，凶鹅说。鹅场起先不认为鹅蛋是飞走的，它们确实也有理由这么认为。对方说，实话跟你说，在你说的上星期三下午，整个下午，一直到傍晚，我们在鹅场监控里没有发现有任何蛋状物从你的窗户飞出，而且，你房间的窗户始终关着。鹅承认鹅的状态起伏不定，因为它是一头鹅：仅仅相对于真鹅。鹅现在星期二流放路上对凶鹅说，我们还是去河边走走。一切从鹅开始。鹅知道凶鹅知道它吞了那个蛋。鹅本来可以不路过这条河。鹅说，有很多鹅进去鹅洞后，再没出来。你知道吗，鹅问凶鹅。凶鹅没什么可说的，它说，兄弟，你算是把我害惨了。你真的不是，凶鹅鹅巴巴望着鹅问。不是，鹅说。鹅明白它指的是什么。但鹅对屁股确乎没一点兴趣。凶鹅一屁股坐在地上，坐了一会儿，突然开始到处扑腾。鹅现在星期二下午周围异常安静。鹅不想活，它才这样说。鹅以前为什么懒得说话，不是失语，是说话累。一个鹅下的蛋，它没有翅膀，它再怪，又能飞到哪儿去。鹅当时星期三说得连自己都有些信。真鹅只是一匹纯粹的鹅，而不是天真的鹅。鹅当时星期三想的是这辈子没机会成为真鹅，这多少有些遗憾。鹅需要一件防弹衣避雨，鹅有时这么想。凶鹅躺在树下吃饲料，它已经不习惯吃草。凶鹅说不能浪费饲料。说完，它跳河走了。凶鹅它是怎么走的，河水干枯，没有水。凶鹅只是跳下去。山水有相逢，再会，它说。说完，它现在星期二下午走了。它说鹅，我怎么会对你下手，我们是什么感情。你太让我失望，凶鹅说，我走了。鹅没说话。一个鹅，它感到它的胃仿佛一个废弃的印刷厂。鹅当时星期三下午鹅说，它突然浮起来，浮在碗的上方，不动，接着猛地飞去窗外，飞走了。哈哈，蛋飞走了，鹅说。凶鹅用树枝敲击鹅脑壳，也许这是在表达一种狠，鹅不知道。鹅在鹅社会还不一样是家禽，一样的。鹅没有害处。鹅重复一遍，说是这样这样飞走的，鹅哈哈大笑起来。鹅并不光荣。对方说，不要嬉皮笑脸，看着我的眼睛。鹅没有嬉皮笑脸，它只是有些荒芜的感觉。蛋就这么飞走，这让鹅觉得荒芜。对方说，说吧，说清楚，事实怎么样你就怎么说。鹅不动，回归最佳状态。对方抬头望着饲养员，饲养员没再吱声。鹅说，你们不信，我也没办法。鹅它经常感到饿，最近。明白，对方说。鹅沉默，没再说话。不对，对方说，你还是没有说清楚。鹅带着那根短路的神经匆匆离开审讯室。好，对方说，说得很好，很清楚，很明白，清楚明白，我听懂了。你走，对方说。鹅现在星期二下午独自在河边，凶鹅已经消失，走了。鹅望着天空，天空空空荡荡，鹅就这么望着。鹅离开那里，后来迷了路。鹅路过一个庙，感觉非常陌生。鹅稍后看见师长愁苦着脸，蹲在路边吸烟。鹅生活在当代。鹅回到鹅场是在一个兵荒马乱星期二的下午，表面上是为了爱情。

下午，一头鹅重新来到纸上，成为鹅。鹅现在标准、宽大、洁白，橘红的鹅脑壳高高凸起。鹅现在星期二下午成了一头新鹅。鹅相对以前它新是因为它不同。鹅和鹅没什么不同。鹅还是鹅。鹅以前走在路上，走得慢。现在，鹅走路走走停停，有时停着，抬头看一眼天空，鹅仍旧走得慢，在不下雨的情况。鹅下雨了更多的时候它只是停着不动，不管以前还是现在，鹅望着天空，长久望着，而天空上面什么都没有除了乌云，有时乌云也没有，只有不停往下掉落的雨。鹅思念雨。鹅对雨的思念通常发生在下午。鹅现在下午星期二天空晴朗它成了新鹅了吗鹅不这样认为。鹅以前雌现在雄但并不新。新不是一种感受，新说到底是无法理解。鹅无法理解为什么胃里那东西总在不停生长。鹅停在河边，它长得更快。鹅，一头鹅是雌是雄对鹅没有两样。鹅还是鹅，无论这天星期二还是三，鹅基本上停在河边不动。鹅在河边一停便停了三天，静停。鹅的这种停法几乎是在修行。鹅现在对修行没有两毛钱兴趣。鹅自从凶鹅跳河消失后一头鹅停在河边哪儿都不想去。但又不能始终停在原点，鹅毕竟六根未净。下午，鹅起身，离开。鹅朝一个地方走去。鹅通常没有目的。鹅的方向包括四面八方。鹅在没有目的、方向不明时朝一个地方走去它通常不知道在走什么。鹅在走，朝着一个地方：那又是哪里。鹅走过一株树有时，它停下，停在树下。鹅因为路过一株树停下而不是因为它新或者突然想停下，或者那只是去一个地方中途碰巧遇见这株树。总之都不是。鹅也没去想。鹅只是走在路上朝四面八方走动，没有目的。目的是一个地方。目的通常是一个具体的地方，对于走去一个地方来说。鹅以前（有时）走去一个走不到的地方，它明显走了远路（还是弯路），它没走到，路程反而越走越远。鹅有时（在以前）要是走去一个没有的地方，它走了，走到后，它发现这地方根本没有，不存在。鹅只是走到了一个地方，感觉这地方有些熟悉，或者重复，鹅这时才开始思念雨。鹅从没有走着走，顺道走到大海附近。鹅通常离家不超过两里路便急着返回。鹅天空下起雨它返回的速度更快。鹅从来没有像现在这样慢腾腾走着。鹅有时干脆不移动，停在一株树下叹气。鹅现在在湖南还是广西不知道但熟悉。鹅、一株树、停着不动、叹气等等，这就是熟悉。熟悉让人恐惧，如果仔细观察。鹅无论如何变化，鹅感觉鹅还是鹅，这让鹅感到恐惧，因为鹅熟悉这种鹅的感觉：鹅不可能成为新鹅，除非重新来过。鹅的要求重新来过的申请通常被当成一张废纸处理。鹅想起养殖鹅场，以及鹅场的血腥暴力。鹅关掉空调只需要按下空调遥控板上的红色按钮。鹅有时不自觉往鹅场方向走也是因为这种感觉：熟悉、重复并且暴力，跟下雨无关。鹅朝着鹅场的反方向走，它这是要干什么，是要流浪吗，还是造反。鹅两者都不合适对鹅。鹅一般是环境的产物。鹅从原始鹅变成家禽，环境改变起了决定性作用。鹅无法活在没有氧气的环境中。鹅停在一株树下呼吸氧和氮，树上没有一片树叶和一根树枝，简直不像一株常规的树。鹅停着在树下，主要是鹅已经三天三夜没进食，它不饿。鹅痛苦沉沦，仿佛达摩在渡劫。鹅停在树下的时候，有时也停在风中。鹅如何成为新鹅说实在的并不是它要思考的问题。鹅归根结底是一种情感动物，而这就够了。鹅（它已经走远了）曾经停在一条河边，看着河水流淌，它想起爱情。鹅没有走得更远，而是一路返回，下午。鹅离开那株树，没有作任何准备。有时，原路返回也是一种目的（甚至方向）。相反，鹅要是接着往边疆一路奔走最好的方法是沿着海岸线但那就远远不止剩余的二千九百五十里了。鹅的一生相对短暂，鹅停在树下想，这又能说明什么呢。鹅不需要说服鹅自身。鹅即使说服鹅自身它也不会成为新的鹅。鹅只是鹅自身的化身。鹅以前是一种雁，后来成了家禽。这很自然，不需要过多说明。而鹅在成为家禽后再想返回雁基本不符合深刻的历史规律。鹅深刻吗，并不需要。鹅有时只是深刻地停在一株光秃秃的树下，想一些粗糙的理由。比如：鹅之所以是鹅，是鹅总要回到家中。鹅通常也不需要理由，要是它的目的只是朝着四面八方走去。鹅有时想出一个理由能同时出现在不同的地方但这个前提是它是一匹真鹅。鹅现在离真鹅的距离比三千里还遥远。鹅和真鹅不同（真鹅和鹅呢），真鹅至少是鹅的两倍：无论从行动速度，大小和智慧。鹅停在树下想一些没用的。鹅走开，当天空开始落雨的时候，鹅走去雨里，让雨静静包围着。鹅什么都不想。鹅是一种低落，必须低落。鹅身上包含丰富的悲剧精神，必须低落。鹅从来不是高昂的事物。鹅不是推动巨石的西西弗斯。鹅是一道宇宙射线，颓废并慢速消失在茫茫太空深处，鹅垂下鹅头，是因为沉重。鹅沿着河岸走，看着雨水汇聚成河流。鹅后来跳进河水，顺流而下消失。鹅总归是鹅。起先世上没有鹅，后来也不需要有。鹅一生短暂，指的就是这类大概的意思。鹅要是去边疆，那一定是那里在下雪。鹅不认为边疆是一个地方，而鹅和马匹的关系一向笼统。鹅想还是算了，还不如或停在雨里或顺流而下或消失。鹅消失后，在一个星期二下午才返回养殖鹅场。鹅场大门紧闭，门锁上贴着封条。鹅透过门缝往鹅场里面张望，鹅场静悄悄的，广场中央的旗杆倒在地上，现场一片狼藉，鹅毛一地。鹅心想大势已去，没有什么比这更好。鹅喊，有鹅吗。空旷的鹅场没有鹅应答。入夜，鹅使用少量轻功翻过围墙和铁丝网，找到原先住处（门开着），一头倒在床上睡去。

鹅在烧水。鹅需要水。鹅的身体70%被认为是水，当水位下降到一定程度，鹅同样会产生脱水现象。鹅感到体内细胞电解质紊乱，鹅虚脱。鹅在某个清晨（必然，否则怎么办）醒来，天空还没完全亮开，鹅感到四肢、鹅毛、鹅脑壳、魂以及……统统不正常。鹅走去厨房烧水。鹅没找到插头。鹅端着水壶在房间里找三相插头，没找到。找到了，也没有通电。鹅没法使用真气烧水，这太夸张，过于武侠。鹅穿过厨房窗户往外看，整个养殖鹅场仿佛成了一个报废的印刷厂。鹅听见夏天的知了在狂叫，除此以外，鹅场异常安静。鹅广场上，杂草茂盛。鹅场最近下过雨，也许没有，看不出。能看出的是一个模糊的国际通用紧急求救符号。鹅听见炮火声隐隐约约，那是鹅场之外的事，鹅不关心。鹅现在极度缺水。鹅一度养成良好的习惯只喝凉白开或冰镇可乐。鹅沉入湖底，鹅浮在流淌的河水上睡着了，鹅幻想停在雨里停着不动，但同样无法止渴。鹅就这样拆下门板，点起篝火，烧起水来。鹅烧了三壶次的水，都没烧好。不是水烧干了，就是烧到中途，水壶烧坏。鹅从隔壁邻居（它去哪儿了）那里取来新水壶，现在在第五次。鹅准备好一些茶叶碎末在碗里，等着水烧开。鹅翻看一本小64开《圣经·旧约》，在等水烧开的途中。鹅没有在书里看见有对鹅的描写。也不失望。鹅把书丢进火焰中，这样也许可以让水烧得更快。鹅在第四次烧水壶的时候，发现水壶根本没注入水。壶身被烧得通红，像一座微型的印刷厂，鹅赶紧扑灭篝火。也就是说，第五次烧水的柴火是重新聚燃的。明显比前一次好：火的大小、集中度都合适。鹅现在等着水烧开。鹅感到场景熟悉。鹅之前也像这只水壶一样被吊起在旗杆上烧着。这容易想到，并且鹅感到熟悉。鹅想了一会儿这种熟悉的感觉，感觉没什么想法，懒得再去想。无非是一种莫名但大势已去的感觉。水在烧。鹅及时回到旧石器时代，蹲在一旁照顾这堆摇晃不定的火焰。鹅以前没仔细观察过火这种东西，鹅是水中的动物。鹅展开翅膀，拍打，扇起一些风，那火焰仿佛长出神性，跳起舞蹈。火焰光洁，从火底攀升、消失，重复不断，每个火焰都不一样，每个火焰都承担了使命，在风的驱使下白白送死。鹅仿佛看入了迷，鹅闻到一股烧焦的气味。一股干净、毁灭、伟大的气味，鹅跳进火里，享受火焰带来的抚摸。水在烧，相当于把火焰的高能量通过壶壁传导到水中，直至水分子达到最活跃，这时沸点来临。水烧开了。鹅等着水壶冷却，冷却到 80 摄氏度上下，冲泡茶水。鹅不喝，看着茶水。不知道什么原因。一碗干净的茶水摆在桌上，鹅看着茶水，只是看着。鹅在想什么，鹅什么都没想。所以鹅才只是看着。鹅看着碗，也看着碗里的水和绽放的茶叶末。鹅不能同时既看着碗也看着水和茶叶，鹅依次轮回看着。鹅现在星期几，一个明显的清晨，鹅严重脱水。鹅现在对水的渴望没那么强烈，鹅感到恶心，看着茶水。茶水升起热雾，稍后这雾气成为浓烟，慢慢烟雾转化为火焰，一碗茶水烧着了。鹅端起茶碗，迅速喝干。鹅喝到有史以来最好喝的火焰但那只是一种感觉。鹅不是凤凰，鹅既不吞食火焰也不喷火。鹅只是火气大，喉咙冒烟，胃部炙热，仿佛在燃烧。鹅醒来后，开始正式烧水。鹅昏昏沉沉走去厨房，没找到水壶，也没找到水源。鹅去隔壁邻居的厨房，那里有两把水壶，一把卡通样式，一把传统些。鹅在橱柜角落里翻出茶叶和一盒立顿。鹅走去隔壁时在走廊上看见鹅场空荡荡的，鹅群都去哪儿了。鹅不去想这些。没气力想。鹅现在脑壳昏暗，脚掌变形，大势已去。鹅点了三百次火柴，才点起那一小堆篝火。鹅搭好三角支架，走去楼下，在水槽里随便舀了些水，昏昏暗暗回到厨房。这时火又灭了。鹅索性拔下一把鹅绒当引火，卸下门板，把窗帘撕碎，顺利烧起足够的火焰。鹅在厨房烧水。鹅看着卡通水壶它更像一把给植物花卉浇水的水壶。只要能用就行，鹅烧起水，端着茶水来到阳台上坐下休息。总的来说，这是一个宁静的清晨。太阳初升，四周雾气泛滥，鹅场空空荡荡，仿佛提前倒闭的印刷厂。鹅喝水也看着养殖鹅场。鹅听见一阵声音，仿佛炮火声，隐隐约约从远处传来，鹅望向远处，那里是一大片荒地，更远处才是天空。六月，清晨，知了突然开启狂叫模式，歇斯底里。鹅返回厨房，重新烧一壶水。鹅顺便坐在厨房地板上静坐修行。鹅稍后吃了一些颗粒饲料。鹅喝饱水后，（原本不想去的）出门遛弯，（但也没额外的事）也不管厨房是不是烧着了。

鹅站在广场中央。鹅在薄雾中在旗杆上站着。鹅吸了一口气，鹅之后把它叹出。鹅吹动飘荡在空气中的鹅绒垃圾。鹅喊有鹅吗，相当于空喊。鹅走去门口值班室，鹅在沙发上躺下。鹅通读贴在墙上的鹅场安保、卫生条例，总计三十六条之多。鹅看到相框中饲养员的大头照，确认她确实是四川来的。鹅在冰箱里翻到一罐可乐，不过是常温的。鹅翻看丢弃在桌子上的详细鹅名单，其中蛋鹅占78%，幼鹅20%左右，种鹅若干，鹅情报员（注：此鹅为卧底，目前已消失）。其它鹅产蛋率、孵化率、全净膛屠宰率、报废率等等都有详细记录，不作赘述。鹅没在名单上查到有修真类鹅的记录，这佐证饲养员说的所谓修真也许真是一个阴谋，只是为什么，一定有为什么。鹅无无聊聊走出值班室，重新回到鹅广场中央。鹅卸下旗杆上的扩音喇叭，喊了两声有鹅吗有鹅吗，都哪儿去了，娘希匹。仍旧没有回应。鹅现在认为这会儿是星期三而养殖场里只有它一头空鹅。鹅有时感到空虚，但充实。鹅沿着旗杆来回行走三趟，感到失望。鹅站在旗杆最中心位置，抬起鹅头望着天空。鹅向天鸣叫，余光看见自己的住处在冒烟。鹅离开广场中央。鹅敲门，重重敲，鹅踹开门希望能找到一些稀世财宝。屋子里没有动物，物品散乱，饲料在发霉。鹅来到隔壁房间检查，看来这些鹅走的时候有些慌乱。看来它们不是被烧焦，就是成了炮灰，或者飞升成仙。各种可能都存在。鹅直接走去鹅场派出所了解情况。鹅来到监控室，所有画面都关着。任何一部电视机都是鹅出现之后的发明。无聊的鹅统治着鹅，这几乎让历史上的鹅无法忍受。鹅在身上接上各种插头、电线，在测试仪器上自问自答：一个训练有素的思想家的主要特点在于，鹅。四川暴雨，鹅。为什么不是，当然是鹅。鹅，鹅说。一杯水，鹅。一串钥匙，鹅。快递，鹅。巴拿马运河，鹅。统统都是鹅，鹅说，鹅、鹅、鹅，娘希匹。鹅无聊，鹅顺了一个步话机走。鹅稍后在问询室的墙壁上看见那只石英钟的秒针还停着。鹅现在星期三在椅子上坐下，坐了一会儿，看着秒针。这秒针没有多出一秒，也没少一秒，只是停在顺数 17 的位置上。鹅感觉对这个石英钟而言，时间并没在流逝。鹅甚至有点想就这么坐着，跟这根秒针耗上一天。鹅发现上次对方送的可乐还摆在桌上。鹅起开喝了一口，仍在保质期，但附近没有吸管。鹅跳上桌子泻下一泡鹅屎在桌上鹅走了。鹅同时烧着了房子。鹅场的房子感觉十分经烧。鹅在大厅的取号器上取了一个号码。鹅差点忘记，没跑去鹅场心理师那里弄些药品。鹅跑去诊所时，诊所噼里啪啦已经烧差不多了。鹅在附近池塘里浮着稍息了会儿，鹅等着鹅场大面积直至彻底烧完。鹅潜入不深的池塘待着，塘底污泥里竟然陷着不少鹅蛋。鹅蛋通常没什么用处，对鹅来说。鹅星期二下午回到鹅场是因为爱情，现在星期三离开当然也是。鹅浮出水面，天空都黑了。浓烟笼罩整爿天空，如末世狂龙即将出没，鹅这时要看见月亮几乎不可能。

　　鹅走了。鹅离开养殖鹅场，走了。鹅是离开着走的，不是走，是离开。鹅不想离开，鹅与一个地方分离，鹅不得不分离。鹅不得不从这里离开，这里原本是一个原点，现在这里没了，原点消失。鹅现在从这里离开，走去随便任何一个这里。鹅总在这里。鹅不是在这里，就是在那个这里。鹅现在走了。必须走。这里正在毁灭，这里将不复存在，鹅必须离开这里。鹅走着离开，走了。鹅现在星期三下午它就是这样走的。鹅走后，鹅场下起了雨，假设是这样。鹅走后，鹅消失在附近的荒地里，鹅消失不见。鹅走了之后，现在星期三下午，鹅场上空确实下起雨来。鹅甚至在鹅刚走，还没走进那块荒地，鹅场就已经下起不大的雨滴。鹅走进荒地，鹅场上空的雨滴越下越密集，逐渐下成雨。鹅走在荒地里，远远的，还没消失，鹅场在下雨。鹅没回头。鹅稍后在荒地里消失。鹅从鹅场这里看去，远远的，鹅绝没回一下头，鹅在荒地里消失不见。鹅现在星期三下午荒地里已经没有鹅影，鹅消失了，远远的，在荒地里消失不见。鹅场在下雨。鹅场在燃烧。滚滚浓烟，鹅场烧得正旺。燃烧的鹅场在雨里火势不减反增，越烧越旺。风停着，没有。燃烧的鹅场并没有因为没有风的助攻火势减弱，鹅场噼里啪啦烧着，特别经烧。天空中，雨滴穿过浓烟下在鹅场，火势不减反增。火势在蔓延，稍后覆盖整个鹅场。燃烧的鹅场上空飞舞着各种灰烬。鹅场上空现在分三层：滚动的烟雾、各种杂七杂八的灰烬与橘红的火焰。鹅场上空雨下着，不大不小，正好合适。正好合适的雨没有扑灭反而助长鹅场的火焰，鹅场现在星期三下午烧得特别旺盛，火焰不断往天空攀升。鹅场派出所在燃烧，特别经烧。鹅舍差不多烧完了，派出所还烧着并且出产的灰烬大又轻，在空中乱飘。鹅场现在整个风停着，雨不大不小正好合适，鹅场在噼里啪啦声中爆裂。鹅场在分批倒塌，在不断攀升的火焰里、更高的雨中。更高的雨掉进火焰里化为气。更高的雨有少量雨直接落到鹅广场上成为雨水。广场在零零碎碎燃烧着，主要是一些没烧干净的灰烬，一些栋和梁和门板什么的，这些全树木的栋和梁倒在地上特别经烧。那只扩音喇叭被烤得通红，旗杆一半在燃烧，它烧得慢。不远处，鹅池塘似乎也烧着了，但更多的是烧着的鹅场的倒影。鹅池塘在冒热气，池塘水面上零散浮起煮熟的鹅蛋。池塘没那么快烧干。池塘应该有些多余的雨水连同灰烬、鹅粪之类的杂质在不断汇集注入池塘。池塘变得更浑浊，水面失去倒映功能。池塘现在主要在冒泡和生产大量水蒸气。纵观，鹅场现在就是这么烧的。它应该还会烧一些时间，至少烧到天黑之前问题不大。鹅场现在星期三下午雨在下，在雨和噼里啪啦的爆裂声中，鹅场特别经烧。

鹅没有回头。鹅消失在荒地里。鹅四面八方走，鹅稍后睡着了，周围草丛比它还高。鹅吃了几根自然草料，傍晚，鹅路过一个村庄。一个规模一般的村庄。鹅看见一头丧尸在村口踟蹰徘徊。鹅看着它，看了一会儿。鹅看着被炸毁还是烧毁的村庄，没什么看头。鹅看着不会比燃烧的鹅场更有看头的村庄，有几处零星的火苗在烧着，有几个零星的丧尸在废墟里徘徊，犹豫不定。鹅认为它们有些忧郁，鹅经过研究，发现它们总在绕圈。鹅感觉它们似乎在圈的中心点寻找什么。鹅走过去，看见村口丧尸的圆圈中心停着一只奄奄一息的苍蝇。鹅离开村庄，下到水潭里，浮着过了一夜。鹅回到村庄。鹅在第二天早上潜入水底，吃了些藻草和螺蛳，鹅回到村庄。鹅看见村口丧尸跪在地上，它睡着了。鹅没有打扰它，走开。鹅沿着炮火声传来的方位走去，鹅在路上走着，特别走在路的中央，以避开在路上来回踱步的丧尸。鹅（大摇大摆）走着，遇见路上躺着的一匹马。它只剩下马的空架子。它没有皮肉，只剩下骨头。鹅不吃马。马，鹅说。马没回应。鹅看着这匹空马，感觉这类对话意义为零和大势已去。鹅绕道经过一个友善的丧尸，走了。鹅往城市方向走去，鹅想它也许可以去看一场电影。鹅看了一会儿云，在等公交的时候。鹅没等到车来。鹅和附近一头昏昏沉沉的鹅一起在等公交。鹅看着一朵白云，比它的鹅毛洁白。鹅看着这一朵白云叹出一口气，附近这一头鹅跟着也叹出一口气，它提着一篮子鹅蛋。鹅注意到它主要望着篮子里的鹅蛋，看着不动。鹅暂时不想跟它说话。鹅二十分钟没等到任何一部车，鹅索性起身走了。路上没有车。有、也是静静地抛锚在路上，仿佛大势过后特有的平静。鹅停在一根电线杆旁边看了会儿广告招贴。寻狗启事什么的，鹅在路边停着。鹅要是这么走去前线，还没走到，战场早就打扫完啦。鹅不去想这些。鹅要是停在路边，在树下、风中、天空下，甚至在群芳南路的阳光里，就这么停着，鹅有什么好处。中午的光照射着鹅。鹅的体力明显在减损。鹅大发慈悲停在树下，风吹动鹅身上的羽毛。鹅不介意和风大面积接触。通过风，鹅认识到鹅是无数个不固定中心的一个点。鹅在风里慢慢行走，通过一些风。五六分钟后，鹅掉进一个深坑。鹅的普世价值观遭受严重打击。鹅现在在坑里休息也静坐修行。鹅觉得这是一个好坑。鹅浪费了一些时间，把这部分时间转化为修行。鹅感觉效果显著，鹅甚至有些想在坑里就这么一直待到下雨。鹅在坑里安全并且凉快并且近似与世隔绝。鹅这么想，去城乡接合部看一场电影也不错。鹅腾空，回到地球表面。这时一头鹅走过来，什么都没说，一头跳进坑里。鹅替它盖好盖子。鹅看见马路对面一头鹅在追逐一头丧尸。这一头恐怖鹅跳上丧尸的脑壳反复啄咬。鹅不知道怎么了，现如今的鹅多少不太常规。鹅在电影院看见电影院门关着，玻璃门上贴着类似鹅场的交叉封条。鹅在隔壁食府免费吃了点西式糕点。鹅吸着可乐欣赏电影海报上的超级英雄，它是一个蜘蛛。鹅稍后还是冲进影院，在 6 号放映厅坐了会儿。映厅黑乎乎的，只有安全灯亮着。鹅注意到后头 7 排 3 号一个女丧尸傻乎乎望着那块不存在的大银幕，流着口水。其它零星几个丧尸则摇晃着破相、模糊的脑壳，仿佛在努力起身但没做到。一些昆虫在它们脑壳周围盘旋，它们脑壳周围闻起来有一股类似硫酸溶液的刺鼻味道。鹅吸光两罐可乐，离开影院。顺便把影院烧着。鹅穿过马路，走去路对面常去的公园。公园中央，那个金刚大佛头倒在地上，脸面陷在泥土里，无法呼吸。附近另一个洁白的观音全身大像干脆倒插在湖中。鹅在公园里逛了一圈，相当安静，连一向张狂的昆虫的嘶鸣声几乎都很少听见。鹅走到树林那边，几个穿着戏服的丧尸照旧不误还在唱戏，只是没有声音。鹅走去把那个简易音响打开，调节音量调到最大，让公园至少在声响上恢复往昔的喧闹。鹅对那个练气功的丧尸确实不感兴趣。鹅对着它的后背输入一点真气给它，它突然散了架。它转过头，摇摇头，大概意思是不要。鹅没答应，所以它散了架。鹅在园林喷灌旋转喷头自动喷水器旁边稍息。稍息完，鹅又去湖中央浮了半个小时，降体温顺便洗个澡。鹅现在下午 13 点 41 分，鹅离开公园鹅不担心但这么拖着也不是办法终于决定去寻找饲养员。

鹅巧妙穿过一些炮火，避开冷枪和实弹，鹅捡起一个钢盔戴上。鹅在街道和小巷，不回避但也不想卷入武斗。一支临时组成的鹅部队正奋起反击。鹅，部队中那个头鹅远远喊道，卧倒。它扛着一支反坦克火箭筒，瞄准鹅现在的位置。鹅没听清，弹头在身边爆炸，鹅被炸飞，落地后，短暂失去听觉。娘希匹，鹅喊道，鹅不打鹅。那头鹅跑过来，挺了挺胸膛，敬了一个军礼。报告长官，又消灭一匹，头鹅说。鹅不认识它。你们在玩什么游戏，鹅说。报告长官，我们不是在玩游戏，长官。鹅挺着鹅胸，敬礼。那是什么，实弹演习吗。鹅掏着耳朵，鹅脑壳昏沉。报告长官，我们不是在实弹演习，长官，头鹅说。鹅说，明白。鹅说，我不是你们长官，认错鹅了。报告长官，你是我们长官，长官。头鹅双脚并拢，立挺，神情庄严。鹅说，明白。解散，鹅说。报告长官，请指示，长官，头鹅说。鹅说没有指示，回家吧。头鹅说报告长官。鹅插话说，报什么报，我不是你们长官，搞错了。不是，长官，头鹅说。不是什么，鹅说。我说了，你们搞错了，鹅说。报告长官，我们没搞错，长官，头鹅坚持说。那就随便它。请指示，长官。头鹅站在原地没动。明白，鹅大致明

白它的意思。解散，回家，该干吗干吗去，鹅命令道。报
告长官，不能解散，长官，头鹅。鹅估计这头带头大哥
没搞明白它的意思。明白，稍息。鹅说，你什么来头。这
头鹅稍息，又突然立正道，我们是反异形野战军团第七军
第八师第三团后头跟着什么什么的说了一通的部队。你们
是什么，鹅说。鹅在马路牙子坐下，掏出从询问室顺来的
步话机，对着步话机讲道。头鹅一大长串又通报一遍，鹅
没记住。鹅对着步话机讲，你说，你们反对什么来着。报
告长官，异形，长官。明白，鹅说，什么异形。报告长
官，外星异形，也称昆翅口水三足龙角大虫怪，长官。明
白，鹅说。昆翅、口水、三条腿、长着龙一样的角而且又
像虫子的外星异形是吗。报告长官，是的，长官。它在哪
儿，鹅说。喂、喂，在哪儿，鹅对着步话机喂道。报告长
官，在你身后，长官。明白明白，鹅说，士兵，今天星期
几。报告长官，星期三或四，不确定，长官。明白，明
白，鹅说。鹅关掉步话机，鹅说，那就星期三好了。星期
三，你们消灭了多少只，还是多少匹什么异形，你说，鹅
说。报告长官，11只，长官，刚才那只是第11只，长官。
明白，鹅说。说着，转过身去看，一株银杏树下确实有一
堆散乱的零部件，有半金属质地的翅膀一对、一对长在巨
大脑壳上暴凸的复眼、一两根断掉的腿棍，细看脑壳上确
实也有古古怪怪的角一样的东西，同时地上滩着一堆黏稠
的液体，就是没有虫子和异形。报告长官，请指示，长
官。头鹅说。明白，鹅说。鹅还没说，炸弹声在附近连番
响起，鹅鹅眼关闭，紧紧握住步话机当即昏厥过去。

鹅一蹶不振并且鹅认为这天是星期三。鹅领导一群鹅起床。鹅一个一个对鹅进行盖章、训话。大批鹅的档案被埋在华山下，而单独一头鹅对路过的关公庙视而不见。鹅有些体力不支。中午，阳光被鹅毛反射，反射距离还不够到达天空。鹅问负责人，乘法表是春秋还是战国时代的发明。鹅没有未来。鹅和鹅蛋和鹅和鹅蛋形成一个死循环。鹅在这个循环中扮演可以忽略的角色。鹅很快。鹅相当迅捷。鹅的反应相当于传统生化丧尸的一百倍有余。鹅垂下鹅头，在适当的时候。鹅从湖南长沙路途遥远走去楚国。鹅在森林里迷失方向终于。鹅在任何地方又不在。鹅对夏天产生恐惧。而对恐惧，鹅基本上没多少感知。鹅听见一声清脆的声响，鹅及时关闭眼睛。鹅的昏厥对鹅没有造成损失。鹅及时苏醒，离开战场。鹅推开头鹅血肉模糊的身体，鹅看见街上到处散乱着其它血肉模糊的鹅体。鹅不认为鹅部队和异形们打了一场激烈的战争，分明是强弱悬殊的特大屠杀。鹅在这里，这里是前线。鹅走过去，解下一头一息尚存烧焦的破鹅的头盔，鹅看着它半开着的鹅眼。破鹅喙嘴一张一合，断续说道，长、长、长官，去、去、去、去找、大大大部队汇汇汇汇合。说完，鹅弥陀佛，脑壳一斜，睡去。鹅没有打扫现场，在新一批怪物到达之前匆匆离去。鹅拐进商场。鹅穿行在那些东倒西歪的丧尸之间。鹅坐在3F家电广场的真皮坐凳上看了会儿电视屏幕上的雪花点。鹅装上电池打开收音机调频，窸窸窣窣没有清晰信号。鹅当时停在河边一株树下一连停了三天，鹅本来打算就这么被发配到边疆。鹅因为爱情返回鹅场。鹅现在星期三是谁的长官而大部队在哪儿。鹅哪儿也不想去，鹅弄了些薯片来吃。鹅喝可乐也吃薯片，鹅借薯片给附近的丧尸吃。鹅除了丧尸和丧尸乱七八糟大量移动缓慢总在转圈的丧尸和它一头鹅之外这个高级商场里没其它活着的物体。鹅看了一会儿球赛录像。鹅以前没见过丧尸踢球。鹅想了会儿肖恩。鹅想这些丧尸是做什么用的，而那些所谓的巨翅异形为什么会散发着一股六神花露水的气味。鹅想了会儿师长，稍后鹅躺下，躺在沙发上熟练睡去。鹅睡不着，鹅这会儿想着怎么环游整个地球。鹅被赋予了某种使命，在它的胃里。鹅要及时找到饲养员，告诉她这一切都是因为爱情而不是什么修真飞仙。鹅感到孤独，这在以前从未有过的感觉，鹅不知道它是什么。鹅想起头鹅的牺牲，莫名其妙这值得吗。鹅稍后想起坏鹅吞吞吐吐连话都讲不清楚它还去前线送死这同样值得吗。鹅问其中一个丧尸，它在转圈，围绕它的核心点。鹅透过玻璃大墙，在夜色中看着这座四处开花的城市，炮火如烟花在空中绽放，异形们在摩天大楼之间穿梭飞行，从尾部拉出一排排卵蛋投喂丧尸而丧尸经过消化和发酵不断产生新异形。组织在逐渐形成，系统严谨并且完善，鹅看见这个崭新的社会在蓬勃发展。不像是一种大势已去的感觉。鹅看见并看着对面大楼一头什么鹅背着两根天线，在直升机平台上呼喊开炮什么的，结果被一头异形一脚踹飞下来，还没降落到一半，又被俯冲而至（仿佛鲣鸟）的异形拦截，一口吞没。鹅通常不是一种好的养料，鹅提供优质高蛋白质。鹅这时肩膀被拍了一下，鹅转过身，看见一头中年丧尸神经兮兮。问它，它也不说。鹅看着它嘴巴连同脑壳逐渐暴裂，仿佛要从花朵中冒出一头什么鸟来。

不要怀疑鹅，鹅在等。鹅反正大势已去鹅也没着急的事。鹅来到一条沙发坐下，坐着。鹅现在天空还没亮开鹅不饿鹅坐着，不动。鹅在等天空亮开也许，鹅不知道只是坐着，看着那个蛋。鹅不去想这些那些鹅不去想。鹅只是坐在沙发上，空坐着，仿佛在等。在等什么，鹅不知道。鹅恍惚。鹅吸着一罐百事。百事不是世上最好喝的汽水可乐也是足够好喝的可乐鹅吸着用吸管。鹅现在哪儿也不想去，不想动。鹅静止，坐在沙发上，鹅脖颈朝左侧折了一个接近九十度的直角。鹅是也是物体，对另外的一头鹅而言。鹅现在只有它一头鹅和周围乱七八糟的丧尸。鹅找了一个少量丧尸游动的地方在一条沙发上坐着，端端正正吸着一罐可乐，望着这个卵蛋。鹅一边吸可乐，可乐水一边从嘴里流出。鹅让脑壳歇着。鹅不去想这些那些诸如此类。鹅元气大伤在同丧尸的搏斗中鹅差点失去鹅头。就差那么一小点。鹅把鹅头伸入丧尸内部，那里黑乎乎的什么都没了，空的。鹅从丧尸的脖子管道伸入丧尸内部左右张望，体内黑乎乎的仿佛一座空庙。鹅不去想这些没用的记忆现在。鹅现在几点了，天空还没亮开。鹅现在如果在一个地方比如这里鹅又能去哪儿呢大势已去。鹅坐在这里：一条沙发上。沙发只是沙发，沙发不可能是别的。沙发不可能变成沙漠，鹅这么感觉，不可能产生沙漠旋涡来吞噬一头好端端的鹅。鹅感到安全，在沙发上。鹅感觉到商场家纺部的这条沙发里的填充物可能是鹅毛。这得屠宰多少头鹅甚至天鹅。鹅现在也算是在静修如果吸可乐不犯规的话，鹅看着一床高级鹅绒被。鹅的价值曾经被无限放大。有鹅蛋组成的小行星带吗，它们围绕一个发射光芒的巨鹅蛋旋转，如果有。在那巨鹅蛋中心指定空浮着一个打坐的佛陀，他最近看上去瘦了。他手里托着一只小蛋，小蛋里面是另一个微型打坐的佛陀或者真鹅指定是。鹅恍惚不是没有道理。鹅看着这座蓬松如云如一座软弱印刷厂的鹅绒被上那只安静的蛋有些恍惚，鹅不想去那张床上躺着。鹅不困仿佛一个平坦的水平面现在。鹅仿佛一座缺水的水库或者说。鹅现在天还没亮开鹅无心睡眠在匆匆消灭那两个丧尸之后。鹅用了三支消防灭火器，鹅稍后用扳手敲毁它们，鹅暂时没使用少林武功。鹅消灭了两个丧尸以及一个新生异形不知道是不是能这样分开来算，算成三样东西。鹅在消灭其中一个丧尸时那异形还没从丧尸脑壳中爆浆理论上它还属于丧尸。鹅等于说它销毁的是丧尸还是异形鹅搞不清，也不想搞清。鹅当时在 3F 家电部等不及那异形脱离丧尸，鹅不是它对手，鹅用灭火器喷射之。鹅拉开灭火器保险环对着无头丧尸一通猛喷，丧尸仿佛迷失在戈壁僵自站在那里，鹅稍后用不知道从那里顺来的扳手对它一阵暴击接着捣碎。鹅听见一声接一声微弱的惨叫。鹅听见的惨叫声就是那种把一只嫩鼠架在火焰上烧烤时特有的吱吱叫声。鹅觉得这并不有趣。鹅看着已经成为一小摊滩涂的婴儿异形它就像一只蛋摔在地上四处流淌，而鹅并不觉得这有趣。鹅的恐惧感因过量而消失。鹅惊慌未定顺便回到平静中。鹅，鹅弥陀佛，鹅心中默念。鹅兴致大发，准备对付附近的另一头脑壳爆裂的丧尸。鹅也就在这时，鹅看见一头新生异形从丧尸脑壳射出，停在半空，停着。鹅其实是看着那个保护罩：一个停在半空中的透明泡泡，鹅看着泡泡里面一头婴儿异形它像是睡着了。鹅对着泡泡吹气、扇风，它不动。鹅稍后索性跳起用翅膀尖捅它。它软，弹性十足。鹅只好抡起扳手，它：这时里面的东西突然弹开双翅，接着四肢、脑壳、锯齿状长尾等统统从衣胞突然弹开。它飞走了。它更像是自己把自己射走，泡泡破裂，它仿佛箭零启动突然射飞，一头撞到玻璃墙上。鹅走过去看着那摊模糊的肢体，闻见一股恶臭的花露水气味。谁都有脆弱的时候。鹅走了。鹅绕过丧尸群，它们摇摇欲坠正在发育，鹅不想待在那里。鹅不想引起战斗无论跟友善拍拍它翅膀的丧尸还是异形鹅不想。鹅要是被感染了没有好处鹅不想被感染去体验那种感觉。鹅把鹅头探进那个倒在地上的丧尸的脑壳里，那里什么也没有。那里如果它是一座空庙那也太空洞些。喂，鹅喊了一声。没有回应，只有回声在空庙回荡。鹅从脑壳深入，通过丧尸脖子更深入。里面彻底为空，鹅环游一圈。鹅歇了会儿，拔出鹅头，走了。鹅稍后离开乌七八糟的战场来到一条沙发上休息。鹅现在看着这个丢在鹅绒被里的异形蛋，静静看着，不觉得跟鹅蛋有多少区别，普普通通。鹅想起之前救过它一命的蛋，它们有什么区别。没有。它们一样大小，普通且绝对不假而现在看着其实也没那么怪。鹅至少知道了它的出处。鹅只增加了一个小问题，它当时怎么就从自己胃里掉出。鹅不明白它怎么不是从天而降，或干脆从地上长出那样多自然。鹅不知道，也不想知道这些。鹅从那个进食的女丧尸手中夺过这个蛋，鹅没有把它点燃，反正它迟早会经历自燃那一关。鹅不理解但有些事存在即存在而理解是另一回事。鹅只是不理解异形下卵蛋但异形并不是从卵蛋破壳而出，它们究竟想做什么。这是异形自己的事，跟鹅无关。鹅不去想这些，鹅大势已去实在太累。鹅不知道那具空壳丧尸怎么就自燃起来，鹅停着看了会儿，同周围观火的丧尸一起。鹅看着丧尸的绿色火焰，看着它烧成灰烬之后消失。鹅顺其自然看着那个地板上烧剩下的舍利：一个八分硬币。鹅想算了，它还是走开。鹅推开围成一圈傻乎乎的丧尸群，走开。在下电梯时，鹅看见那个坐在台阶上孤单的丧尸，它在进食。在优雅地吃着夜宵。鹅看着它从口袋里掏出一个蛋，慢晃晃来回摇动三下还是四下，找到蛋上的那个按钮，蛋自动打开一个缺口，液体从蛋中流出，它仰头用嘴巴接住。它就这么吃着它的贵族宵夜，不紧不慢。鹅看得仔细。鹅停在一旁观察它的解蛋秘诀。它是这样吃的，这个女丧尸，它从口袋里源源不断掏出一只异形卵蛋，用两根手指夹住蛋两端，在耳边轻轻摇晃三下或四下不一定，摇完后，它按下蛋壳某个位置的那个按钮，这时蛋自然打开一个缺口，流出里面的内容，它举起它，举过头顶，用那张烂嘴对着这支垂直的液体，一干到底，并且微醉中带着诡异的满足。鹅看着它的每一个分解动作。它歇了一会儿，接着掏出下一个。鹅及时从它手中抢过一个。鹅无冤无仇没有把它点燃。鹅现在天空微微亮开鹅望着这个卵蛋。鹅不会傻到跟那女丧尸似的，搞一通仪式，接着去找那个找不着的按钮。鹅反复试了几次，没找到。鹅之前已经了解这个蛋的全部性质。鹅现在了解的并不比之前更多。鹅现在明白它是怪蛋无疑。一个异形卵蛋，它绝不是真鹅下的真蛋。不是一头鹅中大奖下的天才蛋，不是，这种蛋需要输入密码。鹅现在的目的不是去打开它，这没有意义鹅不饿。这种蛋它是一种专门投喂给丧尸的特供食品鹅现在确定。鹅确定这种蛋需要丧尸的生物密码才能解开。大概就这些。这种蛋对鹅没有意义。鹅对这种蛋也是，这种蛋。这种蛋除了当成炸弹随机毁灭几头鹅，它最多只是一种营养品。鹅这样想。这种蛋作为炸弹威力有限，作为补品它催生丧尸成熟。这种蛋入口即化，鹅以前就试验过。鹅孵不出这种蛋，它根本就不是蛋，它不是卵。它至少不是卵这种形式。卵必须要有可孵化性，它不是。它算静物吗，应该算。鹅不认为它活，没有谁认为一颗导弹是活的。鹅不需要对它有深入的关怀既然它不活。它不动，鹅看着它，它始终不动。它也许还没接到指令，它洁白，安静极了。鹅不用去怀疑它会突然跳动，甚至移动。它不像。它只有在一种情况下才会动，在接到命令的情况下。否则它不动。那它就不活。它就没有感情。它自动不算，即便自动地球也自动难道地球就有感情了（对谁?），没有。而要是它（假设）象征性动一下以示对抗，那它抽象的本体肯定没法被理解，因为它主要的功能是一种营养补给品，或者炸开成为气体以麻醉、毒杀那些鹅类反抗军。鹅远远看着，看不出它任何怀有情感的迹象。而事实上它的同类产品曾经救过鹅的命。这又怎么算。鹅坐在沙发上歪着鹅头，鹅算不灵清。鹅想算了，反正可乐也喝饱了而且差不多大势已去没什么可算账的总之不是你欠我就是我欠你。鹅一口吞下蛋。老实说，没感觉出变得更好，也不坏。鹅现在天空逐渐亮开，鹅睡去。

鹅现在听见哒哒哒哒哒哒、哒哒哒哒哒哒哒哒哒哒、哒哒钻孔机的声响。鹅拐过一个熟悉的弯，走过去，朝那部钻孔机。鹅现在看见一部混凝土钻孔机在马路中央垂直对准路面重复发出哒哒哒哒哒哒哒哒、哒哒哒、哒哒哒哒哒哒哒那种声响。鹅远远看见那个不断快速伸缩的钻头，天空阴着，雨像是疯了要下没下。鹅看见四周空荡没有一株树，没有物体。鹅看着没有起始和尽头的道路和那部橘红色钻孔机。鹅不知道怎么就凭空走到了路上，鹅沿着路靠近哒哒哒钻孔机。鹅走进仔细看，钻孔机在反复钻一个一点小的孔，孔在钻头尖反复撞击下不断往外喷射各式样的火星。鹅今天星期几。鹅匍下身重复看着，火星或那部无人驾驶钻孔机，鹅看见天空雨要下不下，天空阴着，而那头倒垂的鸟不死不活赖在半空。鹅因为靠太近它实在听不清钻孔机撞击混凝土的哒哒声。鹅及时用真气封闭听觉神经只是无声看着那些活跃四溅的火星。鹅吞食几个火星，感觉意义甚微。鹅稍后让自身在火星旁边睡去。鹅脱离鹅壳，站在一旁看着。没什么看头。鹅继续脱离鹅，退后站着。鹅稍后索性一次性到位，以几何级增长速度从新鹅里解脱出来，放大，顺着路面一个个排好鹅空壳。鹅现在第十七次脱壳后成了一个巨型鹅：轻、薄弱、大半透明。鹅这时打开听觉开关，因为距离遥远，几乎已经听不见钻孔机发出的声响。鹅听见极其微弱的哒哒哒哒哒哒哒哒声，要多少有多少但零碎。鹅咳了一声，用暗号命令这声音消失。或只是停着两者皆可。鹅让雨落下，抖了抖云层。雨落下了，而且还不小。鹅这时删除道路，把那部钻孔机和火星和那个小孔和睡着的鹅壳以及站着静止的次鹅壳和次次鹅壳们和那头鸟统一打包，装进一条召唤来的木船里，盖上遮雨布。鹅把那些零碎加起来不到一两的静止的哒哒声一同丢进船里。鹅加大力度从更高的天空引来一注大水生成河流。鹅轻轻扇起一点风，受力的木船就离岸了。鹅叹了一口气，在岸边升起篝火。鹅在船儿远去消失之前，往河里扔进一块柴火。鹅现在流着眼泪水，俯视整条燃烧的河流，火焰顺着雨水往上攀升，跟着连天空也统一烧了起来。烧了一会儿，也就烧完了。黑夜降临，鹅缩小，回归踏实的鹅身。鹅这样做，在理论上当然是被允许的。鹅只要不犯错，它做什么是它的自由。鹅在黑乎乎的黑暗中喊了声：喂。这声音不断扩大，在混沌的黑中拓荒出一个空间，鹅稍后点燃灯火，准确回到庙中。饲养员这会儿已落发为尼，端着一碗饲料走过来。这是最新改良过的，饲养员说，我往里面拌了一点异形粉末，尝尝口感。鹅没说话，独自坐在灯火里，不生气也没有一点脾气。鹅幽幽说道，你哪儿去了。我回去鹅场，你不在，你去哪儿了，鹅。饲养员衣着朴素，光头锃亮，脸孔清洁，明显描过眉。饲养员坐下，点燃一支，看着灯盏。鹅看着饲养员一尘不染的光头，全面想起她光秃秃的身体，她的手臂、光滑的脚底板，她一起一伏的胸膛、这些那些。鹅想起那部充满无限能量的钻孔机，鹅感觉胃部和屁股升温发热，一个异物在伸缩、膨胀。鹅二话没说，展开鹅翅，整个紧紧吸附到饲养员身上。翻遍全身，鹅才在不起眼的角落找到那个烦躁的无底洞。鹅反复使用暴力。鹅稍后进入黑的空庙，静坐修行，一直待到天空亮开，鹅离开，鹅去寻找那支大部队。

鹅往西走。鹅走到一株树下，鹅停着。鹅不能朝四面八方走动，走法不对。并且鹅没有朝南方向走并不是因为那个舍利八分硬币的提示。鹅没有理由只是凭直觉（这难道还不够吗）。鹅往西走去。鹅离开商场沿着东西走向的大街往西游动，鹅绕开丧尸们。鹅在大街上看见有的丧尸烧着了，那是一些空壳丧尸。而有的丧尸十分经烧，仿佛鹅场的那间派出所。鹅没有看见有跳舞的丧尸，大部分在围着它们的中心点绕圈，只有少数几头仰头在饮卵蛋。鹅的游动速度基本上是它们十倍。鹅缓慢游动，天空阴沉。鹅抬头看天空，天空空荡荡的，云层极底。鹅看见云层也极厚。鹅在废墟大街上走着。鹅听见一些零星的炮火声，摸不清方位，鹅自顾自往西走动反正地球是球形：这意味着什么？鹅穿着防弹服。鹅机灵，鹅背着大半桶矿泉水。鹅在鹅场时饲养员说一头鹅一天的进食和饮水比率，鹅记得这个比率。鹅凌晨在商场烧掉一些腐败的丧尸才离开，它们把门口堵了。鹅先是用干冰灭火器，再往它们活着但僵直的尸体倒上白酒，鹅把它们烧了。鹅拖来两床鸭绒被，它们烧得更旺。鹅在灰烬堆里挑拨，并没发现烧剩下的舍利，每头丧尸的具体情况不同。鹅走出商场大门，鹅想了想往西走去。鹅娘希匹的反正大势已去只能凭直觉去跟大部队汇合。鹅不觉得和大部队有啥情感，鹅只是为了兑现承诺。鹅因为那头小破鹅寂灭之前说的话，鹅必须兑现。鹅反正总之闲着也是闲着为什么不呢。鹅掐着脚趾头计算，往西走没什么错误。鹅从一头坐躺在路边享受卵蛋的丧尸身上解下防弹衣穿上。鹅抬头看天，云层低厚，几个卵蛋从天而降，接着更多卵蛋仿佛雨滴掉了下来。不像雨滴落到地上成为水，鹅看见这些卵蛋在触地后反弹升空三四丈，到达最高点又自由下落，接触地面硬物再反弹，有的上上下下弄十几个回合才稳定在地上，鹅看着。鹅往西走。有丧尸蹲在地上捡卵蛋，这本来就是投喂给它们的。只是不吃嗟来之食，丧尸没有尊严。丧尸可以没有表情，但没有尊严，这多少说不过去但这是它们的事。鹅走在卵蛋雨中，需要犀利的走法才能避开蛋的打击。鹅没有学过凌波微步，鹅撑开雨伞在大街上走着。鹅与其说走在大街上还不如说它走在这算什么地方，一堆废墟里。就这样，鹅走到一株遮阴树下。鹅从树干感觉这是一株泡桐树，它是。六月，泡桐树树枝茂盛，一头丧尸停在树杈上吃树叶。鹅发现一个规律，丧尸几乎什么都不吃除了树叶和异形卵蛋，丧尸大概也需要维生素。而这头丧尸也在吃树皮。鹅烧着这株泡桐，鹅走了。鹅走过自动存取机。鹅说喂，知道大部队在哪儿吗鹅问那头停在机器旁边修行的鹅。鹅感觉它鹅眼关闭应该睡着或正在入定。鹅帮它把玻璃门关好，它算是找到了一块宝地。鹅出门，撞进一头异形的怀里。一头成年异形，个头有鹅两倍高。鹅划一根火柴烧它，它吐出舌头绕起鹅脖子，一下把鹅甩到墙上。鹅拔下身上最长的鹅毛象征性把它当剑，对着异形说道：不要过来。这异形三条腿支在原地，蟹子关节似的尾部高高翘起，一对黑翅高速震动。鹅弥陀佛，鹅默念作法，异形没有反应，也不动，只是吐出那条黏糊糊的长舌舔着鹅的脑壳。

鹅继续往西走。鹅走去哪儿都一样，鹅在废墟堆里走着。鹅现在没什么经要去西天取。鹅没别的什么事，渴了也喝些水。鹅以前是一个无政府主义鹅，鹅现在看到废墟里没有一点痕迹。鹅用废墟堆里零星的火苗点燃一支，吸着。鹅看着远处大厦倒塌，一群异形排队在空中依次撞击爆炸，大厦徐徐倒塌。鹅没听见鹅部队有任何抵抗。鹅看见无数黑压压的异形穿过云层，对任何物体进行自杀式轰炸。鹅歇下来，看着。看着这个不是人间的什么间，鹅哪儿也不想去。鹅关闭鹅眼，当那头异形把它全身舔了一道，鹅真要被那种花露水香气熏昏过去。鹅不会突然变小，或化为气，在现实模型中。鹅只能等着被吞没既然烧不着异形。鹅不去想这些。鹅的一生短暂，但完整。只要它已经是鹅。鹅没什么可思想的，鹅对此有过好的经验。鹅的想法落了空。那头异形被撕裂粉碎，被另一头更高大的异形。鹅连忙躲进自动取款厅，锁上门。鹅看见更高的异形和突然飞来停在大街上的异形，它们不等通知便开始相互撕咬，看不出有任何目的。也有的异形俯冲而至立即炸开，化成或红或淡绿或粉红色气体的粉末，爆炸产生的冲击波使空气都变了形。这时整个大街瞬间变成一座混乱的印刷厂，卵蛋横飞，各种老鼠似的吱叫声连绵交替响起。而附近的丧尸仿佛被什么信息素激发，激动起来，有跳舞蹈的，有从口袋掏出纸币数钱的，有叫卖的，有拨号码打电话的总之什么都有，也有的只是坐在地上安稳饮蛋。丧尸群中部分脑壳开始炸裂、翻开，新生异形仿佛小型生物导弹弹出，射到半空，等保护罩消失后，便不顾对象自动加入混战。稍后空壳丧尸开始自燃，异形在火焰中愈加奋勇、激烈，整条大街上的东西呈现一种布朗运动，各式各样的部件散落一地，场面极为绚烂壮观。鹅走过去摇醒那头修行中的静鹅。它半睁开鹅眼，没说话。它看着鹅，白了鹅半眼问，搞什么，你谁呀。鹅就说了我是谁。鹅说这算什么情况。静鹅说，少见多怪，这些东西就是这样的。说完，它重新关上鹅眼睡去。鹅等到近午时分整条大街平息下来，没了动静，鹅才推门走出取款厅。鹅走每一步都艰难。鹅没有任何损失。鹅不关心秩序。鹅对正在吃苹果的丧尸没有意见。鹅现在六月，鹅没有一点愤怒。鹅往西走着，几乎没有动力。鹅解开防弹衣丢掉。鹅拍动翅膀把空气中的杂质和气味扇干净，清理出一条道路。鹅稍后走过一个十字路口，鹅坐进一部废弃在路口的汽车驾驶室稍息。鹅这会儿要是换一个方向行进它又能去哪儿。鹅点开收音机听了会儿调频广播，天气预告傍晚阴有雨，相对湿度75。鹅离开驾驶座往西方行走，走过两条横街，鹅路过一个电影院，它是连锁的。鹅对电影没有研究，无非是一些运动的画面。鹅在地上看见一只字，是一块掉在地上的招牌上的字：福。鹅没有发生意外走过两条横街，鹅必须拐弯，没路了。鹅翻过围墙，跳进一个学校内部。鹅沿着操场跑道笔直往正西走，鹅百米冲刺，掉进一个水池。鹅仿佛找到归宿。鹅被一头丧尸捞起，连同一些浮萍，被丢进垃圾桶。鹅睡着了，恍惚。鹅关上垃圾桶盖子算是睡了一个回笼。鹅下午 13 点 45 分通过垃圾桶跳上树杈，顺着树木跳飞着往西行动。鹅跨过学校厕所屋顶，回身落回到街上。鹅遇见一颗苍蝇。鹅跟着苍蝇走两里路才绕回到正道上。鹅走着走，轻松起来。鹅索性改成大步走，大摇大摆走在向西的道路中央。鹅，如果道路中央停着一匹马，它也一定是一匹没救的马。鹅没看见。鹅用对讲步话机呼叫大部队，没有回应。无论调到哪个频道。鹅嗑了些药丸。鹅在路上练习七十二路小擒拿手有些生疏了。鹅感觉天空阴着不会下雨下午。鹅一群异形迎面袭来，不知道怎么的，它们又相互撕咬爆炸并不把鹅放在眼里。鹅有时帮助它们打扫战场，顺便把它们的部件进行焚烧。鹅没事对路过的丧尸点燃着玩，显然它意义微小。鹅走着走逐步偏离预定的轨道，这特别传统。鹅现在来到一堆废墟高处，坐在那里望着风。鹅感觉这里就是西方的尽头。鹅往更西方向看，那里拦着一条河。鹅不可能一直走下去，鹅贵在徒劳。鹅现在熄灭一支，新接上一支远远望着正在倒下的摩天大楼。鹅让附近那头拾荒的丧尸过来唠会儿嗑，怎么说呢，它脖子上挂着一根粗金链子，满口摇摇欲坠的金牙。它戴着一顶棒球帽。它忙。天气预告没错，傍晚确实有雨。雨从天上往下落，异形们成群连片飞去云层，消失。鹅看着这些自然规律，鹅让风吹起全身鹅毛。鹅现在情况有多严重，鹅不知道。鹅要知道它做什么。鹅假设它是佛陀盘腿静坐，鹅现在习惯了在任何地方以及情形下打坐、入定。鹅逐渐掌握这类技术，鹅自觉并且专业。鹅想起饲养员的教诲：不要搞形式主义，它是修行最大的敌人。鹅听见步话机传出杂音，鹅把干扰关掉。鹅一二三瞬时遁入虚无，只要它需要，这不难。鹅的神识迅速来到一座傍晚的空庙。空庙空空荡荡，没有活物，鹅给菩萨上香三拜，之后鹅来到院子中央等雨。雨不仅是思念，雨对鹅还是一种清洗。雨和鹅天然关联，雨一个一个下着。雨下一个，鹅收一个。鹅在计算雨的数量。一场雨有多少个雨滴，鹅以前从没算清过。鹅要算清，这是修行的方法。鹅收雨收到中途，雨停了。雨没有停，雨只是停着。鹅在等待。鹅有的是时间耗着。鹅让进庙烧香的丧尸烧完后快些走，鹅其实也不介意它多留一会儿。鹅感觉到一些杂质，在虚空中，鹅感觉这会儿的虚空还不够空和虚。鹅穿梭自由，回到现实收听步话机，它又没动静了。鹅快速返回庙中，及时接住突然掉下的雨滴。这已经是第86个，还会有很多。鹅把接收的每一个雨放进钵里，现在已经浅浅的有了一个底。鹅浪费了些时间，在收下一个雨的时候鹅忘了。鹅重新想起雨的数目，鹅让雨暂停，从零开始数，直到数对为止。浪费也是修行的一部分，鹅这么认为。关键是如何认识浪费。鹅在接完这一场雨的最后一个雨滴后，已经是傍晚接近黄昏的17点49分，鹅整理鹅毛，草草结束这次修行。鹅从步话机中听到一个声音，它不是大部队的求救，也应该是饲养员熟悉的呼喊。鹅往西方向远远望过去。

鹅现在星期二。鹅浮在湖面中央吃着草，鹅不可能躺着在湖上，鹅除非鹅头插在水里。星期二，鹅潜入湖底，稍后浮出水面，鹅被视为众鹅偶像。鹅不是一两天了，鹅的光荣事迹传遍大江南北。鹅成了救世主，从某种意义上鹅已然成了一匹真鹅。鹅恍惚。鹅在咀嚼一根水草。一头士兵鹅远远游过来，扛着那把火箭筒说，报告长官，请指示，长官。鹅让它歇一边去。鹅其实还认识它，是隔壁邻居鹅，半个月没见，它傻乎乎的，长大许多。鹅类智商低，这不怪鹅类，至多是自然选择的后果。鹅现在星期二下午它是不是星期二下午现在讨论它意义不大。鹅大部队日以继夜抵抗外星异形入侵忘了时间也忘了进食，鹅类极易激动。鹅大部队据说人气鼎盛时期高达数万，而现在不到五头。鹅包括自己算上才凑足五头。这五头大部队鹅现在星期二下午天空晴朗散落在湖面上，气数已尽，成不了什么气候。鹅收到求助信号时鹅还在废墟堆高处静修。鹅收到模糊的求助信号后，鹅不确定它是不是一个求助信号。鹅以为步话机零件出了什么问题，鹅还以为那可能是一个钓鱼信号。鹅磨磨蹭蹭确定那大概是一个求助信号并且真实可信。只是这都什么时候了，大势已去，折腾这些还有个鸟用，鹅这么想。鹅走了。一切都是因为爱情。鹅这么想，而爱情是因为孤独。而孤独又是一种什么东西，是因为世上并没有脑壳外翻的鹅吗，鹅这么想。鹅通常孤独少，小小的，有时才一个点那么小。鹅有时这么认为，孤独是魂魄的原力。有时（下雨时）又往往不这样想。孤独只是孤独，它连孤单都不是。孤独总归是因为缺失参照物，而自己总是处于坐标原点鹅这么想。鹅一头鹅夜幕降临温吞吞往西走着，难免需要来一点想头。鹅蹚过河水，在走进一片树林之前鹅停下，想了想数学。没有数学，鹅仅凭有限的飞行能力几乎不可能冲出大气层。除非真鹅。真鹅是一种摆脱数学定理控制的鹅。真鹅大道至简，又无处不在。真鹅不是鹅，这是其一。其二，真鹅也分档次。普通真鹅看着普普通通，脑壳后的光圈一看就是便宜货。只有到了最高级别的真鹅，它才返璞归真，似真似幻，与任何鹅都不同。这不是鹅需要考虑的境界。鹅如果修真，它的目标也就长出光圈。这样比较老派。鹅通常认为自己是一头老派鹅。鹅也许这跟鹅看不惯这鹅道有关鹅这么推算。鹅感觉鹅这一生是不是太繁忙，不光要时不时弄些饲料吃，鹅还要解脱牢固肉身。鹅曾经对叙事者的这个设定表示过不满，但既然事实如此，又何必再去麻烦人家呢。鹅有点儿想远想偏了，关于数学。鹅搭起简易帐篷，升起火堆，黑夜全面到达，鹅弄了些烧烤填肚子。鹅离那头最近的丧尸不到两百米这已足够安全，无论对谁。一头丧尸停在河对岸，静静地隔岸观望着这堆篝火。这是它的事。丧尸稍后被炮弹炸飞，被一个火箭筒炮弹，丧尸消失。一头鹅高举它的武器站在河对面喊，报告长官，安全，长官。有些天生善良的丧尸就是这样被消灭的，它们又没有错。这一头鹅从河里游过来，鹅明显有些饿。它抖落身上的水珠，敬礼，傻乎乎望着鹅。鹅让它坐下，随便

吃点东西。报告长官，是，长官。这一头鹅说。报告长
官，这是什么肉，长官，它问。兔肉，鹅说，刚烤熟，可
以吃了，别客气。报告长官，是，长官。不要老是长官长
官的，我不是你们长官。报告长官，是，长官。鹅不想重
复每次遇见一头新鹅都在重复类似的唠嗑。鹅问这新鹅
叫什么，怎么没跟大部队在一起。这鹅就说了它没有名
字。鹅没有名字，报告长官，这鹅说。鹅想也是，它说得
对。报告长官，我和大部队失散了，大部队损伤惨重。说
着，它哭泣起来，抹着眼泪水。鹅让它不要这样，吃东西
高兴点。入夜，鹅战士在营地周围守了整整一夜。它的意
义在哪里，你说，鹅问。鹅停在湖中央，问其中一头鹅，
不是隔壁邻居鹅：它没脑子，不用问它。这头鹅支支吾吾
的，东一句西一句不知道究竟在说什么。报告长官，我们
是反异形野战军团第——鹅没等它说完，说是啊，我问
你，我们干吗要反异形。报告长官，不知道，长官。这鹅
傻乎乎说。请指示，长官。傻鹅说。报告长官，为了保卫
鹅类，长官。隔壁邻居鹅自告奋勇，鹅脖子挺得笔直。鹅
让它闭嘴，它最小，没它说话的分。另一头呆鹅有它独到
的见解，说报告长官，您是鹅场烧不死的神鹅，是我们鹅
群的英雄，是我们的精神向导、我们的最高长官，您一定
有深刻的理解，长官。长官万岁，呆鹅哭了起来。其它
鹅只好零星无气无力跟着喊两声。它说得对。鹅没有反
驳。你们见过饲养员吗，鹅问。你见过吗，鹅问呆鹅。见
过吗，你。鹅问傻鹅。傻鹅摇摇鹅头。你呢，鹅指着鹅四
问它。报告长官，不知道长官，长官，您已经问了七八次

了，长官。鹅四是那头屁颠屁颠一道跟来的鹅。在那个指南针都能迷失方位的树林，鹅四以它敏锐的嗅觉开辟出一条道路，两鹅一路西行，在中午时分，穿过马路，到达城乡接合部的一间杂货铺。鹅四用火箭筒轰飞堵在门口的丧尸，从冰箱弄了一支几乎融化成水的冰棍献上。鹅让它弄个可乐。它说不行，说报告长官，鹅类不能喝可乐，长官。谁说的。鹅让它把步话机递过来，鹅对着步话机问，这是谁说的。报告长官，这是鹅场的规矩，长官。鹅场？鹅场在哪里，你告诉我，鹅场在哪儿。那里（一株泡桐树）吗，还是这里，还是这里到处都是。鹅场已经完了，懂吗，赶紧去拿，鹅命令道。鹅四取来可乐献上。这是什么？鹅问。鹅烦，大概是真烦。鹅突然感到烦闷，也许是天气的缘故。鹅这会儿时近中午，天空明朗，阳光泛滥，蝉在狂叫。路上，四处到处散乱着不是丧尸或焚烧的丧尸就是各种异形部件和树枝和乱石头以及抛锚的什么车。鹅坐在小店门口感到烦。鹅看着那张空荡荡的台球桌，鹅问士兵鹅四，这是什么？啊。这是什么东西。吸管！鹅四返回小卖部找了半天找来一根用过的吸管。鹅吸着滚烫的百事，连大势已去的感觉都消失了。鹅只是感觉烦，暴戾和烦躁的烦。鹅让鹅四自己走，自己去找什么鸟大部队。鹅四说报告长官，不离不弃，长官。鹅让它去撞在那株马路对面的泡桐树上。鹅四什么都没说，跑过去一头飞撞在泡桐树上。算了，鹅喊。鹅招手让它回来。鹅安抚它说，别介意，这是测试。报告长官，明白，长官。鹅四站在一旁警戒。鹅让它一块儿坐下稍息，它也就坐下了。见过饲养员吗，最近。鹅问。报告长官，没见过饲养员同志，那天她没去上班，长官。哪天。报告长官，不记得了，就是外星异形入侵的那天，应该就是您被放逐后的下一个星期，忘了是哪天，长官。是星期几，鹅问。报告长官，忘了，不记得了长官。报告长官，鹅四仿佛想起什么说，估计他们都成丧尸啦，长官。鹅四接着添油加醋说了一通鹅场管理员、饲养员、门卫什么的是怎么化成丧尸的，它说得有趣。鹅四它又说了一段单口相声。鹅之前没有发现鹅四它还有这项才能，两鹅合作说了一段《八扇屏》。这一路下来倒也变得有趣起来。鹅说风。鹅四说报告长官，雨，长官。鹅说风吹。鹅四说报告长官雨打，长官。这很工整呀，长官。鹅四说。鹅四自愿当起捧哏。鹅四把抱着的火箭筒背起，背在后背上，鹅四说，还有什么，长官。鹅就顺着对联说，风吹水面。鹅四故意想了想说报告长官，风吹水面嘛，那就雨打沙滩啦，长官。鹅一口气说完，说风吹水面层层浪花，你说。鹅大摇大摆走在前头，战士鹅四亦步亦趋跟着。鹅四说，报告长官，这难到我啦，让我想想啊。风那个吹水面，我对雨打沙滩，这可以。那么风吹水面层层浪，我只好对雨打沙滩万点坑啦。您看我对得怎么样，长官。鹅告诉它，听错了，我说的是层层浪花，不是层层浪。啊？鹅四说，报告长官，这不对吧。您不能说浪花，只能说浪呀，要不然让我怎么接呢，长官。说好的是风吹水面层层浪，下联雨打沙滩万点坑。您这浪花一来，我总不能对坑坑吧。这不合适，长官。鹅四说。相声也要改良嘛，鹅说。报告长官，这倒是，您说得对，长官。相声（Crosstalk），一种民间说唱曲艺。它以说、学、逗、唱为形式，突出其特点。两鹅就这么往西方走着，一和一唱，不久便走到一座山跟前。报告长官，鹅四说，长官，请问，我们是在往哪里走，长官。西呀，鹅说。哦，鹅四哦了一声说，报告长官，我们为什么要往西走，我们不是去跟大部队汇合吗。我看着山上不像是有大部队存在，您以为呢，长官。这倒是，鹅说，是您提醒了我。聪明，不愧为相声演员的肚子，杂货铺，什么都有。这样吧，接着走，翻山，鹅说。啊？报告长官，我们还在说相声吗，您瞧着，这么的山，怎么着也得爬一个月吧长官。少废话，鹅说，爬。鹅和鹅四爬了三天三宿爬到山顶。在山顶的庙里歇着。从山顶往下俯视，整个城市各种色彩搅和在一起，浓烟滚滚，异形们如同苍蝇盘旋在上空，时不时地传来隐约的自爆冲击波，煞是好看。庙是一座空庙，没有和尚，也没有和尚异形，是一座残破的寺庙，大门口屋檐下挂着四海寺的牌匾。寺院中央有一株参天古松，有几百个年头了。鹅在庙里转了一圈，盘点物件，除了一个泥菩萨卧像、一口老钟、一些蜘蛛网、一个已经倒塌的厨房间，整个寺庙仿佛世外桃源，再也找不出别的值钱的东西。勤务兵鹅四在院子中央点起篝火烧水，准备在这里过上一宿。万事大吉，一切等过了这晚再说。四海为家，落地为僧，鹅想这大概就是四海寺的出处。只是这里发生过什么故事，鹅无从知晓。只知道一点，这个寺庙里曾经指定住过鹅，因为院子角落里竖着一块木质墓碑，透过斑驳的文字依稀能看出上面写着：鹅，到此一游。入夜，鹅躺着，仰望仿佛伸手就能够到的夜云。鹅只是望着，神识却在反复连接这匹古鹅。鹅的直觉告诉它，它和这匹古鹅有缘。它也许是一匹早已修炼成真的真鹅。该庙风静月明，四周地气蓬勃，绝非普通境界，实乃修炼聚气之风水宝地。鹅聚神，深入联通，弄了一两个时辰，无奈还是无劳而返。鹅大汗如雨，回到现实中。这会儿鹅四还在庙门口值班，几点了，鹅问。报告长官，鹅四小声说，大概子时刚过，长官。早些睡吧，鹅以关怀下级的口气命令道，这是命令。报告长官，是，长官。鹅四走过去，用尿浇灭那摊微弱的篝火，接着扑倒在地，少顷便昏睡过去，顺道打了一夜的呼噜。鹅几乎没睡，子时一过，鹅打坐静气，重新发功试图联通古鹅。鹅不知道是不是方法错误，还是方向不对，整个气息都不是清晰而是越发混沌的感觉。鹅勉强试验几次后，也就取消了这个念头。不久，天蒙蒙亮，蝉虫们又开启这天的交配鸣叫声。鹅让鹅四早些爬起来，打扫寺院，擦拭菩萨，自己坐在庙门槛看着日出冉冉升起。这日出，仿佛真的像是冉冉升起，红彤彤，又大又椭圆，仿佛一座烧着不断燃烧的印刷厂。鹅看见大批大批的异形群从云层里冒出，径直往这轮红日飞去，也许那也是它们的目标之一。上香火，三拜过后，鹅和鹅四从另一面下了山。西行路漫漫，这次小分队翻过三座大山，一个半山上的尼姑庵（也是空的）、三条大河，走过一片草地，走过不下三座桥（木桥、铁索桥、拱门石桥：可能是个宋代古迹）、经过几个村落（无一例外都成了废墟）、一个野生动物园：它们都上哪儿去了？那些动物：鹅除了看见一匹河马在池塘里使劲分娩，连一只蚂蚁都没照在上面。鹅四汇报说，大多数畜生宠物都投降了，没有骨气，其实都成了异形的食物或坐骑或肥料，只有我们坚强的鹅民族从一开始就奋起抵抗。是吗，鹅说，这有什么意义，抵抗所谓的异形生物。谁统治不是统治，鹅说。这哪能一样，鹅四说。而且这些外星畜生也不是来统治地球，它们简直是来无端毁灭地球，这您也看见了，长官。鹅没说话，鹅让它滚蛋，它不滚。鹅双人小分队匆匆穿过野生动物园，按原方向，原路径接着又走了几天，有时连着两三天都在下雨，有时天空晴着，零碎几个丧尸不知道从哪里跑出来拦在路上，鹅让鹅四用火箭筒，鹅四早就把随身负重丢了，鹅只好钻石取火把它们烧着，在它们爆出异形之前，免得双方都受苦。鹅抬头看天空，天空上没有一个雨滴。大旱之年，鹅有一种预感，来年必是大旱之年。鹅没进一滴水，走了三日路，鹅走到一个凉亭歇着。鹅实在走不动。但原路返回又不太现实。鹅往西走，那就只能往西走，直到不能再西。这是从出发起，按照直觉早就定下的规矩，是一种来自神秘的指示，同时也蕴含某种启示。鹅只有一路走下来，才能够知道这其中的一切。一切才有答案。它不但是一个过程，同样包含答案。鹅对此深信不疑，鹅从不怀疑鹅自身。鹅通常绝对。鹅绝对认为只要有因有缘就一定有果。而鹅这一路往西也算经历万难，心诚则灵，在一个星期二下午，鹅来到湖边。在那里，鹅终于发现这支仅剩的三鹅大部队。鹅跟它们汇合。所以，你们统一说说看，这一切的意义究竟在哪里，鹅说（对浮在湖中央扛着火箭筒的四鹅说）。报告长官，呆鹅抢先说。它絮絮叨叨说了一通，概括起来还是那句话：消灭异形，实现鹅类的最终胜利，长官。呆鹅说。

鹅和鹅。鹅鹅鹅。鹅鹅鹅和另外两头鹅，总共五头鹅组成鹅大部队，三雌两雄。用得着你去消灭吗，鹅现在星期二下午鹅说，用得着你去胜利吗。鹅对呆鹅说。呆鹅自然呆，在鹅场它负责交媾，呆鹅是一头质检勉强合格的种鹅。报告长官，用不着，是长官您领导我们去消灭异形，实现胜利，长官，呆鹅报告说道。怎么消灭，怎么实现最终胜利，你说。两个问题一起回答，鹅命令。报告长官，是，长官。长官，用反异形火箭筒和交配繁殖，鹅生蛋，蛋孵出新鹅，新鹅接着生蛋，蛋孵出新下一代，一生二，二生四，四生十六，十六生两百五十六，以此类推繁衍不息，不出两年鹅大部队必将恢复往昔的规模。回答完毕，长官，呆鹅报告说道。它的算术不错。你会说相声吗，鹅问道。报告长官，不会，没学过，长官。很好，鹅说，立即潜入湖底消失。报告长官，是，长官。呆鹅一个翻身，潜去水下。还有谁要说的，鹅看着剩下的三鹅。三鹅统一没吱声。傻鹅在清洗它的火箭筒，隔壁邻居鹅昂着鹅头在看天以及不知道在看什么。鹅四好一些，这一路下来它被鹅不知道洗了多少回脑，鹅四主动把鹅头插在水里，假装没在听。一群废鹅，鹅现在星期二下午说道，我们还是去弄些吃的，做什么都得先吃饭。呆鹅这时立即浮出水面，说报告长官，我知道一个地方，那里水草鲜美，野兽丰富，比老是吃鹅饲料什么的强多啦，长官，我来带路。呆鹅一个潜水，出水时已远远地到达湖岸。你们跟它去准备，我在这里再歇会儿，鹅说。鹅现在星期二下午独自停在湖中央，鹅以前停在湖里不是休闲阅读书籍，就是心中默写诗词歌赋陶养情操诸如此类鹅没闲着。鹅闲着也是一种修行。鹅无奈世事沧桑，俗事缠身，大部分时光耗费在无效的业务之上。鹅的主要业务（事业）是修行。鹅意识到这个问题的严重性，尤其在鹅道昏聩的末法时代，鹅有心无力鹅重重叹了一口气。鹅从不对鹅类负责。鹅现在星期二下午在湖中央停着鹅需要对鹅类（主要是它们几头）负责到底吗，既然它成了它们以为的神鹅、最高统帅和鹅民族唯一之希望。鹅想了一会儿陶渊明和屈原，鹅稍后想了想贞德和甘地，他们彼此都不是一路人。鹅想起饲养员的音容笑貌，既然想起，鹅索性也就开始大范围同时深入地想。鹅主要是想得深入，鹅想，饲养员要是回四川老家去，路上遇到（假设）地震怎么办。饲养员不会凌空起飞，意外发生时，她正好睡着怎么办。饲养员她会自己经营一个鹅场吗。她的高质量种鹅去哪里寻，鹅这么想。鹅一度想，在回四川路上，饲养员要是看破红尘在中途去了青城山落发为尼这也不是不可能。鹅认为饲养员在路上被异形或抓捕或消灭的可能性更大。鹅不认为饲养员会像鹅四预料的她们都成了丧尸。怎么可能呢，不可能，鹅不可能这样去认为，情感上不允许。虽然这种可能性不是最大也是第二大。鹅认为第一大的可能性是，鹅不知道。鹅销毁各种预设场景。鹅绝对不能相信饲养员已经被捕。鹅不存在也不需要意外。鹅停着，想，但鹅不能有意外，不能。鹅无论对一头鹅，还是鹅，还是鹅的反面，鹅统统反对意外。鹅别说饲养员同志鹅也不会意外成为不是一种动物。鹅，打一种动物，它还是鹅。鹅相当宿命。但鹅并不神秘。神秘只是一种语言现象，鹅不是。鹅不急着否定。从鹅的上方俯视鹅，通常看不见鹅掌。鹅仍然是稳定压倒一切。鹅不稳定，鹅通常动荡不安。鹅现在星期二下午接近傍晚时分鹅浮在一个动荡的湖面上，鹅感到熟悉的大势已去。鹅被禁止漫游，当时在鹅场。当时，鹅从不走进比喻的客厅，在整日稍息。鹅莫名怀念起在鹅场的日子，也许是因为是鹅场虽然时不时闹暴动但还算稳定，鹅场让鹅安心。鹅当时身在鹅场不识鹅场真面目，现在倒好，落得个风餐露宿，肩负历史之使命。鹅不去想这些。鹅想，这也许就是命。鹅长久看着鹅的倒影。鹅平时极少失误，并且从不往茶壶里添水并且鹅感到大势已去。鹅重新上路。鹅离开湖中央。鹅看见湖岸不远处，篝火已然升起，鹅甚至闻到一股大幅提升食欲的飘香。

星期三大早上，潦草收拾完行头，销毁营地，鹅和鹅大部队排成一字形按原路返回。鹅群往东走去，倒退着（面向西方）往东移动。鹅必须回去城市，返回鹅场，鹅从哪里来，回哪里去，鹅认为要解决这一切（它的呈现那么芜杂甚至怪异），它们必须回到故事原点。鹅对此深信不疑。鹅认为有时下下之策也是唯一良策而且这天天空晴朗，万事大吉。鹅四说，一切听长官指挥。不入虎穴焉得虎子，鹅四说。这还没到说相声的时间点。鹅四和其它鹅意见统一，没有其它建议。鹅经历万难，才发现这支仅剩的三鹅大部队。鹅那一趟心诚则灵，在昨天下午，鹅到达湖边。鹅绝对认为只要有因有缘就一定有果。鹅现在指望这三四头鹅回去重新检查这些因缘。鹅通常绝对，而且鹅确实也对了。鹅从不怀疑鹅自身，鹅对此深信不疑。鹅检验了一条真理，通过实践，检验这个道或理确实是一条真理。它是万事的答案，同样也包含过程。过程即答案，有时反过来先有答案鹅也能接受。鹅只有一路往回走，才能够理解这其中的一切。它是从不管终点还是起点起，早就定下的规矩，是一种来自高高在上神秘的启示，同时也蕴含某种指引，即从哪里来，回哪里去。鹅必须回到自身。鹅之前往西走，那现在就只能倒着往东走，直到不能再东。直到接到某种注定的暗示（那是什么？它来了，才知道），它们才能停下。鹅要是顺着原路接着往西天方向走，这不仅不现实，还难以服众。鹅对这群怪鹅的处理方法最简便的就是将它们送回前线。鹅实在走不动，有时。鹅不想动。鹅没进一滴水，故意的，鹅大部队走了三天路程，自然回到一个凉亭歇着。一个通风良好的凉亭，鹅坐下后，在鹅四的劝告下还是破戒喝了两口水。鹅心诚则灵，鹅表面文章要做足。鹅想起来，大旱之年，鹅当时抬头看天空，天空上没有一个雨滴。鹅当时有一种预感，来年必是大旱之年。鹅现在中午时分，不好说当时的感觉对还是错，感觉和想法类似它们总在变化。鹅现在看着照旧空空荡荡没有一颗雨滴的天空，感觉不好不坏。鹅看着天空时呆鹅也模仿看着，呆鹅报告长官说，长官，您在看天吗，还是望气。在看云，鹅说。呆鹅二话没说，扛起火箭筒朝云发射一枚火箭。还没到达，火箭便炸开在半空中形成一个白晃晃的花火。傻乎乎的，注意节约弹药，鹅四说。鹅四说，你这样会暴露我们的位置。鹅四说得有理。但呆鹅是鹅场种鹅，它对鹅四这老母鹅不感兴趣。呆鹅连着空射三枚，朝各种方向。满意了吧，呆鹅威胁鹅四说，满意没有。报告长官，鹅四说，有鹅不服从纪律，长官。鹅让它们立正后稍息站着。鹅四，丢掉武器，鹅命令道。鹅大部队匆匆穿越野生动物园，沿来时的方向走了几天，有时连着两三天都在晴空万里，有时天空下雨，几个零碎的丧尸又不知道从哪里跑出来拦在路上，鹅让鹅四用火箭筒，鹅四说不是早就把随身负重丢了吗，长官。鹅只好让隔壁邻居鹅钻石取火把丧尸们逐一烧着，在它们爆出异形之前，免得大家受苦。隔壁邻居鹅胆小，还是心软，坚决不同意焚烧策略。鹅告诉它，这不是道德伦理的问题，只是走个程序。它也就同意了。它顺便还学到一门原始技术。鹅说，我们为什么要消灭异形，鹅问隔壁邻居鹅。报告长官，走一个程序，长官。隔壁邻居鹅脑子很好使。鹅没说话，鹅让它滚蛋，它不滚。坚决消灭这些外星畜生，长官，它说。这哪能一样，鹅试探着说。是吗，鹅说，这有什么意义，你说说看，抵抗这些所谓的异形生物。谁统治不是统治，鹅说。隔壁邻居鹅汇报说，我们鹅类不像那些大多数畜生只会投降，没有骨气，我们鹅类从一开始就奋起抵抗，早已将生死置之度外。很好，鹅说，测试通过。东行路漫漫，鹅五人大部队按着倒叙的顺序，顺利翻过三座大山（昆仑大的雪山，山顶接满了陈年旧雪），路过一个半山上的尼姑庵（不知什么原因这会儿倒掉了）、蹚过三条波涛翻滚的大河流，走过一片草地（傻鹅平时看着傻乎乎的，关键时候还挺管用，它钓了两斤鱼改善饮食。它负责部队伙食），走过绝对不下三座桥（木桥、铁索桥，一座算得上宋代古迹拱门石桥。路线图没有错），稍后经过几个村落（无一例外都成了废墟，没几天工夫，有的地方还新长出了杂草），再稍后穿过一个野生动物园：这样部队离那座庙就不远了。它们都上哪儿去了，那些动物：除了看见那匹河马还在那个池里使劲分娩，鹅还看见一头梅花鹿。鹅部队之后爬山，来到四海寺。上香火，三拜过后，黎明即将来临，鹅让部队稍息，自己坐在庙门口看冉冉升起的日出。鹅再次看见大批大批的异形群从云层里冒出，径直往这轮红日飞去，那是它们久经不衰的目标。这轮日出仿佛冉冉升起、红彤彤、又大又椭圆的一座不断燃烧的印刷厂。不久，天空彻底亮开，蝉虫们又开启这天的交配鸣叫声。鹅让部队赶紧扎营、生火、打扫寺院，把菩萨表面擦拭清爽。弄完一整套程序，鹅部队原地修整一日。入夜，鹅开启冥想模式。也许是心存杂念，鹅勉强试验几次，没有成功。鹅感觉冥想的大门封闭着，无法进入，但鹅没有取消。这不可能是方法错误，也不是方向不对，鹅感觉现在整个气息不清晰，反常的混沌。鹅感觉不能这样急功近利。鹅几乎没睡，子时一过，鹅打坐静气，重新发功试图联通古鹅。鹅四醒来，按之前的套路，用尿浇灭那摊微弱的篝火，接着又扑倒在地，少顷便昏睡过去，一夜呼噜不断。报告长官，我睡了，长官。早些睡吧，鹅命令道，这是命令。报告长官，明白，长官，鹅四小声说。大概子时刚过，长官。鹅四悄悄声说，还用我倒回去值班警戒吗。不用，鹅说。长官，那我派呆鹅去。鹅四说。不用，鹅说，你们都休息，明天还要赶路呢。鹅聚气汇神，虚汗如雨，终于进入冥想。鹅深入联通，弄了一两个时辰，无奈还是无劳而返。不应该有错呀，鹅不明白。确实，该庙风静月明，四周地气蓬勃，明白无误是修炼聚气的风水宝地，而且真鹅修行时遗留在庙里的痕迹如此明显，此地无银三百两，这株苍天古松即是最好的证明。一匹得道飞升的真鹅，鹅的直觉告诉它，它和这匹古鹅此生有缘。鹅不怀疑这一点。鹅望空荡荡晴朗天空中的夜云，使用神识反复连接这匹真鹅。鹅，到此一游。从书法上就可以看出这匹真鹅的功力非同一般，它绝不会是一匹普通真鹅，恐怕到了至高境地。它身上一定有过传奇的故事。四海为家，落地为僧，莫非这就是暗示。鹅不确定。鹅昏昏沉沉，一夜很快度过，鹅无功而返。清晨，傻鹅在院子中央点起篝火烧水，往碗里倒出饲料，逐一喊起它们进食。不出意外的话，这天将会是忙碌的一天。鹅这会儿睡意全无，它还是想搞搞清楚这个庙的玄机。鹅在庙里转了一圈，除了一个泥菩萨卧像、一口老钟、一些蜘蛛网、一个已经倒塌的厨房间，整个寺庙仿佛世外桃源，普通至极，再也找不出玄乎的东西。寺院中央这一株参天古松，没有几百也有上千的年头。鹅顺着树干往上看，根本看不见顶。只看见一面红旗高高飘扬。鹅用少年轻功，扑腾着飞爬上去，不到一半便体力不支掉落下来。庙是一座空庙，这没什么可疑的，庙里似乎从来没有过传统的和尚。庙里有异形来过吗。一座寺庙虽残破，那也是风雨长久所致，属于自然腐败，只要看看大门口屋檐下那块四海寺的牌匾完好无损，就应该推算出不可能有异形来过。多好的一块清静无为修真福地，鹅要是哪天真想出家，它是最好的选择。鹅从山顶往下俯视，心里烦恼顿时升起。山上山下，完全是两个世道。远远看去，整个城市仿佛是色彩斑斓的游乐场，浓烟四起，大早上的，异形们早早出动，如苍蝇般盘旋在城市上空，或原地自爆，或俯冲下去自爆，好不闹热。报告长官，一切准备妥当，请指示，长官。鹅四精神头十足。鹅四啊，鹅说，要不，要不我们在山上再待几日。你看下面城里乱七八糟的，去那里意思不大。鹅烦，鹅叹了口气说道。报告长官，反异形野战大部队一切按原计划执行，长官。话都说到这份上了，鹅也就没什么好借口，就说行，大局为重，出发。鹅部队在庙里又躺歇了两个时辰，到中午时分才磨磨蹭蹭下山去。俗话说，上山容易下山难。鹅部队下了三天三宿才下到一半，它们即使是世上最慢的雨，理论上这会儿也应该下到地上了。少废话，鹅四说，别磨蹭了，继续下山。鹅类在累的时候通常不分大小。鹅四竟然敢这么跟鹅说话。鹅必须给鹅四两翅膀，把鹅四打得一鹅头垂在地上。还有谁，鹅看着其它三鹅。鹅不擅长表演凶恶。报告长官，没有，长官，呆鹅说。报告长官，鹅四有气无力说，长官，搞错了，我刚才跟您是准备说相声呢。报告长官，我们还要照规定说相声吗，长官。鹅这才想起来，鹅说，说，当然说，为什么不呢。鹅四，你跟傻鹅说，它傻乎乎的，说起来效果好。鹅说。报告长官，是，长官，鹅是说，这次我要做逗哏。随便，鹅命令道。鹅四和傻鹅这就说起相声来，隔壁邻居鹅弄了一副担架，伙同呆鹅一道抬着鹅下山。这倒是，鹅是说，是您提醒了我。聪明，不愧为相声演员的肚子，杂货铺，什么都有。这样吧，接着走，翻山，鹅四说。什么，傻鹅问。傻鹅明显没学过相声。跟着我说就行，你是捧哏，把音量调大一点。哦，傻鹅哦了一声说。鹅四先把《八扇屏》整段相声通说了一遍。现在我们倒着说，鹅四说。明白，傻鹅说明白。我看着山上不像是有大部队存在，您以为呢，傻鹅。明白，傻鹅说，请问，我们是在往哪里走，鹅四。你傻啊，我们去城里消灭外星异形，傻鹅傻鹅，你真傻乎乎的，鹅四说。明白，傻鹅说。鹅大部队就这么一和一唱，往山下走去。相声，它是一门语言艺术，讲究说、学、逗、唱。一个人说是单口相声，两个人说是对口相声，多个人说是群口相声，现在傻鹅和鹅四说的是对口相声。您说得对，明白。傻鹅说。就是，相声也要改良嘛，鹅四说。明白，傻鹅说。说好的是风吹水面层层浪，下联雨打沙滩万点坑。您这浪花一来，我总不能对坑坑吧。您不能说浪花，只能说浪呀，要不然让我怎么接呢。明白，傻鹅说。鹅四说，听错了，我说的是层层浪花，不是层层浪。您看我对得怎么样。没问题，鹅四接着说，那么风吹水面层层浪，我只好对雨打沙滩万点坑啦。风那个吹水面，我对雨打沙滩，这可以。鹅部队大摇大摆往山下走去，鹅躺在担架上听着这枯燥的相声睡去。所以，下面它们说了什么，鹅并不知道。鹅四说，这难到我啦，啊呀，让我想想啊。鹅四一口气说完，说风吹水面层层浪花，你说。鹅四故意想了想说风吹水面嘛，那就雨打沙滩啦，是不是。鹅四顺着对联说，风吹水面。鹅四回头看了一眼抬担架的呆鹅说，风吹水面。鹅四说，还有什么，风吹水面。明白，傻鹅说。鹅四这会儿也不顾傻鹅这个捧哏在捧什么，它自顾自说起来。这很工整呀。鹅四说。鹅四说雨打。鹅四说风吹。鹅四说雨。鹅四说风。鹅四现在彻底成了鹅四单口表演的时间。鹅四有这方面的才华，它对《八扇屏》的细节倒背如流。鹅四倒着说完，又说了一段其它的单口。鹅四把鹅摇醒，说报告长官，说完了，我们似乎该聊异形问题了，到了聊管理员、饲养员、门卫什么的是怎么化成丧尸的时间。报告长官，鹅四仿佛想起什么说，估计他们都成丧尸啦，长官。报告长官，忘了，不记得了长官。是星期几，鹅懒得问。报告长官，不记得了，就是外星异形入侵的那天，应该就是您被放逐后的下一个星期，忘了是哪天，长官。哪天。鹅懒得说。报告长官，没见过饲养员同志，那天她没去上班，长官。见过饲养员吗，最近。鹅问。鹅奇怪；但鹅就是这么问的。鹅让鹅大部队稍息，那个城乡接合小卖部终于走到。鹅四站在一旁警戒。报告长官，明白，长官。鹅安抚它说，别介意，这是测试。明白，鹅四说。它当然明白。鹅四这时什么都没说，和快跑过去一头撞在那株泡桐树上。而鹅这时鹅还没发出那道命令。让它去撞在那株马路对面的泡桐树上的命令。鹅四说报告长官，不离不弃，长官。鹅烦。鹅这时突然，也应该在这时开始烦起来，鹅现在烦着，跟预定计划的一样。鹅感到烦和暴戾。鹅现在一个下午吸着一罐滚烫的百事，体会那种大势已去的感觉。它消失了，不在。鹅四夺过吸管，返回小卖部，找了半天，找来这同一根也是上次用过的吸管。您的吸管，长官。鹅四说。鹅四现在完全是在表演。怎么搞成这样啊，鹅想。鹅自己想，没说。鹅感觉从来不曾这样烦过。

鹅现在坐在小店门口感到烦。鹅正常。鹅不烦它就不是一头正常鹅。鹅在上次路过这个村店突然感到烦，鹅现在也是。这说明鹅正常。鹅看着那张空荡荡的台球桌，它烦在哪儿。鹅不觉得空荡有多烦。空荡只是空荡，空荡作为烦也只是空荡的烦。这种烦不多，空荡而已。鹅不认为一张空荡的台球桌上的空荡能引起多少烦。不是没有，它少，只有空荡荡的一点。而台球桌本身并不烦，鹅这样感觉。物引起烦，但这不是物的过错。鹅烦是因为鹅自身烦。鹅的这种烦通过物（台球桌）的反射，被鹅自身吸收、震荡、共振以及扩大越发烦。鹅是烦本身。鹅这样想，吸着温烫的可乐，它异常烦。所以鹅问士兵鹅四，这是什么。报告长官，烦，长官，鹅四回答。我们打会儿台球，鹅命令道。报告长官，是，长官。鹅四把台球码好，码成一个标准等边三角形。报告长官，可以了，长官，鹅四汇报说。鹅看着马路中央、边角，到处散乱着不是丧尸或还在焚烧的丧尸就是各种异形部件和树枝和乱石头以及抛锚的什么车。鹅这会儿时近中午，天空明朗，阳光泛滥，蝉在狂叫。鹅突然感到烦闷，鹅握着台球杆没动，鹅说，也许真的只是天气的缘故。什么？长官。鹅四问道。鹅烦。大概是真烦。这些是什么？烦吗。这些这个那个东西，台球、树木、丧尸灰烬，统统这些东西。鹅把球撞开，抛下球杆，回去椅子上坐着。准备出发，鹅说。中午过后，鹅大部队继续往东行进，离开这一间杂货铺，进入树林消失。一群鹅先迷失在树林，后再消失。鹅问鹅四，你的方向呢。鹅四说报告长官，消失了，长官。再找，鹅命令。鹅四让呆鹅找。呆鹅让傻鹅找。傻鹅自然让最小隔壁邻居鹅找。都说没有找到，丢失了。怎么可能呢。好好的方向，怎么可能说丢就丢。我们是朝什么方向走，鹅问。东，鹅四说。我们是在朝什么方向移动，鹅问。隔壁邻居鹅说，报告长官，你说什么就是什么，长官。呆鹅，我们在朝什么方向走动，你说。鹅说。呆鹅没说话，坐在地上没动。呆鹅坐在地上擦拭火箭筒。呆鹅呆呆地说，报告长官，我们是来打异形的，不是来找什么方向，长官。你呢，鹅问傻鹅。傻鹅也说可能是在往东走。是吗，鹅问，如果是往东没错，我们早就走出树林了。树林的方向不可能是弯曲的，对不对。树林如果有方向，它不可能带着我们绕圈是不是。傻鹅点点鹅头说是的，长官。我们还是消失算了，鹅说。如果大家同意，我们就消失，鹅说。四鹅觉得也行。就这样，五鹅大部队消失在树林，在举手表决 3 比 2 的情况下消失了。

消失后很久，它们才出现在河边。在鹅大部队消失的那段时空，树林和河流基本上没什么变化。这也就是为什么当鹅大部队出现在树林线和河岸之间的一小块草地上时，鹅没觉得树林和河流有什么变化。鹅大部队消失了多久，鹅在计算。鹅通过对照树林和河流的变化，鹅没算出结果。鹅大部队消失了多少时空，这个怎么说呢，鹅大部队只是简单的消失，并没有去在意时空的区别。鹅大部队是怎么在树林里消失的。鹅大部队只是简单的消失，没搞得特别复杂。鹅问它们同意消失吗。鹅举起手，第一个表率。鹅四跟着举手。呆鹅呆，它在犹豫，磨磨蹭蹭最后还是举了手。长官，呆鹅说，你说了算。其它两头鹅没反对也没同意，只是懒得举手。鹅根据民主原则通过。就这样，它们消失了在树林这个时空。消失多久，有多少时空差，这个实在没法算计。当它们重新出现在河岸边，鹅反复通过河流和树林的变化进行计算，基本没有结果。鹅这样想，也许它们只是消失了一两天，最多不会超过一个季度，否则，根据树林的颜色变化和河流水位的涨幅来判断，它们几乎没怎么消失。它们可能只是消失了一两分钟。但意义重大。没有消失，它们就不会来到这里。它们可能会在那里，在什么山顶，或别的时空，但绝不会在这里。它们来到这里，是因为之前它们消失过。否则，它们怎么可能重新来到这里。它们连行走的方向都消失了，再不消失，它们绝不会回到这里。它们就是这样想的在消失之前，消失完后，突然来到这里。至于消失后，它们去了什么地方，哪里，这些它们不需要考虑。它们也不用考虑消失多少时空，简单消失便是。这在技术上容易做到，不需要什么技术。鹅想，它们的运气总归不错。还有兔肉吃。傻鹅在岸边升起篝火，呆鹅准确地弄了些兔子来。隔壁邻居鹅在放哨，鹅四躺在草地上休息（在消失的这点时空里，它还在寻觅方向，它累）。黑暗降临，微风阵阵，鹅感到安慰。鹅望着河对岸那头安静的丧尸。它烧着了，烧得安静。隔壁邻居鹅跑过来问，报告长官，要我消灭它吗，长官。鹅说算了。这是它应得的。鹅望着那团颓废的火焰，能感觉到丧尸的能量正通过火焰重新散播到世上，仿佛在完成一个轮回。它的旁边，一头新生的异形停在半空，迟迟没有离去。报告长官，要我消灭它吗，长官，隔壁邻居鹅说道。鹅说算了算了，你们去吃东西，别管我。这也是它应得的。也许它是一头有情感需求的异形。也许它对寄主的消灭感到困惑。也许它只是有些疲倦，在突破禁锢终获新生的恍惚期。也许什么都不是，只是觉得好奇。鹅不知道。鹅没有过这种体验。鹅在破壳而出，在它出生时并不知道自己出生。鹅那会儿还没来得及长出灵魂。鹅想了一会儿数学隔岸望着燃烧的空壳丧尸和它的异形婴儿。鹅是这样想的。之前一头丧尸停在河对岸，静静地隔岸观望。它在望什么，除了望的方向，不知道。它的婴儿从它的脑壳射出，它还在望着，不动。它稍后开始自燃。而鹅离它不到两百米这已足够安全，无论对谁。而鹅大部队在搭帐篷，生火，黑夜全面到达，鹅大部队没空理会它们。关于数学，鹅是不是有点想偏了。它们之前是一，现在分裂，一分二。它们是整体，但现在看着不太像。更像不同的一和一，它们很难被一头鹅接受作为一个整体的一。它们那么不同、孤立，但它们之间似乎有情感。这情感仿佛一种数学的表达：其中一在烧（消灭），另一个一在静静看着。这另一个一或恐惧，或忧伤，或只是觉得怪奇，或只是在火焰旁边取暖，不知道。鹅只看到这空壳的一在火里燃烧，不动，也不倒下。这一通过自身把火焰烧得更大，更高。这一肯定有它的目的。只是鹅不知道。鹅也不想猜测。这是数学的问题。鹅只需要去假设。而鹅假设，这一和一是一种情感关系。这关系短暂，但需要（相互双方）。这种关系构成的一个整体，正在被另一个整体代替，即空壳的一消灭，而新生的微弱的一在成长，以不同的形式。鹅这样想着。尽量往片面里想，因为这种想法它熟悉。因为鹅就是这样被设定的，被高高在上（什么方位）的叙述者。鹅曾经，现在也是，对叙事者的这类设定表示过不满，但既然事实已然如此，也就无所谓。鹅有时把鹅的这种被设定当成自己的风格。鹅习惯了。鹅开始熟练地嗑起瓜子。从倒数第二颗嗑起。鹅这时抬头看天空，没什么看头，天黑了。鹅稍后把视线转移回河对岸，那火焰还在烧着。鹅看见异形动了一下，撞击火焰。鹅听见一声爆炸声，火焰突然茂盛扩大两倍以上。火焰爆裂，像散开的花火迅速消失。河对岸一下子暗黑下来。兔肉烤好了，长官，傻鹅在喊。鹅感觉鹅这一生是不是太忙了，不光饿了要进食，鹅有时还要想些数学，净化一些哲学观念什么的。鹅忙忙碌碌，鹅的一生。鹅的一生正是这些忙碌。鹅没有意义，除了在东忙西碌时，鹅忘了。鹅不去想这些现在。鹅现在不饿。鹅让大部队赶紧吃饱了睡，明儿还要上路呢。鹅也许这跟鹅看不惯这鹅道确实有关。鹅不是在说意义，鹅不关心这个。鹅只是觉得，鹅有必要忙碌吗。鹅这会儿，现在，鹅感觉有些衰老。鹅在衰老，这种感觉特别明显。鹅以前没类似的感觉。鹅老派。鹅不认为会衰老，再说衰老是什么意思它根本不存在。鹅是一头老派鹅它才会这样想。因为这样想比较老派。也因为鹅对自身的定义较为老派，鹅如果修真，它的目标也就是长出一点光圈即可。鹅时刻有这种浪漫化倾向，鹅的境界基本上与湖面齐平甚至以下。鹅以为这也是真鹅的境界。真鹅似真似幻，返璞归真，与任何鹅都不同。但真鹅要是它的境界高高在上，看不清，那它也就算不上真鹅。真鹅没必要搞那么花哨。真鹅真的有光圈吗，除非鹅之前遇见的都是些冒牌真鹅。真鹅不是鹅，这是其一。这是肯定的。真鹅大道至简，又无处不在。这虽然是鹅朴素的想象，但也无可厚非。毕竟真鹅有一个真字以区别鹅。而这一区别无非是一种本质上的区别。真鹅的本质主要偏向真，而非鹅。真鹅的养成学是饲养员的一个美丽谎言或阴谋，两种可能性都存在。真鹅是一种摆脱数学定理控制的鹅，这没什么可说的。其理论依据是除非真鹅，没有数学的模拟和预言，鹅仅凭有限的飞行能力几乎不可能冲出大气层。除非鹅是真鹅。但这不可能。翌日，五鹅大部队蹚过河水。五头鹅夜幕降临温吞吞倒退着往东走，难免需要来一点娱乐。鹅四复又开说它的单口，苦乐掺半，把众鹅说得孤独之极。隔壁邻居鹅偷偷在抹眼泪水，呆鹅哭得稀里哗啦。鹅四说，呆子，别说了，你的相声太让人伤心。傻鹅没说话，也没抹眼泪水，它完全像傻了一样，沉浸在相声中。而鹅比较简单，孤独着。鹅总是这样，在热闹的场所保持与生俱来孤独的感受。鹅独自走在部队后头，嗑瓜子，吃点路边草料，时刻警惕那个暗示的到来。孤独总归是因为缺失参照物，鹅这么想，无非一直在坐标原点。孤独不是孤单，它最多只是孤单的一种是吗。不知道。对鹅而言，孤独和孤单没有区别，即便在五鹅大部队中。鹅的孤独始终占据道理鹅这么想。而有时（下雨时）鹅往往又不这样想。鹅有时这么认为，孤独是灵魂的原力。鹅的灵魂通常极小，有时才一个点那么小。但孤独却大，大大的，比鹅自身还大。鹅这么想，这一切都是因为爱情。是爱情让鹅孤独，而爱情又是一种什么东西，是一种暗示吗，鹅这么想。一切都是因为暗示。只是这都什么时候了，大势已去，折腾这些还有个鸟用，鹅这么想，也就懒得去再想。鹅现在跟随鹅大部队终于来到原点。鹅的原点。鹅远远看着废墟堆那最高处，那便是鹅的原点。也是鹅一直在寻找的暗示。它就在那儿，在废墟堆的顶点。鹅现在星期几，傍晚时分，鹅看着那个原点，以及原点上的暗示。经过漫长跋涉，鹅回到原点。暗示就在那里，在原点上。鹅看见饲养员同志。准确说，鹅看见的是丧尸饲养员同志。

　　鹅不是大型动物。鹅是体格较大的家禽。星期三，鹅和尼姑，也谈不上讨厌。一头鹅迫不及待，翻过三座大山，蹚过三条支流去寻找一匹健马，它有什么想法吗，鹅。鹅没有。鹅蹚过三条河水，鹅翻过至少三座山、一个空庙，鹅在星期三回到所谓的原点，鹅没有想法。鹅没有好的想法。鹅的想法简单，没有想法。懒得想。鹅顺着它的情感轨道移动，鹅走上废墟堆，鹅让鹅大部队暂时把火箭筒收拾妥当。鹅四它们说，要轰吗，长官。你们说呢，鹅问。报告长官，鹅四说，请指示，长官。鹅没说话。鹅大部队向饲养员四面八方靠拢。鹅看见饲养员屹立在废墟堆最高处不动，也不摇晃。饲养员静静地，拎着一塑料桶饲料。饲养员面朝东方。饲养员口里在嘀咕什么，鹅听不懂。饲养员之所以判断它现在是丧尸饲养员同志是因为它的眼珠暴凸，脑袋歪着，智商降低为零，与其它类型丧尸没啥区别。饲养员现在星期三它的头发疏朗，几乎能一根一根数清楚。饲养员的眼镜掉了，跑鞋掉了一只，一根手指（左手的中指）明显折断。但饲养员还是饲养员无疑。鹅只要瞥一眼，鹅认识它是饲养员。鹅瞥见饲养员两只乳房严重下垂，饲养员汗衫胸口上那个自由女神像图案破了若干个洞，饲养员牛仔裤撕扯成了布条，饲养员现在星期三傍晚时分不堪入目。饲养员面朝东，背对夕阳。饲养员身高一米六五左右，现在饲养员身高依旧在一米六五上下，它站得笔挺，不是一般丧尸的站法。饲养员身边没有其它饲养员或丧尸，饲养员一个人站在废墟最高处。鹅四说得没错，饲养员现在成了丧尸。鹅场那些饲养员们成为丧尸的过程复杂且痛苦，鹅听鹅四之前叙述过一遍，现在它又在向鹅大部队成员在复述。报告长官，鹅四汇报说，长官，饲养员同志感染的可能是粉异形的毒气，长官。怎么说，鹅让它说仔细，明白，清晰。鹅四就说了，说得仔细、明白和清晰。大概意思是，异形自爆后的粉色的气体粉末使现在这个饲养员感染后变态，因为现在这个丧尸饲养员智商低下，口中念念有词等等诸如此类完全符合粉色毒气的效果。鹅四阐述完毕，调理清晰，逻辑无误。鹅四见过世面经验丰富，鹅四说，这种丧尸存活期一般在三个星期。鹅四说的存活期指的也是丧尸的成熟期。鹅明白这意味着什么。鹅让呆鹅把火箭筒放下，它正把弹头尖使劲塞进丧尸饲养员的嘴里。饲养员全身散发着恶臭，那种花露水恶臭。饲养员同志，鹅问道。能听见吗，鹅问饲养员同志。后者没有反应。饲养员同志，醒醒，我是鹅，我们认识，饲养员同志，鹅说。饲养员没有反应。是这样吗，鹅问鹅四。报告长官，粉色毒气感染是这种症状，它没救了，长官。鹅四说。行吧，把它烧了，鹅说。

战斗在大清早打响，不到半分钟结束。鹅大部队伤亡惨痛，血本无归。妈的，呆鹅说，我早就说把这个丧尸销毁，它肯定是卧底。呆鹅说，它肯定在给异形发射什么信号。呆鹅说的有一定道理。呆鹅昨天傍晚准备用火箭筒轰掉饲养员脑壳，鹅让它稍息。鹅之后让它用火焰烧掉饲养员，呆鹅呆，它真这么干了。鹅自然不能让饲养员燃烧，这很自然。鹅命令它们把饲养员绑在树上，有什么事等过了这晚再说。鹅没什么着急的事。鹅有着急的事吗，没有。鹅看着大势，它温吞吞地流逝，再也没有可能重返。鹅没有得到暗示。鹅或者说它得到的暗示是错误的暗示。鹅被安排了，鹅知道。鹅知道这是一种暗示。鹅被暗示这一切如同被安排好一样而鹅其实知道。鹅知道这一切（大势）早就被安排好，无论谁在安排，鹅都无所谓。鹅只是知道既然这一切早早安排稳当，那这一切的大势就是这样，没有挣扎的余地。鹅自然懒得挣扎，这又从哪儿说起呢。鹅因为情感需要尽可能回到饲养员身边。鹅回了。鹅这会儿不想嗑瓜子，嗑不动。鹅弥陀佛，鹅这一切在所难免，鹅不介意。鹅不认为这是一个意外。鹅认为饲养员成为丧尸饲养员不存在意外。最多偶然，绝非意外。鹅没有什么可说的。鹅说，让你烧就烧啊。报告长官，呆鹅报告说，什么意思，长官。没什么意思，鹅说，我说让你烧就烧啊。报告长官，明白，长官，呆鹅说。呆鹅呆在原地没动。呆鹅说，报告长官，这个丧尸可能会通风报信，暴露我们的位置，长官。什么意思，鹅说。报告长官，根据我的经验，丧尸仿佛具有发射信号的功能，就好像那些信号发射站或者要不就像交换机什么，外星异形能根据它们的地理位置追踪，长官。我问你什么意思，鹅说。呆鹅没再说话。算了，鹅四拍了拍呆鹅的翅膀，小声说呆子，还看不出来吗，长官和饲养员有特殊情感。什么狗屁情感，丧尸有什么情感，呆鹅说，你跟丧尸有情感吗，还特殊情感。我跟你才有情感，对不对，我可是种鹅。我们现在要不要情感一下。呆鹅一下跳上鹅四后背，把它压倒在地。天哪，这帮废物，你们有没有良心啊，傻鹅在一旁起哄。你们这帮畜生，家禽，提供蛋白质的家伙，它好歹也是我们敬爱的饲养员，它没有功劳也有苦劳，一帮牲口，傻鹅念叨着。隔壁邻居鹅它还小，没怎么说话。只说靠你们这帮废物实现什么鹅类最终胜利简直天方夜谭，理论脱离实际一万光年。隔壁邻居鹅去废墟堆捡柴火去了。都消停一下，该烧饭烧饭，煮水煮水，哪那么多废话。鹅说，你们先把饲养员绑起来再说，有什么事等过了今晚再说。入夜，鹅静下来打坐，入定。疲劳的鹅战士们都睡着了。凡事都有因有缘，鹅的神识沿着一条艰难之路走去探望饲养员的前世。鹅遵循古老的定理，三生修得同船渡，鹅来到河边。鹅这里是宋朝吗，也许是。鹅看见一个古人在岸边低头做诗，鹅大摇大摆走过去。异形，鹅说。这古人抬头望着鹅，口吐鲜血，啥，他问。异形，鹅说。很明显，他不明白这个暗号。异形，嗯，好名字，他说。说完，低头接着推敲沉思。古代的天空，说空荡不见得多空荡，说高，它又能有多高。鹅望着古代空荡稍高的天空，叹了一口气，走开去。鹅沿着河走。不是六月就是四月，鹅走在隐约是六月的河边，穿过低垂的柳叶枝条，聆听照旧疯狂的蝉鸣声。古代的大势总归有些不同，鹅远远看去（朝河对岸以及更远连绵群山以及更遥远的天空），这大势仿佛一间快要没落但还在兴旺中的印刷厂，是好的。鹅嗑起随身带来的二两瓜子，鹅一边欣赏湖光山色。鹅看着山河，鹅差一点迷失。一头鹅远远地，朝它走来。一头明显是雄鹅的鹅，它走得大摇大摆，走在小路中央。这雄鹅明显是朝着鹅有目的走来，雄鹅走到鹅跟前停下，也不说话，也不埋怨，也不无稽。它鹅毛光洁，橘红的鹅脑壳高高雄起。它居高临下望着嗑瓜子的鹅，仿佛认识。异形，鹅说。明白，雄鹅说，异形。这暗号算是对上了，但这又有什么意义呢。除了说明这雄鹅经过几代轮回即将成为饲养员，鹅看不出它有哪一点吸引鹅。鹅索性坦白说，这么跟你说，我偶尔来这里一趟，只有一个目的，问你关于修行的事，修真什么的。你说，鹅说。这雄鹅明白。雄鹅说，明白。修真么，这套早就过气了。八百年前的事了，雄鹅说。你是从旧社会来的吧，看你的样子像，雄鹅说道。雄鹅说，这会儿只有和尚还修行，道士还在修什么真，都是自己欺骗自己。我们鹅类现在主要研究自然科学什么的，这雄鹅说，说了你也不明白。鹅自然明白，风水轮流转，鹅只是懒得跟它狡辩。鹅说，这里附近有真鹅出没吗，我想见见。哈，明白，这雄鹅说，见真鹅。到这里来的都想见真鹅，只是真鹅是你想见就能见到的吗。见真鹅难，这雄鹅说，我们还是坐下来嗑会儿瓜子，好好说。反正这会儿我也没着急的事，这雄鹅说。一、真鹅没有知识含量；二、关于真鹅的所有知识都是错误的。有可乐吗，雄鹅说。不好意思，忘了带，鹅说。鹅这趟冥想确实匆忙。明白，雄鹅说，你们旧社会确实不行，还好，不嫌弃的话，我这里还有点杜康，分着喝总比独酌强。鹅说哪能嫌弃，不能。两鹅来到柳树树荫下坐下，雄鹅先开口谈起来。雄鹅说，所谓真鹅，实则也是普通鹅，没什么两样。而它不普通的地方也有。它是一股气。听明白了吗，雄鹅问。明白，鹅说，真鹅是一股气。你不明白，雄鹅说，我说，真鹅的实质也是普通的鹅，无非也有不普通的地方，它是一股气体。鹅仰头闷了一口酒，酒水从喙嘴边自然流出。明白，鹅说，真鹅既普通又不普通，不普通的地方是真鹅其实是一股气。鹅没喝，鹅把杯子端起后，端着不动，鹅在聆听雄鹅的教诲。明白就好，雄鹅说，只是你不明白。我刚刚不是说了吗，真鹅是这么一种东西：一、它没有知识含量；二、关于它的知识都是错误的知识。明白，鹅说。鹅说，有个问题我想问一下。雄鹅说，问。鹅就问了。鹅问，你是真鹅。古代的天空突然下起雨来，从一颗到两颗，到突然一下子一大片雨从天空往地上掉。好在鹅不怕被淋湿。这雄鹅接了杯雨水，仰头一口喝下。好雨，它说。你说什么，它说。鹅重新问了一遍。这雄鹅没说话。若有所思，又无所思，基本看不出来。雄鹅说，鹅，你觉得呢。鹅不知道。鹅不知道才问。鹅问它是鹅感觉犹豫，它像是一匹真鹅，但它脑壳顶上并没有标志性的光圈。鹅，如果饲养员曾经是一匹真鹅，那么饲养员说的所谓修真多少有真的部分。反之，它就是鹅场用来增加产蛋量的一种养殖套路。雄鹅说，你现在有多少真气。鹅就说了个大概。统统给我，雄鹅说。鹅有点舍不得，但还是从嘴里吐出给了它。还不错，雄鹅说，这小点真气虽小，但有大气象，从色泽来看，就快要转化为浅粉色，也就是说快要达到筑基的水准。就快了，雄鹅说，这是必须要突破的第一步，你有希望，有潜质。雄鹅说了一通，说的都是一些常识。它始终没有承认，也没否认它真鹅的身份。回去吧，雄鹅说，我等会儿拍你一下脑壳，你就回去。总之，记住我跟你说的两点。明白，鹅说。鹅掏出手枪对准雄鹅连开数枪，把子弹打光。雄鹅身上多出一些亮洞，浑身冒着烟气。怎么搞成这样，朋友，雄鹅叹气说。雄鹅这时轻轻拍了拍鹅的脑壳，鹅跳出冥想。

战斗在大清早打响，鹅苏醒时，一头异形正从天空一路俯冲，把隔壁邻居鹅的脖颈撞成两段，又深深扎进废墟堆里发生爆炸。战斗在不到半分钟后结束。鹅记得呆鹅说的最后一句话是妈的，拼了。而之前，傻鹅和鹅四早已灰飞烟灭，那会儿鹅恐怕还在神游之中。鹅问，它们呢。长官，呆鹅哭着说道，都没了，被异形炸飞不知道哪里去了。长官，到处是异形畜生，怎么办，我们反异形野战军要全军覆没了。呆鹅在哭，一边哭，一边随便释放着火箭弹，反正打哪儿都一样。异形黑压压的，笼罩住半个天空。鹅来到树下。丧尸饲养员这会儿呼吸正常，口里念叨着什么，其它一切正常，是一头标准的丧尸。就是它，呆鹅说，准定是它把异形引来，我们出师未捷啊，长官。我们对不起列祖列宗，长官。我们，我，我还想跟你们学说相声呢。完了，完了，都完了。都完蛋了。呆鹅现在星期四大清早的已泣不成声，抹着眼泪水。鹅让呆鹅安静下来，一切都会过去，鹅安慰呆鹅道。鹅使用真气，在周围形成一个暂时性保护罩。大批量异形如飞蛾扑火朝护盾射来，自爆炸开，仿佛一群欢快的蝙蝠。最多半分钟，鹅说。鹅刚才静修，丢失不少真气。鹅把积攒的老本都用上了。妈的，跟它们拼了，呆鹅说。走了，长官。说完，冲出保护罩，消失在茫茫异形中。事到如今，鹅想不出还有什么着急的事情。鹅坐下，也懒得给饲养员松绑，只是坐着。鹅在饲养员和鹅之间的小块空地上点起三支香，望着饲养员。鹅算是回报照顾之恩也好，祈求菩萨保佑也行，鹅不去想这些。鹅的求生意志在衰弱，鹅现在是一个星期四的大清早。鹅不觉得有什么特别。鹅每天太阳照常升起，没什么特别的。鹅也没什么特别的情感。鹅以前每天产蛋，鹅对下的蛋没有情感，那只是任务。泡泡，丧尸饲养员说。它大概在说这个声音，泡泡。鹅不明白，只有丧尸自己明白。鹅现在星期四大早上的，鹅跟丧尸饲养员简直没法沟通。语言不通。我现在想喝一罐冰镇可乐，可附近并没有冰箱。鹅用真气制造的保护罩在倒数，鹅在危机关头用过几次，它效果不错。鹅的未来似梦不似梦，鹅不去想。鹅以后有大把时间去想，等它消失以后。鹅没法带饲养员一起消失，鹅能做到吗，做不到。饲养员是一个独立的个体，鹅做不到带它一同消失。除非饲养员也是鹅自身的一部分。但这怎么可能。鹅没有这种相关的逻辑知识。鹅用神识联通饲养员，饲养员的门关着，鹅无法感知。鹅如果这会儿能打开饲养员的脑壳，反复联通，也许两者能合为一体。鹅估计现在饲养员的脑壳里住着一头睡着的异形。一头专属饲养员的异形。异形各自性格千差万别，这头异形的性格恐怕有部分遗传了饲养员的性格。鹅通常不搞自然科学研究，不像那头（还是匹，如果它是真鹅）宋朝的雄鹅。鹅现在星期四大清早的要是自己凭空消失饲养员怎么办。鹅经历万难艰辛，通过暗示才找到的（丧尸）饲养员，鹅多少感觉可惜。鹅害怕离别，从某种角度来说，鹅向来如此。鹅不喜欢，当然也没那么讨厌离别的感觉，那只是一种暂时的感觉，感觉通常维持不了多长时间。感觉时刻变化随着环境变换，鹅也不例外。鹅知道大势已去的意义便是一切都会过去。鹅只是不喜欢这样，不喜欢面对分离。鹅目前正处于这种告别的状态，鹅如果计划消失而丧尸饲养员绑在树上原地不动。丧尸饲养员在成熟后射出异形，自燃，或被异形婴儿炸飞。那也是一种消失。但不一样的地方在于，鹅看着这头明显是宋朝雄鹅转世轮回的丧尸饲养员，感觉不一样。消失的意思是再也没法找到，在任何时空。一样东西消失了，那就消失了，不在任何时空。鹅不去想这些。鹅弥陀佛，娘希匹，鹅想，消失就消失，这才上午8点27分，还不到八点半，鹅消失了。

鹅起先是一种雁。鹅演化为家禽的过程漫长。鹅逐渐成为隐喻，鹅的文字构造被书法家们喜爱。鹅在生闷气，鹅现在星期几不管它是星期几那就星期三鹅闷着。鹅一边在说单口相声。鹅说相声的方法是沉默不说。鹅没什么要说，当它沉默着时。鹅不会爆发。鹅最多，不多只有一点躁郁症的后遗症，鹅不爆发。鹅星期三，天空晴朗无云，鹅沉默在沉默中。鹅的脖子上套着一根绳。鹅在走路，在荒地里走着。鹅牵着丧尸饲养员走。鹅一边行走一边说着相声。自己对自己说，默说。鹅现在星期三鹅用套在脖子上的绳子牵着同样在脖子上套着绳子的丧尸饲养员在荒地里行走。用同一根绳子。绳子不长，不到三丈路。鹅因为是牵着丧尸饲养员走，鹅走在前头。鹅和丧尸饲养员距离不足三丈。绳子紧绷着，鹅感觉累。鹅感觉丧尸饲养员根本不想走动，鹅拖着它走。有些拖不动。鹅的脖子又硬又粗，鹅几乎倒退着拖着丧尸饲养员在走。鹅不急着一句话把话说完。这也是鹅说相声的风格，尽管我们听不见。鹅现在星期三中午时分鹅彻底没了真气。鹅今天农历五月廿八，宜嫁娶、开市，忌祈福、探病，鹅清晰记得。鹅，世道无论如何改变，鹅不关心。鹅现在鹅大部队毫无疑问仅剩余它一头鹅。鹅解散大部队现在只能解散它自己。鹅无法解散鹅自己，解散了也不知道去哪里。鹅解甲归田这会儿也是一种恰当的说法。喂，鹅跟丧尸饲养员谈天。后者没有回话。后者丧尸饲养员现在更多的是丧尸而不是饲养员。丧尸饲养员眼珠暴凸，盯着地上的脚或一只球鞋。丧尸饲养员的嘴一呼一吸，呼气时喷出一点淡绿色气体。微风吹拂着丧尸饲养员那几根稀疏及背的头发。风从西边往东吹，那么它们在往西走。鹅没有意见，对于往西移动。鹅既然不能带丧尸饲养员一同消失，鹅又能去哪儿呢。鹅当时消失了。消失得干净。鹅当时不仅物理上凭空消失，消失后，鹅没有计划会重新出现。鹅留下了一点念想，在消失的地方，在那株什么树下。鹅让丧尸饲养员自生自灭去吧反正叙述者自有其安排。鹅不是成心跟叙述者作对，但鹅确实自行消失了。鹅消失不消失也就一句话的事。消失通常是一个中性词。鹅消失为什么还要留下一点念想？这只有鹅自己知道。鹅不知道。鹅现在牵着丧尸饲养员努力往西走，也许是爱情的力量。鹅破壳而出。鹅消失后，因为一点念想，鹅从一个蛋破壳而出。鹅重新来到茫茫世上。鹅日行千里，穿越火线和战场，鹅来到废墟原点。丧尸饲养员还在那里，仿佛它一直等在那里。鹅噙着泪水，那一刻，仿佛重逢。泡泡，丧尸饲养员从那张腐烂的嘴里（四周盘旋着几头蝇虫）发出类似的声音。那三支香已经熄灭，烧尽。最近可能还下过不止一两场雨。鹅收起那个浮在半空中的念想，归拢在心里。鹅感到踏实。我们走吧，鹅说，我们离开这里。鹅解开丧尸饲养员，用这根绳子套住它的脖子，牵着它离开。鹅观察大势之后，随便找了一个方向离开。鹅和丧尸饲养员渡船过河，一路往西行进。鹅起先并没有气。鹅生起气是在渡过河流以后，鹅也许是因为丧尸饲养员走太慢鹅气，也许不是。鹅没特别的地方要去，鹅气什么呢，没有。鹅也许只是想尽快逃离这里、那里，远远离开。鹅坐下休息，静修，根本修不动。鹅看着天空，天空空空荡荡，根本没有看头。鹅在地上刨了一个坑，大小也不合适。喂，鹅有点来气，鹅回头跟丧尸饲养员说，我还以为你回四川去了。后者喷出一点绿颜色的气体，没说话。或直接吹出两个泡泡。估计是没救了，鹅想。鹅想起鹅四下的判断，最多不超过三星期它就成熟啦。鹅什么都做不了，鹅只想带着它离开。或者去看一场电影，把它沉入湖底什么的。它是丧尸，这让它终究变得不再有意义。鹅现在提不起什么兴趣。鹅不知道为什么，对它竟然有点气，但又能怎么着，把它提前烧着吗，鹅的气只能闷着。鹅不爆发。鹅在评估跟它的情感，一路行走，鹅用数学公式计算。很难算灵清。鹅在路上消灭两三头快熟的丧尸，天空下起雨来。鹅来到树下避雨，丧尸饲养员它宁肯站在雨中。鹅不愿勉强。鹅这又是何必呢，重新破壳而出鹅想。鹅的前世还是一个鹅蛋。鹅被派到世上，牵着一头丧尸行走，鹅的任务又不是去西天取经。鹅在错误中学习。鹅的错误愈来愈广泛。鹅现在星期三恐怕世上只剩下它一头鹅。鹅这一路走来（去哪儿），除了生气，没有遇见游兵散鹅，一头也没有。鹅突然有点想念呆鹅，毕竟它拼到了最后。鹅的一生事实上短暂，鹅这么想。鹅不去想这些。鹅渴了也要喝水。鹅喝了些雨水。丧尸饲养员抬起它的嘴巴，朝天空接水喝也在。鹅对它始终还是有感情，也许是单向型的，鹅不知道。鹅感觉它在枯萎。它站在雨里接水，它不动。它的指甲在脱落，牙齿掉了个精光。它还是饲养员吗，无论从任何一个方面评价。它提着的那个饲料篮子现在只剩下一根把手。它执着，远远看着，看不出什么。鹅感到伤心，但闷气多一点，鹅感到气闷。即便在凉快的雨天。即便在任何一个方面，它没了魂魄，它还是饲养员吗。它的魂魄必定在异形体内生长发育。它瘦了，饲养员，而不是枯萎。饲养员在萎缩。饲养员它站在雨中，形容仿佛一头丧尸。饲养员现在星期三中午过后不久它是一头丧尸无疑。它不再是饲养员，纯粹成为一头丧尸。只是那又怎样。鹅对它的感情超越物种，甚至性。鹅叹了一口气，准备稍息。鹅睡去。

鹅也只能睡去。鹅没事，闲着。鹅没有任何着急的事，有，鹅也不急。鹅有吗，没有。鹅没事。鹅也不需要有事。鹅又不是在讲传奇故事，鹅不需要事或事件。鹅不需要。鹅有事，它也不觉得这是什么事。比如：鹅看着雨从天空往下落，落到地上成为水。鹅看雨算不上什么事。鹅看着雨，浮想了一会儿叶公，鹅睡去。鹅随便吧，鹅想。鹅在这样的一种想法中睡去，在星期三下午。鹅睡得深。仿佛潜入最深的湖底，鹅深入睡之中。鹅的一生大部分时间在睡觉。鹅睡觉是对一切的自动恢复。鹅没什么可恢复的。鹅睡觉，只是睡去（再说也没什么事）。鹅有时（下雨）睡得深，睡中没有梦。鹅有时鹅只是睡着，和平常活着区别不大。鹅不活的时候主要在睡。鹅有时活着感觉也像在睡。区别不大。鹅昏昏沉沉，在睡中，气数已尽但感觉还活着。鹅睡得自然，背靠树干，鹅感到踏实。鹅这是一根什么树干。这是一株银杏树，明显不是。这是一株偌大的泡桐树。鹅仿佛想起佛陀和他的菩提树。那天也下雨，佛陀停在树下，在写书。他盘坐着，跟鹅现在一样，背靠树干。他，佛陀在写什么。他没在写。他只是把蘸过墨水的毛笔擎在书本上，保持不动。佛陀的发型一直很酷。佛陀他也不说话，双目关闭着，像是睡着了，又没有。鹅静静望着佛陀在不远处，仿佛在与他对耗。这也是鹅应得的。鹅至少看见佛的形象。鹅看见佛的形象是一个静默的少年。鹅在睡中复习一遍这个形象，鹅没有得到启示。但感到安慰。鹅睡得更深入。醒来时，雨已经停下。鹅沿着绳子看去，丧尸饲养员还在，它也在睡。它不动。嘴里吐着泡沫。它看着有些受潮，以及它在思想什么。鹅看不出。鹅不想动，继续靠在泡桐树上。鹅双翅展开，这样凉快一些。鹅感觉周围没有丝毫风和气。鹅睡醒后，感觉气几乎消耗完毕。鹅忘了之前为什么生气。鹅感觉体内气息流畅，精神极度涣散。与平常的情况没什么区别。鹅解开包裹，取了点瓜子来嗑。星期三午后的荒地，四周异常安静，鹅嗑了一会儿瓜子，鹅又睡去。鹅不想打扰丧尸饲养员休息。鹅睡去这次没怎么睡，鹅醒来。鹅召唤鸟，鸟稳稳停在空中没来。鹅没着急的事。鹅觉得跟丧尸饲养员回四川也在可考虑的选择范围。鹅不觉得这会儿这个饲养员能带领它一路走回天府之国。鹅通过绳子的方向望着饲养员的脑壳以及脑壳后头的风景。荒地长着乱七八糟的自然草，鹅现在完全被大自然包围。鹅没什么要去的地方既然这里都已经是大自然。鹅对卢梭（梭罗）一向不感兴趣。他是美国人还是法国人，卢梭。鹅不感兴趣。鹅这会儿（现在星期三下午）除非一头异形朝它射来，那又怎样，尽管朝它射来爆炸。鹅大不了跟这一切（大势）决裂，这不是一回两回了。鹅现在星期三下午完全可以把鹅托付给饲养员，可它没有主动性。鹅起身。鹅走去解开丧尸饲养员脖子上的绳套。鹅打了一个响指，再打，它才醒来。鹅不想使用过多的暴力。鹅对它的感情暂时还没消失。鹅只是感觉不到对它的感情或情感，鹅没有。鹅也许情感是双向行为，鹅感觉不到。大块荒地，鹅、一头丧尸、晴朗乌云的天空，整个环境色调偏自然绿，鹅感觉不到。泡泡，丧尸饲养员（就叫它 A）说。鹅看着 A 仿佛一堆瘫痪的骨头一节一节连接起来，嘴上含混说着泡泡什么的。A 完全起身后，A 伸出左手手臂，与水平呈四十五度角左右，伸着。泡泡，泡，A 说，嘴里冒着一点绿气。鹅顺着 A 的手臂指向的方向看去，那里已高高地掠过山顶，直接指向天空。A 在移动。A 主动朝着它指向的天空方向走去，仿佛得到了某种暗示而印刷厂的机器准备启动。泡泡，A 停下，转过脑壳对准鹅念叨。A 往前移动。指令异常明确，这是让鹅跟着它走。鹅跟着。鹅没有理由不跟着 A 行动。有，鹅也懒得去想。鹅跟在它身后，一路嗑些瓜子。它泡泡泡泡地吐着,鹅也不介意。鹅跑上前去,用火柴去点它嘴里喷出的气体,竟然还能燃烧。好处是,它不再吐泡泡。无论是泡沫的,还是声音的泡泡。鹅想起曾经A在它还是标准饲养员那会儿也是这样。那会儿鹅新来到鹅场,她带着鹅到处导游。A,鹅说,你是要带我回鹅场吗,还是昆仑山。A没说话,它在喷小火。鹅以前饲养员带它游湖,带它参观饲料加工作坊,鹅还被带去屠宰场学习或威胁、警告什么的。但鹅最感激的还是饲养员指导它如何修行,给了它一个终极理想。如同一盏明灯,照亮鹅的发展方位。鹅也许在鹅场这么一个乌托邦的鹅社会饲养员何至于独独对鹅关怀有加,鹅不知道。鹅跟着丧尸饲养员(A)走着,鹅不去想这些。鹅凡事都存在缘由,无非有些事缘由较少。鹅跟着A蹚过一条浅浅的溪流。A笔直朝它指定的方向在移动。不是西,就是正西的方向。鹅望着A熟悉的背影,鹅仿佛有那么一点感动。在感动什么,鹅不知道。鹅和A相处久了,不论它是A(丧尸)还是饲养员,产生的情感质量是一样的。A仿佛亲人,鹅这么想,也这么去感觉。鹅感觉像是那么回事。鹅感觉A在带领鹅走向西方正道。鹅现在星期三下午13点59分,两点还差一分钟,鹅感觉A的最终目的就是这个,带着它远离颓废走向光明。它走得那么坚决,笔直,毫不动摇。仿佛它不是在移动而是在走。它走每一步都如此艰难,但它绝不动摇。它的形象突然一下子高大起来,望着它的背影,鹅开始被打动。A的形象不仅高大,更多的是神圣,鹅这么认为。A如果继续这么走,它会掉进一个水坑里。它掉

进去了，A。A匍匐着爬出那个水坑，抖落身上的水珠，
A继续前进。A，鹅说，要休息吗。我们要去哪儿，鹅问。
鹅没问。你这种悲壮的走法，这么走，我们这是要去哪
儿。鹅没问。鹅随它去，跟着便是。鹅看见A折掉了一
条腿，A捡起把它接上。A穿过荒地、浅浅的溪流，穿过
小片树林，A直接穿过一个城乡接合部没作停留。A沿着
它手臂指向的方向坚定、直接，绝不动摇走着。A遇见横
在路上的木头，直接跨过。遇见挡路的丧尸，A绕开它。
A当它终于遇见一道墙，A撞击，直到撞开。A就是这样，
翻山越岭，佛挡杀佛，A绝不动摇。鹅跟在A屁股后头，
没日没夜。鹅被A深深吸引。不仅因为A殉道般的神经，
或许某种赎罪倾向的动机，还是浪漫化的暴走风格，深深
吸引A的却是这种大无畏的走法。这是一种接近界限的
走法，它既不像走，又仿佛只是在走，它方向明确，目的
统一，目的就是它的方向。下午，鹅就这样被带到庙中。

　　鹅，此鹅的鹅。鹅非彼鹅。鹅是此鹅，非彼鹅。鹅也
没有一鹅的说法。鹅一呢，鹅不是鹅一。鹅A，更不行。
这里，鹅是鹅，A是A，它们不但发音、形状、语意不同，
也不是同一物种。鹅在这里的开场白大概就这些。鹅，从
前有座山，山里有一座庙，庙里有一个菩萨。菩萨躺着，
是一个菩萨卧像。除此以外，庙里还有一个院子，院子中
央有一株古松树、一间倒塌的厨房、一些蜘蛛网、一口
钟。除此以外，菩萨卧像是一个泥菩萨。除此以外，庙里
在下雨或不下，院子里是否长满杂草，庙门打开着抑或半
开还是一直关着，无非这些。除此以外不再有别的情况。

没必要有。一个星期三，下午（无雨），鹅和 A 正好到达这个庙里。鹅是跟来的，跟着 A 来。鹅也不是跟来，鹅跟着 A 跟到山路上的凉亭，顺着 A 手臂指向的方向，鹅远远看见山顶上的寺庙。这寺庙鹅来过，是四海寺。是那儿吗，鹅问丧尸饲养员 A，这就是你的终极目的地，你不回答我就认为是。A 没有回话，A 嘴里的火势明显在减弱。鹅甩开步伐提前来到庙中。A 走在后头，到下午才到。凡事都有因缘，有因有缘便有结果。事是暂时的结果。鹅现在星期三下午，这个结果是它们注定来到这间破庙中。鹅和 A，它们是怎么来的，这一路，它们风餐露宿，饿了吃些风和水和草叶（A 不用吃），累了（A 也不会疲倦），边行走边睡去，日夜兼程，风雨无阻。这些都不重要。重要的是，它们来了。不仅来，它们注定到来。这也不重要。重要的是，它为什么是四海寺，而且正好是。就好像注定似的。鹅停在庙门口想，仰头看着屋檐下的招牌在想，注定是什么意思。鹅想了一会儿，也就不去想了。鹅没什么可想，既然注定，还有什么可去想，没有。注定就像从前，从前注定有山，有山注定有寺庙。以此类推，有寺庙寺庙里注定有菩萨，菩萨注定不是盘坐就是卧躺着，不是泥菩萨便是在泥身外涂抹一层金。注定就是这样，而不是那样。注定就是一件事或物必然、一定、正好，也只能如此。反之不是注定。反之它可以是其它任何情况，但一定不注定。注定并不重要，注定无非注定而已。这就像鹅注定重返四海寺。鹅之前路过寺庙时，鹅就被注了定。鹅只是那会儿没意识到。鹅只是觉得熟悉，对寺庙的一切，鹅冥冥之中似乎想起点什么，鹅不清晰。而当鹅带领鹅大部队再次路过，这注的定已彻底定下。鹅想逃，它又能逃去哪呢。根据注定原理，鹅必须回到庙中。鹅事不过三，当它第三次来到庙中，这注定的因缘便成了结果。鹅这会儿星期三下午鹅明显感觉到注定意味着什么。鹅让徐徐到来的丧尸饲养员最后把手臂放下，它正精确指向四海寺的招牌。鹅弥陀佛，鹅双翅合十，对丧尸饲养员作揖。鹅这一揖，在仪式上算是遁入了空门。丧尸饲养员停着不动，暴凸的眼珠噙着泪水。鹅打响手指，它才把手臂垂下，同时熄了火。丧尸饲养员一头倒在地上，其疲惫姿态如何形容都不为过。鹅让它暂时在庙门口休息，自己则推开门，大步逛进庙中。

鹅直奔菩萨而去。鹅不信佛。鹅现在遁入空门鹅开始信佛。开始总是难，鹅想。鹅需要从零信起。鹅习惯了也就习惯了无论什么事。鹅既然开始信鹅就要对佛的实在化身菩萨也信。有些规矩鹅还是懂的。鹅来到菩萨跟前。鹅望着这尊卧着的泥菩萨在想怎么信它。鹅在想相信它什么。鹅点起三支香。鹅望着泥菩萨卧像想要是它突然爆炸鹅还信它吗。鹅信。只是信什么鹅不知道。鹅不认为这座菩萨跟鹅有明显的沟通。鹅望着菩萨的静默。鹅在猜。鹅感觉要是它只是静默不动，它又说了什么呢。菩萨自身并不会说阿弥陀佛。菩萨它只是一尊偶像。菩萨看上去金身破败严重。菩萨绝不言语。菩萨在绝不言语时似乎有多种解释。菩萨不言语但似乎它什么都说了。这就是菩萨作为偶像的功能。菩萨确实神通广大，鹅这么想。鹅似乎想明白了一点什么。鹅似乎想明白了只要是菩萨的，不论它是什么，鹅都信。鹅也只能这样。否则，怎么叫信呢。信就是全信。无论菩萨暗示明示甚至指示任何东西，鹅都信。鹅有些明白信的意义。鹅在信佛的道路上必须一个问题一个问题去解决。鹅现在没有问题。鹅决定只要是菩萨的它都信。鹅反正它信菩萨菩萨也不会反对。鹅松了一口气，松完，鹅叹了一口气。鹅屹立在菩萨跟前等三支香烧完鹅还立了一会儿以示虔诚。鹅想起以前在少林寺的日子算是白混了。鹅确实对循规蹈矩、戒律森严的正规少林寺不太感冒，性格是一方面，鹅主要是那会儿太小不懂事。鹅过去就让它过去一切从头开始。鹅现在大势已去心无杂念凡事从头再来。鹅现在星期三下午快接近傍晚是这么想的。鹅想既然这一切乃命中注定它接受便是。鹅注定成为真鹅，鹅想。鹅想都不用想，既然注定。鹅现在星期三对注定的认识完全正确无误。鹅不禁又松了一口气。鹅这次松气后没有接着叹气。没必要。鹅傍晚会下雨吗，不会。鹅感觉不太会。鹅想要是傍晚不下雨它还得下山去打水。鹅渴了。鹅想这也是注定的。是吗，鹅问菩萨。菩萨卧躺着，慈眉善目，它不回答就算了。鹅来到院子中央望气。鹅都不用看天，鹅知道最近两天都是干旱。鹅现在星期三傍晚下山打水去。路过丧尸饲养员时鹅才想起差一点就把丧尸饲养员忘了这实在不应该。鹅把丧尸饲养员喊醒，把它赶到院子中央的古松树下绑好但想想还是算了也就没绑让它自由活动。鹅备好庙门下山打水。鹅走到一半才想起没带打水工具鹅复又返回庙中。鹅掉进一个坑里这种事谁又能想到呢。

丧尸在想什么。

丧尸饲养员什么也没想，绕着古松树在转圈。饲养员在成为丧尸饲养员后它的智商已经降为零，没有。丧尸饲养员不会想我这样绕圈是为什么呢它不可能有这种高级想法。丧尸是丧尸，饲养员丧尸也不例外。这种情况有些难，要是非得从丧尸饲养员的角度去思考问题。丧尸饲养员通过它暴凸的眼珠观察整个寺庙，它看见菩萨但不知道那是什么。丧尸饲养员假设望着天空那又是什么呢它不知道。它也许会感觉熟悉但不知道。它不是忘了而是不知道。鹅这样想。鹅想，丧尸饲养员这会儿在想什么呢。鹅无法帮助丧尸饲养员去想。鹅待在坑里有些事鹅想不通。鹅不想了，它跳出坑，回到庙中。丧尸饲养员在绕着古松树转圈跟鹅想的一样。鹅好歹找到一只钵，鹅下山捧水去了。鹅是成心的。鹅成心看着河流里游泳嬉闹的三四头异形鹅不想去打扰它们。鹅对消灭异形取得胜利根本无所谓。世界总归是异形们的，那就是异形们的无所谓。就连这条河也是它们的鹅无所谓之极。鹅饮完水，捧了一满钵水回到庙中只剩下一半不到。鹅喂水给丧尸饲养员。入夜，鹅睡去。

鹅第二天星期四中午在下雨。鹅在雨中醒来，自然醒。鹅看见丧尸饲养员坐在庙门口的门槛上躲雨鹅不想打扰它。它看着也不饿。它在成熟中。鹅看见丧尸饲养员它坐姿端正，双臂自然垂着，两颗眼珠不动盯着泥菩萨卧像，远远盯着，穿过院子中央的雨水帘子。鹅现在第二天中午所处的位置不在丧尸饲养员和菩萨卧像的直线上。鹅离这条看不见但明显存在的线还有两三个鹅身的路程。鹅喜欢雨。鹅让雨打在鹅毛上让雨帮助清洁。鹅早知道第二天星期四中午（或许更早之前的早上）会下雨它就不会下山去打水何况还在河里看见一看见就厌烦的异形。有些事忍忍也就过去了。鹅走去厨房，厨房塌着。鹅走去殿前的那把椅子上躺着休息。鹅没有蛋要下。鹅这会儿是一头雄鹅。鹅也不觉得庙里会产生好的爱情。鹅还是修行算了即便这一切早已注定但样子还是要做。该什么样就什么样。鹅运功，静坐，进入冥思。鹅一脑壳空白。鹅心算了一下黄历不应该呀这天星期四。鹅这天没算错的话星期四而且正好下雨正是静修的好日子。鹅现在星期四下雨脑壳一片空白完全没法进入程序。鹅不像之前只是脑壳混乱鹅现在完全一片空白。白茫茫一片。鹅连忙起身扫地，各种打扫一遍。鹅没救了，鹅被感染了。鹅感觉智商在迅速下降。鹅开始掉毛。鹅几乎瞬间成了丧尸鹅。鹅现在脑壳彻底空白。鹅到此结束。淡出，银幕渐暗至黑，出现演职员列表。音乐响起，最后一行：鹅，到此一游。定格。鹅现在听见敲门声。

　　鹅在一片空白中打开一扇门，门里面一张八仙桌旁边坐着三样东西。三样东西鹅都陌生不认识。鹅，其中一样东西说，过来一起打牌，三缺一。鹅没走过去。走不过去。那地方空着，根本没有地方。鹅，其中一样东西说，我们等你太久了，你迟到了。快来，这一样东西说。鹅没有概念。鹅不认识他们。鹅说，你是什么。我为什么要过去，鹅说。我们熟吗，鹅说。我是钟馗，这一样东西说。鹅没听说过。鹅说，我还是把门关上。鹅关上门。同样的敲门声又响起。鹅，门里面的东西喊，开门。鹅没有开门。没道理。但是里面的东西不管，他在喊，鹅，出来混要讲义气，快把门打开。鹅不知道他现在在门外还是门的里面。鹅在一片空白中。鹅说我不打开为什么要打开。没理由。不知道里面的东西听见没有。鹅，里面的东西在喊，你不开也没用，门自然会开。鹅不信这套，鹅停着没动。开，里面的东西说。门开了。没等鹅逃走，鹅被瞬间吸了进去，被扔在椅子上。桌上，四条麻将已经堆好，镶成一个四方形，两个色子点数加起来是七。七捉，自称为钟馗的东西说道，他从鹅跟前的牌墙上取回两墩牌。旁边两位我就不介绍了，左手是关羽，关二爷，另外一位说了你也不懂，我就不说了，钟馗说道。另外一位鹅多少认识，无非是异形的一种。鹅起了牌，基本上是一副十三不靠。钟馗坐庄，他先打出一张东风。东风，他说。他把牌丢进海底。关二磨磨蹭蹭，摸起一张牌，在手里照了两分钟才把同一张牌打出，说也是东风。奇怪，关二说，怎么第一张就是东风，不行，关二说，我的膝盖有点风湿痛，我要磨刀去了。坐下坐下，钟馗立即制止这种逃跑行为，说关老二，不嫌丢人啊你，出来混怎么着也得有点儿骨气，是不是。是是，您说得对，是关某人愚钝，关二抱歉说道。轮到鹅摸牌，鹅摸起牌，看都没看，直接丢掉。鹅现在脑壳一片空白。鹅不知道也不想知道。仍旧是一张东风。等异形打出东风后，这一轮就算打完了。各家再打两三手，关二点了炮，异形胡。娘希匹，钟馗说，关老二，说你点炮你还真点炮，会不会打牌你。会不会。说着，钟馗把手上的牌推倒，一把已经上听的混一色。不打了不打了，钟馗说，晦气。嘴上这么说，但还是老老实实洗牌，砌牌，等着关二扔色子。三圈下来，这头沉默不语的异形竟然连赢了九把，不是清一色就是自摸。鹅脑壳一片空白。鹅什么牌跟着打就是。今天就这样，钟馗说，鹅，你跟我来一下。你的事情比较严重，钟馗说。

钟馗把鹅带到一间茶室，空荡荡的，两把竹椅，一个竹子茶几，看不见的墙上挂着一个石英钟。鹅对这个环境似曾相识。茶几中央摆着一听明显冰镇过的可乐和两支吸管。钟馗摘下帽子，点燃一支说道，你也用不着紧张、恐惧、焦虑什么的，事情呢是比较严重，但是怎么说呢，也没那么严重，是不是，只要坦白从宽，我们还是会酌情处理。鹅脑壳一片空白。鹅听着。说吧，钟馗说，喝点饮料，放松。鹅当然脑壳一片空白。鹅没什么可说的。鹅通常作为一种家禽它有什么可说的，没有。鹅要说，也只会说相声。鹅说钟馗大夫，我是不是病了，脑壳里面一片空白，怎么回事。钟馗拍茶几而起，说道，别给脸不要脸，鹅，我跟你说，你这种态度极其顽劣，极其，不光对我们，对你自己也是不负责任，你要考虑到后果的严重性。钟馗说了一通，头头是道，只是不知道在说什么。鹅现在脑壳一片空白。你刚才看见了吧，那关老二，知道吗，他在我这里关了八百年，连一点酒都没得喝。八百年啊，你想想，这是鹅过的日子吗。你看看他现在都什么样了，一

跟他打牌，他就说膝盖痛，一跟他唠嗑，他就说要去磨刀
什么的，他的偃月刀都快磨成铁丝一根挖耳勺了，这些你
都看到了。老实说，你的情况比这可要严重，你自己也清
楚明白。是不是。鹅现在在哪里不知道脑壳一片空白。只
是这钟馗什么的不依不饶，絮絮叨叨，说这个那个，又说
你再看看那异形，你知道它是什么吗，它之前还是一个蛋
呢，到了我这里之后被硬生生孵了出来。这都已经不符合
自然规律了，多可怕。不是我逼你，你必须老实坦白全面
交代你的问题，否则，我也没有办法帮你了。有一点你尽
可放心，我们有一说一，实事求是，一切按规矩来，钟馗
最后说道。我说完了，钟馗说。鹅脑壳一片空白。鹅等着
钟馗什么的消失。鹅关闭鹅眼，把鹅头插进翅膀里，鹅睡
去。鹅现在听见敲门声。鹅现在懒得去听见，但又不能不
听。鹅只好睡去。鹅听见敲门声不断。这敲门声仿佛从睡
中传来，鹅无法辨识方位。鹅现在在睡中四周一片黑暗。
鹅看不清任何东西。鹅无法看见鹅自身。鹅仿佛丢失鹅的
实体，是空的，没有。鹅感觉分布在四周的黑中。而鹅在
中心。鹅只是一个极小的点，但又平均分布在周围。鹅现
在（几点钟、什么季节）脑壳里面全黑。而敲门的声音
逐渐清晰。一下一下，鹅听得清晰。鹅甚至能看见这一下
跟一下的敲门声。它不是别的声音，鹅认为，它只能是敲
门声。一种睡中才有的声音，而且是敲门声无疑。一下一
下，仿佛在敲一个蛋壳，或一间印刷厂的铁门（它们有什
么区别）。鹅只能听着。鹅或者只能看着这个声音。鹅从
四面八方看着这个声音，一下一下，既来自内部又仿佛来

自外界。它无处不在又如此清晰。它是一下一下的,它是敲门声。就是这么一个东西。鹅现在脑壳一片黑暗。鹅随便走去黑中,随便打开黑,就像打开一扇门那样打开黑,打开后,鹅看见了光。

除了光鹅什么也没看见。鹅能看见光吗,能。鹅确定那是光。鹅看见了。这光很亮。甚至很白。但不刺眼。鹅单单看着这光。这光里有什么,什么也没有。除了光,还是光。这光没有色彩。它白,但没有色彩。它也不是白光。它是亮光,很亮,完全亮,没有一点的黑。但仍然不刺眼。鹅站在黑中,把鹅头伸进这亮光,除了感觉亮,没有其它不舒服的感觉。也没有舒服的感觉,除了亮。这光白。但仔细看,这光首先是亮。白只是亮的一种错觉。但再仔细看,这是光吗。不是,这又是什么。光首先是亮的东西,这东西亮。光除了亮,它的功能是呈现其它的物体。这东西没有。这东西只有亮。在这亮东西中,除了亮,其它什么也没有(除了一个鹅头)。鹅不知道。鹅以为看见了光,鹅现在不知道看着的是什么。鹅突然忘了。鹅脑壳一片空白。鹅也许只是看着亮,而不是光。鹅不确定。鹅没有看见发光的东西。鹅要是看见了发光的东西或被光照射的东西鹅就能确定这是光。鹅没有。鹅看见的是亮。这亮白。鹅没有看见色彩。鹅,鹅这样想,这首先肯定是一个东西。不管它白(那只是一种错觉),还是亮,这是一个东西。这不可能不是一个东西。这东西这么亮,它怎么可能不是一个东西呢。这东西要是是一个东西,它也只可能是光。否则,它怎么可能这么亮,完全

亮，它并不发光。这东西它不是一个发光体，或者说这东
西它是一个没有边界的发光体。都有可能。鹅无法判断，
脑壳一片空白，连白都没有，只是空（空白的空）。鹅看
见的只有光亮。鹅不确定看见的是光的亮。但这东西的亮
它的确光亮。这东西是亮自身，可以这么说。这亮来自哪
里，鹅不确定，除了来自亮自身。亮只是一种脑壳的感
觉。鹅现在脑壳里面的感觉是一片空白。不是洁白，没有
杂质的白，是完全空白。鹅现在脑壳里的这片空白亮。鹅
去看这亮中的空白，完全看不到。鹅看到的还是亮。这有
问题吗，没有。空白也只是亮的一种错觉。没有问题。鹅
的问题是光。鹅没有看见光。鹅不确定。鹅唯一能确定是
看着亮。亮不是一种东西，亮是脑壳里面的一种感觉。鹅
这样想。感觉不是一种东西，它只是对一种东西的感觉。
鹅不知道。鹅最先以为它看着的只是光。鹅通常很少看错
东西。鹅偶尔看错东西是在它看错东西的时候。但鹅不会
看错光。鹅经常看见光。鹅而且每次看光鹅都不会看错。
这事还没发生过。鹅没认错过光，鹅它绝不会认错，在以
前。鹅现在看着光，鹅竟然有些怀疑。鹅看错了吗，鹅不
确定。鹅要是看错了，那这东西就不是光。那这东西又是
什么？亮吗？但亮又不是东西只是一种脑壳里面的感觉。
亮不是光。鹅没有其它选择，只能两者选其一。鹅要不看
着亮，要不看着光。除此以外，鹅没有别的方法。鹅也不
能不看着，鹅看着。鹅要不看着一个东西，光；要不看着
一个不是东西而不是一个不是东西的东西，亮。一般的光
具有波粒二象性，但这种属性鹅用鹅眼无法看清。鹅不确

定这光（假设就是）它是一般还是非一般的光。鹅唯一能确定的，是看着的这东西亮。鹅看着亮。鹅不用去确定这是东西抑或不是东西，鹅看着。鹅也不是看着，鹅被包围了，被什么。鹅被什么包围，而鹅脑壳里面的感觉是亮。鹅没有看见明确的光。仅此而已。鹅伸出舌头去舔，感觉什么都没舔到。鹅拍动翅膀，仿佛拍在空中。鹅想算了，鹅调转鹅头，回到黑中。

鹅脑壳现在又成了一片黑，没有一点的亮。鹅感到踏实。鹅关上门，在黑中自由坠落。鹅随后在坠落中明显感到在下雨。鹅同时通过和雨滴的碰撞感到有了周围的概念。鹅感到踏实越来越。雨滴凉，雨滴坠落的速度大于鹅坠落的速度。鹅感觉到熟悉的重力。鹅在呼吸。鹅随后感到渴。鹅随之而来迫切感到需要醒来。鹅听见熟悉的敲门声。鹅安全回到蛋中。鹅仿佛醒来。鹅醒来，现在，星期几。鹅看见丧尸饲养员院子中央烧水。

鹅看见丧尸饲养员蹲在地上烧水，鹅看着。鹅不认为像丧尸饲养员这样一头丧尸能在雨中点燃那堆柴火。现在丧尸饲养员手中只有点火的姿势它手中并没有点火物。丧尸饲养员在点火，一下一下，仿佛它手里有一盒划不完的火柴。它每划出一根，用手护住火苗，缓慢移动到它想象中的那堆柴火中，它没有点燃。它重新划出一根，捧着火苗，应该是非常小心地在点燃那堆柴火。它应该没有认为它点燃了柴火。否则它不会重复去点那堆没有的柴火。它点得认真，丧尸饲养员它一下一下每一下都认真、小心，它只是运气不好没有点燃。它也不像是在烧雨，最多烧水。它这样是烧不着的，即便在想象中。它没有脑子，丧尸饲养员它的脑壳智商为零。它不可能烧着。丧尸饲养员它也不可能得到鹅的帮助。鹅在雨中走过去。鹅看着丧尸饲养员的脑壳（上面最多只有两三根头发），鹅叹了叹气。鹅随便在翅膀上鹅毛的毛尖点起一个火苗，用了一点三昧真火。这才是火，看到了吗？鹅对丧尸饲养员说。也不是埋怨。丧尸饲养员不去看它。它点燃它的。简直没法交流。鹅走去庙门口，把一半边的门板卸下。鹅用大力金刚手轻松震碎门板，之后堆起一小堆篝火。鹅点燃篝火取暖，顺便也烧些水。鹅现在是星期几鹅完全没有时间概念，现在至少不是冬天。雨在下，不大不小，是七月份的雨水。鹅对雨水敏感。鹅熟悉任何季节的雨水。鹅现在坐在门槛上等水烧开。鹅现在在一个白天星期几感觉到胃部汇集了大量真气，有些它之前从没感觉到过。鹅感觉这真气强大，动乱。鹅的胃在隐隐作痛。但还好，鹅用意念平息了它们。鹅想起那些光（亮），鹅不知道跟它是不是有关联。鹅当时吸了一些光亮，鹅没有中毒的感觉。鹅凡事都有关联，鹅不去想这些。鹅也不喜欢打麻将。不管跟谁、什么东西打。鹅望着山下的那条河流。鹅现在假设星期三，下午，鹅看着依山绕行的河流。它弯曲。而山连绵不断。鹅看着雨中连绵的山和河流。远远看着。鹅不想往更远处看。那里没什么可看的，无非是一些城乡接合部以及更远的城市，报废的城市，它在雨中相当安静。那些异形已经走了吗，废城遥远看上去异常的安静。安静得不正常。废城上空空荡荡的，只有一些未尽的巨大烟柱。鹅没什么可看的。鹅看着山、河流、雨水。简单、笼统看着。鹅不归纳。鹅看见一山和一山接连不断,一山的后面还是山。鹅看见河流从山和山之间流出、绕行、消失,河流和山之间关系紧密。鹅看见一座单独的山挡住了河流。河流分成两支,绕过山又重新汇合。这是特殊情况。这山仿佛从河流中长出,不断往四周排挤河流,但河流只是简单分叉绕开,在没有山的地方重新汇聚。河流没有损失。河流只是用一种简单的方法经过一座山,河流总体的方向没有大的损失。河流只是暂时改动了一点方向。河流甜吗,不会。河流没有味道。河流经过山后,河流就不去管它了。河流沿着指定的方向继续移动。河流在移动中遇见另外的山,河流也只是简单经过。河流和山关系虽然紧密,但河流从不停留。不像山,它只停留在一个具体的位置。山不动。而河流不能不动,即使是一条最极端干枯的河流,它看上去还是在动。它有动的方向以及动过的踪迹。河流是一种运动。河流必须运动才成为河流。任何一条河流都是在运动中壮大。河流也在运动中消失。道理是一样的。河流动。而河流恰好规定山不能动。河流是对山的控制,而不是反过来山控制河流。山能控制河流什么,方向吗,绝不能。河流从一开始就自带方向。河流比如说河流绝不回头。河流朝一个方向运动,遇上山,河流只是简单绕开。河流使用简单的方法,河流的效率极高。河流为了河流壮大,壮大后消失,河流必须使用简单、高效的方法。河流掌握了一套最高方法。任何山对河流的阻挡一律无效,更何况单独的一座山。河流只需要流过,或分叉流过，或从山中间流过，把一山分成二山。河流无法被阻挡。河流即使遇见连绵不断的山，河流也只是形状稍作弯曲改变，河流继续运动，直至终点。河流实在无法运动大不了消失成为湖。而这正好是河流的目的：消失。河流还有一种方法是注入大海。但这个就不说了，大海是一种偏形而上的东西，不切实际。大海和河流关系不大，它更多的是和水的关系。这个等一会儿再说。总之河流不会因为山的作用而失控。河流永远牢牢控制它消失的方向，河的目标同样不会改变，即消失。山怎么说呢，山对河流顶多只形成干扰，山没有决定意义对河流。山不动，这是它最大的缺点。当然同时也是山最强的形式。山用这种不动的形式去控制河，以不动规范运动。山的想法没有错。山的错误在于它搞错了控制对象。山或许可以控制水，但山搞错了河流并不是水。河流是河流，是运动。而水只是水而已，不管是泉水还是雨水，它只能通过河流才能汇集到河流中。河流完全可以不需要水。水对河流而言仅仅是一种附着物，水的好处无非是让河流显得更像河流。其实没必要。水这种东西基本没有个性。水附着在雨里，便成了雨水。附着在泉里，自然成为泉水。而到了河流中，水就成了河水。水没什么可说的。水进入大海，大海里全是水，而且还是咸的水。水没有优势。水因为缺乏个性，水通常只能随波逐流。水有时是一碗汤。水在鹅体内的含量达70%以上。水有水的用处，这不可否定。但对河流来说，水确实可有可无。有很多水从山里流到河流里，这些被称为山水的水迅速成了河水。而有些连山都不需要，直接从雨水成为河水。鹅现在看着的主要就是这种雨水。山、河流、雨水，鹅笼统看着。鹅虽然笼统，但还是把它们分开看。鹅主要看着河流。不知道为什么，鹅感觉河流比山亲切（也许这些山过于实在），比雨水（它们那么匆忙）有更多的情感。鹅难免有些偏袒，但鹅真诚。真诚的仿佛想一支河流。这是一支接近末尾的河流。是吗。河水在河流上缓慢移动。这支河流有多长，它的支流一定很复杂。这支河流有多重。河流不分轻重，最多只分形状。这是一支弯曲的河流无疑。这支河流在开始的地方（是吗）就开始弯曲，一路运动到这里，这从它的河水的流向就可以推断出。这支河流还剩多少（什么）才消失。鹅看不出来，只能看出它在接近末尾。任何一支河流，它既有开始也有结束消失。是吗。而开始和结束都在同时。是吗。它不像一个雨滴，需要缓慢的形成过程，再从天空掉落，落到地上成为水之后才消失。河流不是这样。河流的开始和结束同时进行。是吗。河流也没有开始和结束。是吗。河流让河水这样的东西有了开始和结束，但河流自身没有。河流要是有开始，那它的开始便是结束。是不是。河流无始无终。河流是一场（不是）无始无终的运动。任何河流，鹅只能看见河流的一个面。鹅能看见的是河流的变化。但这只是河流的一个面。河流无法被看见。鹅看着河流，但无法看见河流的全部，只是一个面。鹅现在视力极好。鹅看着。鹅想象自己是这支河流，鹅怎么想象。河流无法想象。它没有象。鹅只能凭借现在极好的视力，远远地看着河流里的一个浪，以及正在脱离浪头的一个浪花。它虽然短暂脱离了河流，但很快又回到河流中。河流在运动，浪花在运动中消失。而新的浪花重新出现。河流包括这些浪花的运动。河流广。对于一朵小小的浪花。鹅至多只能想象自己是那朵浪花而不是河流。鹅现在不去想。鹅现在星期三下午凭借极好的视力看着云层上一个正在形成的雨滴。鹅盯着它看。它形成了。一个雨滴，饱满、通透，它离开云层往下坠落。它不断加速，雨滴。它快过附近其它的任何一个雨滴，它没有受到风的干扰，加速到一个时候，它稳定下来，匀速掉落。它落在一片树叶上，迅速成为雨水。它消失，之后和其它雨水汇合形成一个更大的雨水，这一个更大的雨水从树叶掉落，落到地上，立即消失，与其它作为雨水已经消失的水汇集成一支山水，山水顺着山坡上的岩石流淌，不久与其它山水一样，注入这一支河流。这个雨滴完全消失了。鹅再也看不出来。鹅能看见的只是这支河流的河水。这个雨滴或许成了一个浪花，鹅不知道。或许那个浪花里也有这个雨滴的成分，鹅不知道。鹅知道的是，这个雨滴和这一支河流没有两毛钱的关系。有，它们也不在同一个层面。一头鹅无法通过一个雨滴去认识一支河流。是吗。但一头鹅可以跳进一支河流的河水中，用喙嘴去寻找那个雨滴。而且一头鹅这样做，很可能是对这一支河流产生了仇恨。这一头鹅的仇恨恰好来自它对这一支河流的执着。执迷不悟的执着。一定是这样的，鹅想。鹅还是不去想这些。鹅看着这些山、这一支河流，以及河流上的河水，以及远近都有的雨水，以及雨。雨在下。鹅往篝火添加几块柴火，让水烧快些。鹅实在不知道。鹅咳嗽一声，传递给丧尸饲养员一个特殊指令，鹅让它停下点火的动作。鹅不渴。鹅决定用这钵热水，以及再烧上的几钵，给丧尸饲养员彻底洗个澡。

　　鹅。把鹅放大 1.5 倍，它还是鹅。不要怀疑鹅。鹅也不值得怀疑。鹅从不怀疑鹅自身。鹅从胃里射出一支滚烫的小龙，射向天空。剩下的事就好办多了。鹅看见一头异形从云团穿出，撞击龙。龙瞬间喷出火焰把异形烧焦。烧成气，消失。龙不是一种家禽。龙是什么，龙能喷火，能在空中游荡。龙四不像。鹅没见过龙。龙长，相对于它的宽。鹅射出龙，鹅不怀疑这一点，射出的东西是龙。否则它又是什么，鹅不知道。鹅在昏厥。鹅不是故意这样，鹅很少使用昏厥的方法来修行。鹅昏厥在水缸里。鹅比平常扩大了不止 1.5 倍。鹅紧紧笼罩住丧尸饲养员，鹅用它那对鹅翅缠住丧尸饲养员的手臂。鹅从背后插入。鹅把丧尸饲养员压在水里。鹅似曾相识。鹅不认为这是一种鹅本能。鹅需要释放能量仅仅。鹅烧了三钵水，鹅之前把丧尸饲养员赶到水缸里。雨在下。水缸里接了足够游泳的雨水。丧尸饲养员停在水缸旁边不动。丧尸饲养员脏极了，在雨中散发恶臭。丧尸饲养员叹着气。叹出的绿气有一下没一下的，丧尸饲养员现在极度虚弱。鹅三两下扒掉丧尸饲养员身上的汗衫和长裤，鹅把它赶入水缸。鹅看着丧尸饲养员精瘦如柴，鹅感到伤心，有那么一点伤心，但不意外。鹅跳入水缸。鹅用鹅毛轻轻抚摸丧尸饲养员鼓起的肚子。鹅站在四仰八叉浮在水缸里的丧尸饲养员的肚子上，鹅仿佛站在一个小岛中央，或一间浮在海面上的印刷厂的屋顶，或一个足球之上，诸如此类。鹅看见丧尸饲养员的两个乳房如同浮萍在水面上荡漾。鹅甚至能清楚算出丧尸饲养员有多少根肋骨，每一根都清楚。丧尸饲养员的嘴在吐泡泡，它天然有这个本事。鹅感觉它应该是愉快的，虽然看不出它应该有的表情。丧尸饲养员目前的表情是利用暴凸的眼珠望着天空。而没有一颗牙齿的嘴巴大半张开在不断往外吐出泡沫。而两三根头发丝在水里无规则飘荡。鹅垂下鹅头，伸到水下，鹅看见丧尸饲养员生殖部位毛发早已脱落，耻骨高高隆起。鹅跳上树枝，摇了些树叶到水缸里。鹅让丧尸饲养员浮着，鹅再去庙门口烧些开水。鹅不是宠物，鹅也不是一种服务型家禽。鹅伺候一头丧尸困难。但鹅有感情。鹅感觉这不太真实，有感情或情感。比如：鹅对雨通常没有情感。鹅有时思念雨水，这算情感吗？鹅对一匹犀牛完全没有情感。鹅都感觉不到犀牛是一种什么东西。一种哺乳动物吗？鹅没有感觉。鹅对雨的情感大于一匹犀牛。鹅对丧尸饲养员的情感来自对它还是饲养员时的好的回忆。鹅想算了。鹅的一生不是你欠我就是我欠你。鹅讲义气，这也算一种情感。鹅烧着水，鹅在估摸这种情感或感情。鹅的这种情感落实到丧尸饲养员鹅身上以为是爱情。鹅有一种不真实感，鹅对爱情。鹅在膨胀，胃里的东西，鹅感觉它在膨胀。鹅之前在修行时明显感觉到这东西在膨胀，而那时停在河边的饲养员在月光下舞蹈。鹅看着一个运动着的美好的东西，鹅有一种冲动想住进它的体内待着，或消失。鹅试了试，鹅没有找到入口。鹅在修行冥想时的方位感一直较差。鹅有复杂的情感对饲养员，而不只是情感的一种。鹅烧好水，走去水缸倒上。水温正好合适。鹅听见丧尸饲养员嘟哝着什么，鹅听不清。它在嘟哝。这在以前是没有过的。它的凸出的肚子仿佛在呼吸，一高一低，它快熟了，鹅知道。鹅给丧尸饲养员清洗指甲。它的指甲盖不知道掉哪里去了，一节骨头暴露在外面。鹅也没觉得它现在有什么要清洗的地方，它浮着自然洗就行。鹅现在星期三，下雨，鹅站在水缸边缘，看着这头丧尸饲养员只是看着。但胃里的东西在伸长，不断膨胀，有一种产蛋的感觉但明显又不是。鹅现在脑壳里出现一只蚌壳的画面，仅仅只是画面。这蚌壳巨大，正在缓慢打开，蚌壳里面的肉质在反复蠕动。鹅感到恐惧。一阵不知何处袭来的恐惧感迅速包围鹅全身，鹅现在脑壳隐约感到发昏，鹅开始口吐白沫，鹅自身在不断膨胀，鹅滚烫，烦躁无比。鹅脑壳里的蚌壳完全打开，仿佛要吞没整个鹅脑壳。鹅的每一根血管里的液体都在沸腾，鹅感到胃里的那根东西已刺破身体，来到屁股外面。它还在伸展，膨胀，鹅低头看，它仿佛一根肉弹簧拖在屁股下。鹅就这样跳进水缸里，抢在失去理智之前，鹅翻转丧尸饲养员的躯壳，鹅站在丧尸饲养员干瘪的屁股上，站稳。鹅展开翅膀，紧紧抱住毫无反应的丧尸饲养员，鹅找到位置，一路进入。鹅感到不真实。鹅脑壳一阵困意，似曾相识，鹅停着不动。不敢动。鹅固定在丧尸饲养员身上。鹅让屁股下的那根东西自己动，它自动。它在不停进入丧尸饲养员内部，曲折，但一路还算通畅。它在寻找什么。它充满能量，四处游荡。时快时慢，后来一头撞在一

扇门上。它睡过去。鹅现在仿佛来到一座前朝遗留的印刷
厂的遗址。那里茅草茂盛，机器散乱，围墙倒塌。鹅来到
院子中央，中央停着一只黄色的塑料鹅，表情狰狞。鹅走
过去问，喂，你搞莫事。塑料鹅没理它，自顾自吃着茅
草。现在星期几，鹅问。塑料鹅翻了一个白眼，从翘起的
屁股里伸出一根刺一样的尖东西，对准自己的脑壳一下刺
进去，塑料鹅立即爆炸，几块塑料皮散落一地。鹅弥陀
佛，鹅双翅合十。鹅飞掠过杂草，站到印刷机上，仿佛站
在公园中央的大佛头。鹅环顾四周，只是环顾。鹅感觉熟
悉，但又不知道哪里熟悉。公园静悄悄的，植物大多枯
萎，树叶凋零，不远处那个湖已经断了水。鹅感到大佛头
在上升，仿佛一支毛笋从黄泥地升起，四周震荡，土地在
开裂。鹅随着佛头达到新的高度，整个公园尽在脚下。鹅
连忙跳飞过去，从大佛头到旁边同样高度的石观音像的肩
膀上。鹅这才看见，整个佛头下面支撑它的是一支烧着导
火线的火箭。佛头在缓缓上升，鹅重新跳回去，在火箭被
点燃后，跟随佛头正式升空。鹅直上九云霄，来到穿过
薄云，直达厚厚的云层。也许是火箭的助推达到了极限，
佛头在空中短暂停留后，自由坠落。鹅只好用它作为跳
板，一个鸽子翻身，抓住一片小云，才勉强留在空中。鹅
现在俯视半个地球，它哪里还像是一个地球。到处都在
打、砸、抢，零星的鹅大部队分队无端往天空发射各种火
炮，而异形们表现得极为正常，只是盲目混乱地在半空自
爆或冲向任何一个物体后爆炸。没什么稀奇。鹅感到无聊
和疲倦同时袭来，鹅往更深的天空看，那里黑乎乎的，几

乎看不见东西。鹅使用一点真气，跳到另一片云上，它速度快，在风气的鼓动下，它飞快带着鹅离开现场，连续跨过各种壮丽的山、河，来到山顶的庙中。云在庙门口歇下，自动解散。鹅落地，走进庙中。这是它的庙。鹅从哪里出发，回到哪里，鹅遵循普遍规律。鹅这会儿雨已经停了，鹅没有敲门，跨过门槛，直接走了进去。一小堆篝火还没烧完，鹅走去院子中央。在水缸里，鹅看见一头鹅正匍匐在一头光秃秃的丧尸身上，不动。鹅能理解。鹅来到大殿，搬过一把椅子坐下。鹅渴了，旁边正好有一罐冰冻过的可乐。鹅吸着可乐水。之前，鹅点上三支香，在泥菩萨卧像跟前沉默了会儿。鹅不想动弹，只是对准庙门口的方向，在椅子上坐着休息。鹅这不是在测试。不是，鹅想。鹅也不是在冥想修行这会儿。鹅这会儿在另外一个不属于、也不应该鹅在的空间。鹅在。庙里静，是一种七月傍晚时分特有的静。鹅享受这种静。它既不同于一般的安静，也不是宁静或静静的。它只是静。四周没有特别的声音，有一些，但都不是特别。只是蝉鸣叫、风吹起树叶、菩萨偶尔的叹气以及地气散发出的等等声音的混合。而这一切给鹅的感觉是静极了。不但静，鹅似乎能联通附近的任何事物，鹅能呼吸从地下冒出的气息。鹅一呼一吸，既不多，也不少，呼和吸正好抵消。鹅看着院子中央那株古松树的一根松针，鹅让它晃动一下，它晃动一下，脱落。鹅听见背后菩萨在沉默低语，鹅听不懂。也不想去听。鹅看见院子里一只蚂蚁在切割一片草叶，鹅一个闪念，蚂蚁便被弹飞出去。鹅拔下一根鹅毛，让它自动在旁边扇风。

鹅感觉这一切是那么自然而然，感觉大势原本就应该是这样。鹅站起来，随手在半空抓过一个从屋檐掉落雨滴，扔进水缸。水面泛起涟漪，但没干扰到丧尸和鹅的平静。它们不动，浮在水缸里，仿佛在进行一个露天仪式。鹅明白。鹅只是不明白，鹅从这头鹅脱离，重新回到这头鹅旁边，这里头的秘诀是什么。鹅需要向它打声招呼吗。喂，鹅说。这鹅没有回应，一动不动，仿佛入了迷。鹅用神识连接它，它特别，没有接通。它在想什么，鹅想。鹅想不出。鹅的感觉如何。鹅感觉不到。鹅也许除非回到这头鹅中，鹅才能知道。鹅现在不去想这些。鹅静下心，复习一遍动植物学以及哲学什么的。而可乐明显在变温。鹅关闭鹅眼，睡去。鹅现在星期三下雨鹅停着不动。动不了。鹅的屁股牢牢连接丧尸饲养员，如同一部航天飞机接着高速运动的空间站。鹅费劲打开连接处的盖子，从太空舱走进空间站内部。各种按钮在闪烁发光，有几处在着火，几头丧尸乱七八糟漂浮着。鹅把它们拨开，来到圆形窗口。一轮巨大的月亮就在眼前，就在不远处的眼跟前。鹅用鹅眼便能看见月球凹凸不平的山丘和同样巨大的陨石坑。在一个环形陨石坑底部，鹅看见一个佛头坠毁在那里。或者它本来就是一个凿出的雕塑鹅不知道。而异形无处不在，它们使用的是同一种风格，相互毁灭，在月球上鸡飞狗跳。鹅用灭火器喷灭越烧越大的火焰，鹅感觉整个太空站正在脱离地球轨道，成为太空垃圾。这是它应得的。鹅星期三下雨，鹅没所谓。鹅准备躺下，睡或消失。鹅看见一头异形遥遥远远从月球上升起，朝这里射过来。

鹅及时关闭鹅眼，睡去。鹅动了一下。只是动一下。鹅没射。鹅感到安全，仿佛在丧尸饲养员的体内。鹅从胃里延伸出来通过屁股闯进丧尸饲养员身体的那根东西及时苏醒过来，它集结能量。它暴戾、躁动、无畏惧。它要冲破那扇门。它是什么，鹅想。它明显在消耗来之不易的真气。鹅无法阻止它的行动。它张牙舞爪，不断因痛苦而翻滚、搅动。鹅似曾相识。鹅想起童年。

　　鹅不可能想起童年。鹅对童年的记忆几乎为零。鹅没有童年，在记忆中。鹅如果有童年记忆，那也是后来不断加工后的记忆，并不是原始的童年记忆。而鹅以为那就是童年记忆，鹅假装它是。鹅忘了。不记得。鹅反正记忆这种东西能用就行，鹅让记忆自动消失这也难。尤其是已经成为记忆的记忆，它们从没消失。鹅每次回忆，这记忆便被加工一次。鹅每次回忆的都不一样，这记忆便是每次回忆重复加工的结果。不能说每次回忆后记忆成为新的记忆，记忆只是加深、浅或模糊，并没有变新。记忆不会变，它是鹅记住的东西。也只有这个已经记住的东西，它始终不变，其它，比如这个东西的形态、重量、起和始等等不重要，鹅也不关心。鹅也关心不过来。鹅想起童年。想起后，鹅回忆这个童年。鹅在回忆。鹅假设那天天空阴沉，鹅群已经回家，鹅独自留在湖中。鹅潜入湖底。鹅那会儿还没有能力一股气潜入湖底。黑暗降临，鹅浮出水面。鹅被一把打昏。鹅仿佛被一个东西缠绕、插入。鹅昏沉，感觉这东西从天而降，火气十足，这东西能量无边。鹅被拖入水下，鹅根本无法动弹。鹅想消失，但没有消失的能力。鹅只有继续昏厥，顺其自然。鹅必须顺其自然，鹅没有反抗。没有这个必要。鹅在水下翻滚，移动，窒息，鹅后来感到轻松，鹅浮出水面。鹅松垮垮，鹅掉了一些鹅毛，鹅脖子有轻微骨折。鹅感到轻松，鹅头靠在背脊上，单只鹅眼望着天上的黑云。鹅轻松极了。鹅看见一个东西滴着水，慢悠悠游荡在空中。稍后，鹅看见它腾空、上升，游进云里消失。过一会儿，天下起雨来。一个特大的雨滴准确滴落到鹅眼上。鹅睡去。鹅的每一次回忆都在下雨中中断。鹅每次回忆场面各不相同，但都在雨中结束。鹅一向认为雨是这个记忆的重点。鹅有时回想这个记忆，它可能一直在下雨。童年，鹅单独浮在下雨的湖面上，夜晚降临，鹅群已经回家。鹅仿佛被一个东西绑架，而这个过程特别模糊，只知道和雨水有关。鹅的童年和雨水有关。鹅现在在回忆，童年或什么，回想一种原有的记忆。鹅也许不是在回忆。鹅现在的回忆仿佛是对过往回忆的模拟。或者反之，鹅现在只是回到童年记忆中。两者皆可。鹅不认为这是一个问题。鹅不认为在理论上一头鹅可以驾驶一条龙。无论它是一条幼龙、母龙，还是形同虚设的什么龙，鹅无法驾驭，在理论上。鹅只能顺其自然。鹅能感觉到它痛苦、彷徨什么的，鹅明显指挥不动，对它。它是什么，龙。也只能是龙。除非不是。那又是什么。它从胃部开端，发展，突破身体的桎梏游动到世上，它的目的是什么。进入某种高潮吗，绝不是。鹅不知道。鹅随便它。龙是如此怪异、畸形的一种东西，它天然有一种混乱的秩序。鹅现在星期三下雨，鹅停着不动，随它。当它终于突破那扇牢门，来到一个新的自然，鹅顺便把它射进天空。接下来事情就好办多了。鹅的任务完成，使命已送达。鹅看着这条湿漉漉、滴着水的龙一口吞下一个异形的卵蛋。龙在空中、在云雾间癫狂。大量异形随即赶到，对龙进行重复轰炸。这是龙的事，跟鹅没关系。再说龙金刚不坏，能力巨大，各种使用喷火、雷电、飓风什么的，那群无聊的异形根本不是它的对手。鹅退出，及时离开现场。

　　鹅缩小。

跋，或剩余

　　鹅，为什么是鹅。而且正好是。鹅在以前还是雁雀时鹅不是鹅。这里，鹅的变化中隐藏着一种深刻的道理。是吗，鹅普遍反对道理。无论它是什么，多深刻，鹅都反对。无论反对是否有效，鹅的反对总有道理。鹅在晚上睡觉。鹅很少梦见鱼。没这个必要。鹅刚好没有这个必要。鹅一般不符合物理定理。鹅被神附身，反复侵犯一个少女。鹅通常点到为止。鹅不排除特殊情况下，鹅的行为也存在普遍意义。这里的鹅包罗万象，包括一些边角料。鹅在实在没有气力的时候匍匐在地上不动。再说，鹅又不止它一头。一头鹅自从飞上树枝后，再也没下过树。它在枝杈上筑了一个鹅巢，以进食雨水和树叶为生。这一头鹅后来被众鹅视为一种非理性的典型。诗，鹅是这样想的，诗。鹅问了鹅一些类似的问题。由于某种原因，鹅不再适合游荡。鹅走路不着边际。一头鹅在家烧水，同时一头鹅痴迷空气中的各种分子成分。真鹅和白、黑鹅在某种意义上没啥区别。现在，鹅一动不动待在阴凉处。鹅在湖中捞月。鹅缺乏意志。鹅不能理解空虚。鹅不研究，也不关心游泳，鹅先天掌握游泳这门水上游动技术。鹅需要诗吗。鹅要是不在一个地方，鹅就不在。鹅翻开一张倒扣在地上的纸牌，牌面上画着一头鹅。鹅无法自拔，潜入深渊飞翔。下午，鹅自诩站在一头单峰骆驼的驼峰上说相声。而有时，灭鹅行动在扩大化。鹅感到饿，和无意义。鹅在世上喝着一罐纯牛奶。真鹅绝对不只是鹅的升级版。鹅调大音量。鹅是错的。鹅被历史抛出，丢进以遗传和演化见长的生物学领域，但也没受到多少待见或引起重视，鹅被迫走偏门寄生于文学和艺术。而诗不是文学，也无所谓艺术，鹅总归投靠错了方向，仿佛拜错了菩萨。鹅是错的，这真像一句咒语。星期三，下午，鹅躺在碗里，躺了好久。鹅是错的，那么鹅不对。鹅在哪里不对，哪里就是鹅错的地方。鹅躺在碗里，碗并没有错和不对，那最多是鹅在碗里，是错的和不对。鹅是这样想的，机会难得，要是错，那就一错到底。鹅是错的。它的缩写是鹅错。关于这点，在鹅累上已有过肤浅讨论。像鹅累、鹅错，这种说法基本上是童话，儿童专属的话语。它不应是一头成年鹅该犯的错，一头成年、不够谨慎的鹅，它犯的错，更多的是像是这种：在鹅累上。在鹅累上，基本来自在雨中、在鹅群中之类的似乎可靠的用法，但明显做了省略。在鹅累上的实际意思是，在之前讨论鹅累这个字符串的种种情况之上。而且上是一个严重的干扰，不是吗。对于一头鹅，鹅头以上的空间物品才是上，可以说在天空上、在树（高于鹅身高的树木）上、在云上。但在讨论鹅累这个字符串的种种情况之上的上又算什么意思，这让一部根植于与非门的计算机在语法运算上怎么不死机。在鹅群中，在鹅与鹅（至少三头鹅以上）之间的空隙，没有中。鹅通常对许多事马马虎虎，这些也不例外。所以鹅说，这些鹅是知道的。下雪是鹅的心病。星期四，鹅去广场上转了转，在广场中央的寺庙门口歇了一会儿脚。这时，鹅起身离开这里。鹅想不通。鹅不长，也不短，鹅整夜听音乐。在有些时候，鹅觉得，作为鹅的一头鹅，它不能太刻薄。鹅还知道太阳能是一种核能。鹅知道越多，不知道的当然会更多。鹅在房间里走来走去。鹅知道这不是因为烦。烦对鹅来说是必然。烦（下次再说）不会消失，除非鹅不存在。一头鹅停在树上，一头鹅在冰箱冷冻层储藏。鹅在谈判桌上一言不发。鹅不要总盯着手表上跳动的数字，趁着空闲多修改怪物。鹅隐约感觉如果它真是一头鹅它就不会有主动的欲望。它真的是一头鹅，意思是它是一匹真鹅。从一头鹅到一匹真鹅需要漫长的修行。真鹅的量词一般用头，也有的用匹。从一头鹅到一匹真鹅确实需要漫长（天赋足够也至少三十年）的修行。一匹真鹅是一匹没有矛盾、悖论的鹅。真鹅很少被看见。传统的真鹅一般遁世山林，特殊的，则直接在街上隐身。真鹅高高抛起一块硬币。硬币呼啸直上九云霄，堕入虚无。这般境界非普通鹅所能及，鹅自己也承认它不可能做到。鹅只是一头鹅，不是真鹅，鹅这样认为。鹅无暇顾及通货膨胀。鹅对竖立在公园中央的佛像感到伤心。鹅捡起一片树叶，仔细看，它只是一片枯燥的枫树树叶。这时，鹅的心思仿佛被触动，不由得一阵唏嘘。鹅对真鹅念念不忘，但它实在过于遥远。下雨了，鹅又感到危险。鹅转身离开，逃离舒适区域。鹅被闷在锅里。鹅是怎么知道的，鹅不知道。鹅的疾病种类在莫名增加，鹅场日以继夜研究预防、控制鹅病的对策。一头鹅用完了，鹅就把它丢掉。去年12月份的时候，鹅还是兔。鹅看着兔，以为它是鹅。这完全是巧合。鹅不是故意以为。鹅张开鹅翅，平摊在软弱无力的平原上。在情感上，鹅愿意相信鹅包括鹅和真鹅两部分。公园里没有桃树，鹅大写意游出公园。鹅敲一头不存在的空门。鹅连续十天昏昏沉沉，脚下踩着火焰。鹅没有鹅角。（一句莫名其妙的话？）鹅有时这样问（自己对自己）。鹅了解那些多余的动作。鹅的记忆不到二两。鹅严肃但绝不是一种活泼金属，鹅老生常谈，金刚不坏。秋天，鹅凋敝。鹅研究历史，稍后又不研究了。稍后，鹅留出一点点空间给（虎）。鹅突然起跳。鹅起跳后，必然回到地上。有一次鹅去了天目山。在山顶，鹅稍作停留，在傍晚来临和产生幻觉之前快速逃下山，但及时复制了一份拷贝，稍后，鹅听见打孔机在哒哒哒发出声响。鹅对0的迷恋没有道理。一头鹅在湖边的活动（静止站着）间接影响到了湖面上的波纹图案。鹅弥陀佛。鹅的档案被删除。鹅，或者是鹅，或者不是。鹅关着，没动。鹅以逸待劳，不劳而获。鹅不值得鹅的感觉更好。可即便如此，鹅依然不值得鹅感觉更好。特别是在深夜，鹅总是……鹅弥陀佛。鹅对忘掉的事从来没想起过。鹅和阳光一起不动。鹅后来还是什么都没得到，鹅徒劳短暂一生。鹅干净、平坦、安静，仿佛仙鹅。鹅通知鹅下午打扫街道卫生和抓间谍。鹅蹲在喷水池边上喷烟。鹅送一头鹅去淮安。鹅看见没有鹅在路上走动，它们无一例外躺着。这时，火力越来越强。大概是秋天的缘故。一个鹅需不需要那么严格。这不是喜鹊，是鹅。鹅自从上次偷吃苹果后智商直线下降。鹅不会讲故事，鹅语语法缺少稳定性。这些鹅是知道的（这句话要是单独，它存在歧义。而结合上下文，目前它还没有下文），鹅不知道的是，这些（以上这些，甚至遥遥远远，追溯到历史上所有这些）是些什么东西。这些东西恍兮惚兮，无一不是按次序排列。它们没有显然的秩序，但有先后。唯一的问题是，现在是什么意思。这是鹅唯一的问题。鹅通常没有表情，鹅没有被充分辩证，而鹅的表情往往很难被观察到。鹅现在在听雨声。鹅厌恶对牛弹琴。鹅没说话，听着雨落在地上的声音。它们是同一种声音，它们初步相同。鹅的听力很好。鹅能听见能听见的每一个雨滴落在地上、树叶上、甚至水中的声音。鹅听见了，它们没什么不同，都是雨滴撞击物体而爆发出并迅速通过空气被送入耳朵的声音。鹅这样想，鹅没在听。鹅听见的、想的没有不同。鹅通常能说服自己。走过一个拐角后，鹅沿着大路继续行进并且鹅从来不认为鹅有多趣。鹅模仿鹅走路的姿势。鹅学会走路姿势后，忘了走路的姿势。一头鹅走路自带姿势。一头鹅有时弄不灵清是在走路，还是在走姿势。鹅不听音乐的，极少听。鹅走路的时候通常不知道在走什么，雨在下。鹅本能地逃离雨水。鹅决定离开路面，走去厨房换一杯茶水（随身带着空调板）。鹅简直无孔不入。对鹅，真鹅只能接近，无法成真。油漆未干，一个鹅在发热。鹅被叫醒。鹅时常叹气，又叹不到位。鹅得到一个明确指令：闲着。鹅需要大量睡眠。鹅听到一个短促的声音：站住。鹅被拖到大会台上发言，鹅不会，只会保持沉默。鹅是一支还没射出的箭，鹅不飞。真鹅通常黯淡无光：我们可能要单开一段专门来讨论真鹅而这只是一个开始。鹅场在冒烟，鹅传染上伤风感冒在睡觉。鹅场加紧研发鹅脸识别技术。冷漠。简单说，杨柳岸、晓风、残月，鹅是一种噪音。鹅在空中快速翻腾三周半。鹅在散步时无法兼顾鲫鱼跳出油锅。鹅没有情绪，要什么情绪，没有。鹅一去不复返。鹅，秋天。这时，一个饲养员鹅走来。鹅的一半是半边鹅。鹅不一而足，鹅不会自己融化。一头鹅在中间也在空隙处。有一头鹅划着船经过，而天空在下雨。鹅遥远，遥遥远远。鹅大批消失。鹅和鹅怀疑对方。鹅是动物。鹅无法和鹅合作。鹅通宵写诗。鹅仔细看着天空变化。鹅到处是空，从微观上看。鹅想，既然今天是星期一。鹅路过一台自动取款机，输入密码，取了些钱。鹅在马路上看见其它一些鹅。一些可能是三，或二，鹅分不清三和二，鹅看见二或三头鹅在马路对面，以与它相反方向行进。鹅放了一个鹅屁，鹅走进山谷。鹅通常绝望大于它的希望，并且鹅对家常便饭持不反对也不合作的态度。鹅非暴力不合作，关键是后者。鹅神经质，时常感到脑壳里有一个声音，念经似的不停喊它上前线上前线去吧。鹅可能计算有误。鹅无法说服鹅。鹅是一种可能性，鹅不稳定。点燃一支，吸着，鹅。鹅没有在想什么。鹅感到大势已去。鹅知道这种感觉，对鹅来说，这种感觉就是大势已去。这种感觉不是真鹅的感觉。一匹真鹅不会有这种感觉，因为不需要。鹅需要一些素材来绘画天空，偷工减料。鹅自有其使命。一头鹅至少要成为一头鹅，至于其余的它大可不管。鹅也只能这样。鹅在特别是人类发展进程中承担的功能相当有限。比如说，鹅没有土豆伟大。传统的和尚不吃鹅。鹅除了在河里游戏，偶尔也会在井里游泳。一定有这样的鹅。鹅打哪指哪，鹅绝对准确。发洪水时，鹅离开洪水远远的。有的，甚至飞到山上。下午，告别一个鹅，它不在。所以，鹅问道。所以什么？鹅否认事实。事到如今，鹅仍然存在（活着）。鹅经常感觉到许多鹅在它四周，鹅鹅鹅地发出响声。鹅跟着发出响声。鹅跟着鹅群跳入水中。鹅在鹅堆里感到安全。鹅潜入水底，那里空空的，什么都没有。浮出水面，其它鹅已消失不见。鹅和鹅和别的鹅现在只剩下鹅。天黑了，鹅回到岸上。鹅在岸上升起一堆篝火后，开始坐禅。从左倒数第 2 排第 3 列，那是一头鹅。一头鹅和其它所有鹅对生命的感悟差不了多少，大同小异。鹅想立即重启以及安装但没有，因为气候和大环境都不允许。鹅通常用脖子做仰卧起坐。鹅不是人类的发明，鹅在某本汉语字典的第 357 页，倒数上 3 条。鹅掉了下去。天塌了，鹅还在路上闲晃。鹅从不使用全自动枪械。鹅对象征主义和表现以及超现实、立体主义兴趣不大。一头鹅以英雄形象出现在鹅群中，但其实它只是受了一点轻伤。鹅同时朝两个不同方向走去。一个鹅被调查，接着另一个鹅也被莫名调查。这里是哪里，一般来说是北方。有的鹅据说超大，光弹开的一对鹅翅就有上万里。这种情况确实特殊，它更靠近想象。弄不好，它极有可能成为一个民族的集体无意识。但这也不是鹅的错。鹅很少有不老实的鹅。基本上，浪漫的鹅后来成了天鹅，踏实的成为提供热量的家禽，从此鹅的演化受到限制。鹅总归没有走上独立发展的道路。21世纪对鹅来说不见得有什么新意。鹅现在既不衰老也不更新。养殖鹅场现在离发明一个小小的原子弹还有相当的距离。鹅总是被更高的人类怜悯，就像神需要不停惩罚人类。从外部看，鹅完好无损。不像从内部观察鹅简直比山东还要荒凉。鹅知道为什么，鹅当然知道。鹅弥陀佛。鹅用它扁平的喙梳理身上的鹅毛。鹅是好的，虽然它错。鹅一向比较保守。鹅咽下一个苍蝇。鹅自以为聪明，鹅承认。鹅全黑。鹅练习推拿，后来练习太极。鹅在摇篮里喝得晕乎乎的，这是怎么回事，怎么搞成这样。鹅用指甲刀修剪翅上的鹅毛。鹅不需要发票。这点，鹅不仅知道，还足够清楚。黑暗降临，黑暗反复降临，鹅习惯了。鹅是一种罪恶，鹅远离原始时代。鹅报告了具体位置。鹅掉进水里。鹅在考勤机上重复打卡。鹅很容易看着它的背脊。鹅一动不动。鹅在数量上不能超过2。鹅，最多加一个（头）鹅，不能再多，容易引起误会。鹅今天只刮风不下雨。有时，鹅在创造中体验孤独。鹅，作为鹅，当然反对原创。这不是鹅干的事，鹅怎么可能原始创造。鹅往空气中扔出一把巨大的色子。醒来，鹅仔细聆听鹅场中央高音喇叭正在放送的靡靡之音。鹅临场发挥，把评分降为一星半。鹅的正常体温是 $40.0\sim41.3℃$。鹅站着不动：这并不有趣。14点57分，鹅从当铺夺回它的尊严。鹅变大，很快消失。鹅有时候会伤心，鹅现在正在写一本书：鹅。鹅区别于鹅的唯一办法是想办法另外造句。在奇怪气氛中，鹅睡过去。鹅极度放松，那种时候，它会选择读一些纽约派诗歌，在不是作为家禽而是被合理拟人化之后。鹅不考虑代入感。鹅没法站在另一鹅的立场思考，逻辑不对。纽约派诗歌中，肯尼斯·科克比詹姆斯·斯凯勒好上一百倍，他在一首诗里是这样的写：1951年6月，西十街的一个房间，我和一头鹅在一起。鹅看见一个铁笼子，笼门打开着，鹅走进笼子。这个笼子现在暂时成了一个鹅笼。鹅不知道谁会来把笼子提走。只有鹅在真的情况下，它也许是真鹅。鹅发脾气是为了节约体力。鹅突然动了动。鹅说。鹅对鹅说，我刚才说什么了吗。鹅说，忘了。而为了方便言说，鹅骑到一匹马上。鹅混乱、随机、矛盾、光滑、美、绝望、无聊、可靠、颠覆、条约。真鹅不需要感觉。鹅在一柱还没亮起灯的路灯灯柱旁站着。这里没有另一头鹅，这里的一头鹅只是一头鹅。鹅对它在鹅蛋里的日子没有明确的记忆。鹅不烦。鹅大，但鹅不烦。有这样的鹅，这一头就是。这不是一头烦鹅。鹅飞行的方式是垂直于地面坠落。鹅烟雾缭绕。有的鹅是黑色的。鹅生长迅速，饲养约90天体重达5公斤时出售最佳。鹅不好听。鹅把所有精力投入到一个无聊无聊的无穷无聊的生活中，等待黄昏来临。实际上，鹅也吃花和风。雄鹅离不开雌鹅，自古以来。鹅除了浪费空气，偶尔也浪费一点电话费。鹅看着停在石板上的知了，超长久静静看着，一直看到知了换完知了壳依依不舍看着。一头鹅望着墙壁。鹅喜欢在黄昏去市场买蔬菜。一头鹅穿过马路。鹅的后面，一个女人跟着鹅同样穿过马路。鹅穿过马路后突然消失。不是下午就是中午，鹅借蓝色艾弗森的火焰点燃自己。鹅越发知道大势已去。鹅东张西望。一头鹅飞到半空继续比赛。有些鹅已经不在（世）。有些鹅却故意在放大它们的缺点。鹅没有行动，鹅静止。鹅在某种情况下，具有指导意义。鹅在充电。鹅后脑壳上的光圈似有似无。鹅和鹅分离。鹅继续从ATM机里取些钞票。即使鹅来到一个陌生地方，它至少还是一个地方。鹅的每个时刻加起来的一生短暂。形容一头鹅不是一头鹅应该去做的事。用一头鹅去形容一头鹅，那是鹅在无法形容鹅时所采取最后的办法。鹅必须谨慎，在使用鹅时。鹅有时使用假动作。鹅累，这个词有一些诗的意味是吗。鹅累仿佛能微弱地联系到鼠疫，之后是老早过时的黑奴解放运动。这没什么好说〔往深里（无非是宇宙的左右上下、过去以及未来）挖掘〕的，再说了，（再说什么？）一头鹅作为物质，在假使爆炸的情况下，它也能释放出巨大能量。但是不会。鹅没有必要。鹅不知道，色彩斑斓这样的字眼和鹅有什么关系。鹅是白色的。有黑色的鹅，但对白色的鹅，鹅是白色的。鹅不是白色。白色是鹅毛的颜色。有时，这种颜色为黑。鹅看着风，非常笼统地看着。当风还起没来的时候。两个鹅：鹅鹅。鹅经常检查鹅蛋。鹅和鹅蛋天然不相同。鹅对未来有预测，能感受到蛋变化的趋势，当一头鹅看着另一头鹅下的鹅蛋时。另一头鹅一定是一头母鹅。鹅走在必经之路上，深一脚浅一脚，差一点迷失。鹅三妻四妾这很不正常。鹅群现在正缺少一两个好的理发师。鹅跳起，跳到一个 B 上，这中间究竟发生了什么。一头鹅翻开一个笔记本，迅速记下鹅的编号。可以走了，它说。鹅理所当然。鹅通常没有名字，这里的鹅也没有。鹅（抽着烟气，躺在水缸里）。鹅看着房价暴涨、暴跌，忘了吃饭。一头鹅快。通常的鹅可以在脖子上至少打两个结。鹅的简称还是鹅。桌上散乱摆着一些鹅。鹅无所事事，下午鹅做了一个鹅梦。鹅扫描了一些图片。鹅圈里没有鹅，现在鹅下落不明。鹅翻了一个身，鹅再次下落不明。一头鹅沿着铁轨走一段路后，它觉得有些下落不明。鹅从来就是这样，下落不明。一头鹅在休息。鹅抬头看着无尽天空，仿佛下落不明。接着，鹅闭上鹅眼。鹅乐观预估了它自身的智力。真鹅三四十年前被鹅认为是不会哭的。鹅不能形容鹅，难点在于它们相同。鹅在词源上起先是一种雁。鹅演化为家禽的过程漫长。鹅逐渐成为隐喻，它的文字构造逐渐被书法家们喜爱。傍晚，鹅抵达村庄时，天空已经下起了雪。鹅群行动迅速、敏捷，步调一致，方向不明。鹅磨磨蹭蹭，保持常态。和往常雷同，下午，鹅有些担心，但不知道在担心什么。鹅被抽空成仅仅只是鹅这个字。从这个意义上讲，鹅是突然来到世上的。鹅不能说清楚鹅的形状。真鹅在大势已去之前修成真鹅。鹅对真实（对一个橘子）的理解有误区。鹅群呈现出一种混乱，一个怪鹅在鹅与鹅之间的空隙中打牌。鹅从哪里来？鹅蛋。鹅被一阵风吹走，当它足够轻的时候。一头鹅不是另一头鹅。鹅的姓名、户籍和性取向统一隐藏在左边的鹅掌下。鹅不会使用尺子。所以，鹅很快引起一头鹅的注意。鹅被迫交代出以下犯罪事实：一、它是一个冒牌鹅；二、没有鹅能证明它不是一个冒牌鹅。鹅被释放后，远远地离开乌烟瘴气的祖籍地。鹅被放逐到三千里之外，在路过玉门关时，鹅突然感到饿和悲伤。鹅独自进入沙漠。鹅看见成片骆驼渴死，在离开绿洲不到一米的地方。鹅甚至看见一头冒着青烟的猛犸，它那么无意义，它的巨大的驼背上开满了杂七杂八的花朵。鹅对此无法解释。鹅理解，但无法，也不需要只要一开启必然没有尽头的书面解释。鹅就这样回到封闭的蛋壳中。一直以来（事实也是如此），鹅不需要朋友。朋友是一种关系。这里，鹅不需要关系，拒绝关系。鹅因为鹅掌先天的原因不利于爬树。同时鹅起跳的高度，无法高过一株正常的广玉兰树，鹅通常只能在低能量空间活动。鹅是一种感觉，当然不是。鹅是一种认证。鹅遇见钟馗，向它打听那边的消息。钟馗说不急，再等两天。真鹅不需要假装看着，这是一定的。鹅蛋随时可能爆裂。请勿在公共场所吸鹅。鹅在稍后重启。鹅鸡躁。鹅很少相信兔不是鹅。真鹅走去厨房把烟灰缸里的烟灰和烟灰缸一起倒入垃圾桶。充完电，鹅忘了拔插头。鹅拖着电线溯河而上，来到灿烂文明的源头。那里只有一个破庙，连菩萨都不在。真鹅难道会使用东北话？加载中……一头鹅。鹅无聊在街上数鹅，一、二，从来没数到三。鹅没有三和三以上数字的概念。鹅想了好久，决定继续站在街上休息。星期三，鹅对着一个发芽的土豆发呆，或压低智商，顺利剥开一个橘子。鹅总结起义失败的原因。天空，鹅看着，有时。鹅不在海湾，就在另外一个地方。一头鹅听见一个声音它不可能听见一个声音，它听见的可能是一个机器发出的声音，可能是风吹动树叶的沙沙声，一头鹅它不可能光听见一个声音。就像一头鹅不可能是鹅。一头鹅是一头鹅不是鹅。一头鹅可能在休息抑或倒立，它不能光是一头鹅，一头鹅。更别说一头鹅是鹅。鹅对鹅说，别这样。鹅为什么知道鹅是鹅，鹅不知道。鹅在风雨中、外、内一律停止生长。现在，鹅更靠近椅子（剩下的就是这么一点东西）。对面，一头鹅跑过来对鹅说，鹅，你认错鹅了。鹅的一生在时间上相当短暂。鹅通常不需要其它鹅的帮助。鹅平稳而相对持久。鹅的动作不多，也就打、砸、抢。门开了，鹅看见四头鹅叼着烟在打台湾麻将。鹅把门关上后打开，又关闭。对着一阵（狂）风写生，这不是一头鹅擅长和该干的事情。同样，一头鹅口渴了，它到处急着寻找乌鸦的玻璃瓶。鹅担心那架正在缓缓降落的飞机的起落架还没打开。叙述一头鹅的最小语言单位是什么。一头鹅在哭，它没有能力挤出一些多余的水分。鹅不知道。其实，鹅就像某种说不清楚的动物。鹅又高又远。鹅远离一般性的戏剧性。鹅群唱起统一的鹅歌。鹅经过长期演化，有的鹅才碰巧成为现在的鹅。有时，鹅的鹅毛上停着一个尘埃。鹅使用排除法，以及稍后辩证法望着空气。鹅有时空喊两声：鹅、鹅。喊完就不喊了，空着。鹅站着不动，这不需要特别的技术。鹅独自回到出租房。鹅浮出水面透气。不光鹅，连其它鹅都有这种感觉。其它鹅的武功在日益荒废。而鹅的活着没有主题。鹅经常涉及要吃草这类植物，而植物是生物的一大类型。星期三，鹅被叫到鹅场办公室。鹅弥陀佛。鹅的警觉性高，在它感到危险的时候。鹅现在感觉天下太平无事。稍后，鹅又不这样感觉。鹅只是有些焦虑，但不恐惧。鹅缺少恐惧感。可能是因为它对生命变幻无常的理解有误。鹅在鹅的附近。鹅眼珠黑亮，目光如炬。鹅停在路上，等一些东西过去，不管它们是什么。鹅在雨里，停着。鹅从前是一段平坦的道路。鹅冷暖不知，在关键时刻，竟然还在举哑铃。有些事情鹅没想到。鹅无法证明它不是鹅。鹅没有怀孕的感觉。鹅是 the Cure 的粉丝。鹅停着，要动不动的。鹅不认识其它鹅。鹅除了鹅自己，其它鹅它一概不想认识。当然鹅不可能认识鹅，这是时髦的观点，几乎是真理。鹅对竖起一只鹅蛋的兴致不大。鹅有时无所谓它是一个鹅。鹅经过正确思考，它得出结论，觉得这些没什么所谓。鹅在思考时是冷静的，鹅客观思考问题，但每次得出结论往往稍显冲动。鹅的性格决定它在思考时它首先应该放弃思考。鹅没那样做，它硬思考，用鹅语。鹅语全部加起来只有三个词汇：鹅、鹅鹅、鹅鹅鹅。在唐朝，没有一头鹅能活着飞出长安。无论一头鹅在移动，一头鹅简单，一头鹅始终是一头鹅而不是另一头鹅。鹅没什么可遗憾的，生而为鹅，难免絮絮叨叨。现在，阳光照耀着整头鹅。鹅转身离开，又回头看了一眼帆船和帆船上的船帆。鹅以最快速度离开海湾。鹅大公无私，东一颗西一颗嗑着瓜子。鹅知道（对任何事物）无话可说，但坚决不保持沉默。鹅需要的不是鹅与帆船的联系。阳光下，鹅看见一头鹅，不知道它是什么。鹅看见美的花有时会因为那种凄美而掉眼泪水。星期一，风停着，等于没有鹅。一条街，空空荡荡的，一头鹅站在街中央。鹅如果在浪费整个下午时光时感觉有些亏，那可能是因为它对度过鹅的一生有过好的愿景。鹅的肺活量不足以让它潜伏水底不动长达十分钟。一头鹅在，它只是在。一头鹅，假设它记得 2002 年的秋天比 2002 的夏天要漫长一些，喜马拉雅山脉高于乞力马扎罗山。它是怎么记得的，它没有 2002 年的记忆（假设 2002 年是过往的一个年份）。那么，也就是这个假设不成立。假设就是这样。一头鹅，它没有记忆，它怎么回忆。它现在在回忆，但它什么也不记得了。现在是夏天。它看着一个杯子，看不出什么来。就好像看着一个物体，但看不出物体的形式，它不知道看着的是一个杯子。这确实是一个鹅的问题。这里，鹅并不是叙述者。它最好是被叙述的对象。这鹅没有历史，因为它没有记忆。它没有对在它身上发生过的事件形成记忆，它是一头空洞的鹅。任何对它的记述对它没有二毛钱的意义，它自动取消了被复述的权利。它成了一个反动鹅。而那个叙述者只能对着它的历史隔靴搔痒。而幸运的是，那个叙事者也无心去这样做。是吗。它对恢复一头鹅的特有经历没有兴趣。它对这鹅的用法颇有兴趣，但这鹅永远只是主语。这鹅没有动作。这鹅的动作只在虚构中被认为成立。而且那些动作颠三倒四，极不稳定。当这鹅有兴趣翻开一张牌时，它基本上只能是一张为了翻开而翻开的方片 3。但这是一头好鹅，它对此并不介意。它吸收所有作用力而不产生反作用力。它被煮熟了。它就是这样的。它对叙述者无动于衷。任凭火力再壮，它也没有同归于尽的想法。它就是一头这样被滞后设定好该怎么着就怎么着的鹅。它不会飞，只会走动，这让它极度懊恼。但无论如何，它更接近于一个二维空间的家禽。鹅说，你瞧，这颜色多漂亮。鹅对色彩没啥感觉。鹅不吃枫树树叶。同理，鹅思所以鹅在。鹅去了一趟咸阳，上午。中午不到，鹅顺着黄河回到大海。鹅骑在一根炮管上，在昨天，鹅在一定程度上对在谈判上的让步表现还算满意。鹅跳进柜子里不动。鹅现在不是作为家禽的鹅。鹅不管它是什么，它现在一定不是家禽鹅知道。一只鹅船在等着游客上船。鹅躺下，在炮火逼近阵地的那个下午。甚至一个像鹅那样的女人。甚至或者一个像女人那样的一头鹅。要是它们相似，而且从任何方面都足够像，那么一头鹅是一个女人也成立。或者这样说，是可以被原谅的。一头鹅把鹅头伸出窗外。鹅因为在鹅群中特别，它特别容易被遗忘。鹅重要但不是很方便。鹅看着它的镜像。鹅站在一只漏斗的边缘。鹅不了解鹅。这有点复杂是不是。黑鹅，是因为有白鹅的存在。反过来，有白鹅，所以必定有黑鹅（以前没有鹅，鹅怎么有黑的呢，相信这个），但事实上确实发现了有黑鹅。也许这是一种巧合。但不管巧不巧，在鹅界，它引起激烈反响，甚至歧视。当黑鹅歧视白鹅，白鹅反过来歧视黑鹅。这样鹅鹅相歧，以至后来真的搞成了白鹅是白鹅，黑鹅是黑鹅。以至于一头鹅不是白鹅，就一定得是黑鹅，否则它不是鹅。比如一头鹅有 20% 的白，80% 的黑，它被排除在鹅之外，因为它不愿承认自己是白鹅或黑鹅。它是鹅，它当然不承认。这头鹅当然是特例，这里不关注特殊情况，它只是想说明一点，语言有很强的（它就是为了使用而产生的）实用性，世界（它真的很世界）需要它的保驾护航（随手而来），才能堕落。这里，鹅不管黑白，它不想关心这些，它烦。任何鹅，只要是鹅，或者近似是鹅，都无法逃脱鹅命。鹅深明大义（你瞧，鹅）。鹅走过沼泽并深深陷在泥土里。鹅是一个无法被鹅定义的概念。鹅假装不知道看着的东西是帆船。鹅迫不及待去寻找一匹马，它究竟要干啥子。而平时，鹅不动。如果鹅躺着，它更不动。鹅几乎在水里也不动。鹅被看见的只是移动，鹅本身不动。鹅半推半就喝着可乐。鹅，偶然路过一根葱。鹅尽管同情一些没有用的，但鹅不会为了同情而同情。尽管帆船，以及船帆在鹅看来，它们也是美的。一个鹅在原地打转，在跟它的影子搏斗。而这时阳光停下。鹅找不到鹅影。鹅就要投降。鹅准备投降。是一阵风把鹅救起，鹅现在站在风中。大概就是这样。一头鹅，在风中感到凉快。它很快感到了累。它干脆丢掉所有细节一把倒在地上。稍后，它终于梦见鹅（兔）和鹅（异形）。鹅在呼吸。鹅在呼吸一种气体，这种气体热乎乎的。如果没有这种气体，鹅在呼吸没有意义或者不成立。鹅不能在没有气体的环境中呼吸。呼吸和气体有关联，而鹅要是不在呼吸，鹅可能只是站着。鹅和鹅两个之间没有基本矛盾。鹅（看见一头鹦鹉）知道这东西可能不是鹅：因为它和它旁边的一头鹅不太相似。有些鹅极易脱水，但这头明显不是。而一头缺乏纪律性的鹅，竟然一头鹅跑去河边站着，踌躇满志在心里规划它的什么《千里江山图》。鹅转瞬即逝往往。鹅挤过鹅群，观赏一次枪毙。鹅走了。鹅走了之后，鹅也走了。鹅经常走。一走了之。有时鹅走在路上，它睡着了。有时鹅走着，一边走一边停着。一头鹅停停走走有时。鹅和一头鹅。而有时是一头鹅和一个鹅。因为鹅决定放弃决赛。鹅场隔段就会发生有鹅逃跑的情况。鹅沉入海底。鹅是事物中的物。黑鹅当然也大势已去。随着真气不断积累，鹅的脂肪在减少。鹅需要一种关联。鹅对写下的每一个字词明白它们的意思。鹅需要大量睡眠，但不是在夜晚。怎么了？妻子问。鹅悄悄隐身，在理论上完全没有被发现。鹅回家，一头鹅正好出门。鹅只是在理论上它才算鹅。鹅熟悉核弹原理。秋天来临，鹅游荡、睡觉，通宵研究《辛丑条约》。鹅在任何情况下不是真鹅。一头鹅听见一个声音其实它听见的是起重机马达的声音。鹅是所有各种各样鹅的共同本质抽象。硬的喙嘴能用来开酒瓶盖。鹅停了十分钟没有变化。太阳内部没有鹅。下午，鹅走着，仿佛在行走。鹅被鹅蛋壳包裹着，和外界失去联系。最近，鹅群的风气有所好转。鹅远远召唤一头鹅过来，对它说，快回去。做鹅就是做鹅。鹅无名无姓，鹅是谁。鹅停在河中心，河不动，它也不动。打错了，电话里鹅说。鹅和鹅一样正常。电影就要开场，鹅深吸一口气，缓缓叹出。鹅没有手。一头鹅和它的副本是一次重复的分离。鹅在梦里喘气。一个鹅说，我没有听见。鹅仿佛剩下的如来佛，大势已去。鹅想一些没用的，比如禅宗的防水性能。整头鹅非常安静。鹅仿佛来到一株树的旁边。鹅站在一块石头上往下看，看不清楚水下是否有鱼在游动。草经过鹅胃和肠的消化、吸收，成为上等的有机肥料。家禽类尤其鹅肉的价格，目前在市面上比较稳定。但在家禽中，鹅算是最最暴力的种类。鹅在历史上的起义从来没有成功过。鹅的繁殖力一般。鹅是鹅，而不是我抑或鸟，这点要引起重视。鹅的用法不能太过随意。（明白，知道了。）鹅轻轻叹了一口气，很轻，轻到几乎听不见。比如，鹅。再比如，一头鹅。鹅肯定鹅是鹅。鹅肯定自身在世上而不是独立于世。在行动上，鹅无法做到独立于世。鹅在认识上以为它不在（这里）。怎么可能，而且鹅以前看着一个湖，它看到的只是湖面。鹅无法看见湖。没有机会看见，鹅没有能力看见湖面所依存的湖。一个鹅。鹅知道这点，当鹅看着帆船以及帆船上的船帆，鹅假装没有看着。两头鹅相互望着，鹅对鹅。一头鹅现在（在群芳南路上从南到北）在喝可乐。管它呢。鹅怀念它在 A 时期的生活。一个鹅简单。鹅被从一个地方移动到另一个地方，两个地方物业费都比养殖鹅场便宜。鹅来不及了，鹅没有时间。鹅往下走，沿着一个斜坡。鹅是这样的，而不是那样的。鹅停下来调出一点真气，用它把一些不好的记忆搅浑。鹅不能形容鹅。鹅追进一个梦里。鹅四处讨债。鹅在一点点消失。鹅在一个下午痛失才华。事实上，真鹅失传已久，现在的鹅通常徒有一具蛋白质肉身。鹅感觉在被什么控制（一定是这样的，一定是），鹅越来越感觉冷。鹅吃草。尽管不动，鹅吃着草叶。这增加了它是一个鹅的可能性。鹅大可不必这样。但它确实已经这样：在群芳南路的路边，在阳光下尽可能做到不动同时被看着而且样子不坏。鹅的表面在闪闪发光,在阳光下。鹅必须放弃它的表面,在深层次成为鹅。鹅竖起它的鹅掌。也没坏处,一头鹅仔细分析起来。鹅突然转身,接连打出三支飞镖。鹅被禁止修真活动。票买好了吗,一头鹅紧接着问。大势已去,鹅不慌不忙回答道。在眼见着电量只剩下不到 5% 的时候。鹅唯一的关联只可能是鹅,但鹅和鹅没有关联。鹅吐出一口鹅气。鹅知道大势已去。鹅在现实和非现实(那是什么情况)的情况(下),一律懒得飞行。鹅强行插入鹅群。没事,鹅说。有鸟个事,鹅说。鹅变小,变得油盐不进。鹅在鹅的外面,鹅不在海面上。一头鹅不会自动发生爆炸。这种概率极小。鹅通常被禁锢在概率中。对此,鹅不发表任何观点。鹅虽然是反对派,但对反对,鹅其实没多少热情。鹅只是理论上它是鹅。在实操中,鹅更多的是不在乎。例如,任何一头鹅有两只脚,这有什么好在乎,对已经是一头鹅的鹅。鹅和鹅之间没有区别,也就没有审美。鹅高、大、英俊、美,鹅没那么社会性。鹅的社会局限于几个鹅构成的鹅群。而鹅群,分工和阶级还没出现。一头鹅站在另一头鹅旁边,两头鹅的聊天了不起顶多是一种威胁,而不是命令。鹅没有权力以及能力命令鹅。鹅是自由的,至少在鹅群中是。黄昏,鹅陆续到回鹅群中。鹅群在汇集、加大。一头鹅站在中心,它努力想从鹅群中突围,可惜已经来不及了。它被周围的鹅混淆,无论移动到哪里,总有一头鹅出现在鹅群的中心。而它正好也是一头鹅。鹅按原路返回,碰见鬼。稍等,鹅说。鹅听见敲门声。有时，鹅简简单单化成一阵烟气消失不见。鹅，鹅对着另一头鹅说。另一头说仿佛接通信号说，也鹅。一头鹅走过来，冷不丁地对准鹅不停使用高斯模糊。一头鹅离家出走，另一头只好走去厨房烧水。鹅是新的。鹅现代吗？不太像。鹅有时像一种（……）。有时则不像。鹅没动。下午，鹅放弃它的投票权。鹅不了解鹅。鹅在找寻认识鹅的方法。在上交给鹅场以前，鹅对鹅蛋逐一进行打磨处理。真鹅已经从鹅修行成真。鹅穿墙来到街上。鹅抛锚了。这一头阳光很好的鹅。试着把鹅从花盆旁边移开，倒放，或端在手上。不要怀疑鹅和鹅的什么。鹅站在草地上至少。鹅至少要有一个站着的地方。鹅不能只是站着。鹅站着，这么说，让一头鹅怎么想。鹅站着，稍后，鹅展开它的鹅翅。鹅磨磨唧唧的，把自己翻译成英文，又转换成汉语，发现还是鹅。糟糕极了鹅还是天气。真鹅的另外一种特性是真鹅不会感到后悔。鹅有时减去鹅。一头鹅不知从那里飞来，停在半空不动。鹅自私。这又从哪里说起。鹅的基因染色体和土豆实在差不了多少。一头鹅走过草地，它在背乘法表。鹅为了形容鹅不惜一切代价。鹅不能用来形容鹅，这是第一鹅定理。乘法表也不能。但背诵乘法表可以让鹅避开一个可以忽略不计的节日。鹅只选取最好部分的草地并从上面走过。鹅路过一个寺庙。鹅在日记里记下了这一切。鹅总是比真鹅孤独，因为真鹅因为真而没有孤独感。鹅、鹅，鹅和鹅始终保持着一个字符的距离。安排鹅下水。牌局在继续。鹅不怕消灭。鹅掂量几下，又放回桌上。有时，鹅觉得自己是个鹅，绚丽多彩。

有时仅仅觉得自己是一种生物。粗略统计，鹅活一星期等于人活一年。鹅，如果问鹅，鹅没有答案。鹅不停变换频道。鹅折腾鹅，等于折腾自身。一头鹅和鹅都没有绝对的把握。鹅生活在亚洲。范蠡助勾践灭吴后，辞官，在太湖一带养鹅。鹅拥抱鹅，因为鹅臂的干扰难以相互拥抱。下雨了，鹅下到溪流里。鹅认为兰波对魏尔伦是真爱没错。雪在下，飘浮的雪花中夹杂着少量的鹅毛。发生什么事了吗，什么都没发生。鹅安静，所以独立。鹅对鹅说，鹅，我们走吧，反正也谈不出个卵蛋来。当时，鹅没有反对。一个鹅，它没有必要反对另一个鹅。鹅老老实实回答完所有问题后，鹅辞职了。鹅一般害怕闪电。鹅对帆船上的船帆没兴趣。鹅从暴雨中抓起一个雨滴，把它扔在桌上。鹅搀扶着鹅，把鹅从路边驱逐到马路中央。鹅不能吐出鹅，狂吐也不行。鹅基本上不会自动关闭。一头鹅认为地球是一个正立方体但那又能怎样。关于消失，鹅没有意见。鹅越走越近。秋天，鹅在田里烧秸秆。一头不说任何话的鹅不动，它被看着。它的不动被看见。它做好了静止的准备，一动没动。这让它看上去更像一个鹅。这些，鹅是知道的。虽然它不是一匹真鹅。鹅追到湖中心，赶开那2只讨厌的鸳鸯，把它们赶得远远的。有时，鹅潜入湖底，琢磨着在那儿舒服地待过六月。鹅无功而返，在大部分的时候。而涣散的老大们纷纷倒下。鹅大范围想起屈原，一发而不可收拾。下午17点27分，鹅不小心撞见庄子，被侮辱一番后，鹅心情低落。鹅力拔山兮。鹅感觉天气闷热，气有点接不上。鹅称了称体重，不到20斤。鹅返回厨房。

穿过厨房的窗户，看见工地上橘黄色的重型起重机在不断运行中，鹅感到社会始终在稀松平常地发展。鹅的闪电链魔法还没学到，等会儿，鹅就要调出存档，开始漫长且痛苦的复盘。鹅暂定。鹅只是把一支烟点燃，点燃后不抽，简简单单搁置在烟缸的边缘。1986年，一头鹅突然来到世上，它被谁吹了一口气，它成了一头鹅。一头鹅成了一头鹅在某一个突然的瞬间。鹅在壮大，之后衰弱。而突然总是非常的突然。比如瞬间（不算佛学上的概念），它又是能感知到的多少长度的时和间。它的时间量是几。一头鹅对3以上的数字没有概念。假设风平浪静的湖面上有伍佰柒拾陆头鹅，它们大约是什么样子。这套已经过时了，一头鹅对鹅说。我们还是去看电影吧，一头鹅对鹅说。鹅暂时无法憋气自尽，功夫不够。娘希匹，鹅暗暗骂了一句。不知道在骂谁。鹅休息。一头鹅在路上捡到一个钉子。鹅认为量子力学只是少部分量子在忙乎的事情。雨或刮风，鹅怎么可能关心，太阳是否照常升起。鹅破壳而出不需要经过同意。鹅不是真鹅。鹅宁缺毋滥是什么意思。鹅从没在阳光中遇见鹅自身。鹅借助鹅掌与地面产生的摩擦力推动自身行走。鹅把自然一年四季分成二十四气节，鹅通常过鹅历。这天星期二，相当于鹅历初三。不要怀疑鹅。鹅也不值得怀疑。鹅从涅槃寂静一路依次穿过虚空、六德、刹那、弹指、瞬息、须臾、渺、埃、尘、微、忽、毫毛、厘、分、个、百、百万、亿、兆、京、沟、正、载、恒河沙、那由他到达不可思议，稍后进入无量大数之境地。鹅和鹅在一起，它们主要从事谈话活动。鹅和鹅基本上没什么可谈的，都是些鹅事。鹅事都是些往事。鹅事作为往事有好和不好，鹅主要谈不好的那些。一个鹅朝一块石头悄悄靠拢。鹅叫鹅慢点。鹅慢。饲养员拎着一头鹅，鹅默认被拎着。鹅先于一头鹅存在。鹅模模糊糊看着一条龙，像鬼。在街上，鹅破天荒看见一个人，竟然是一个人。鹅清澈，也沮丧。鹅不分 A、B 在这里，在这里假使鹅 A、鹅 B 的大小、强弱、轻重明显不同，它们还是鹅。鹅一向懒散。鹅鹅不分彼此。鹅不分正反也。什么是反鹅。鹅不反对鹅。即使无论什么鹅都反对，但鹅不能反对鹅自身。鹅也不反对其它鹅。其它任何一个鹅，鹅都不反对。鹅过高预估自身的体力。鹅的丰富性来自它的不确定。一头鹅在行使一头鹅的功能。饲养员舀起一勺汤水，感觉咸淡适中，便依照鹅群的长幼辈分次序分配下去。鹅只好以同样的观点来安慰自身，即一切乃命中注定。鹅经常被一些杰出的思想洗脑，但洗完后，鹅也就忘了。就像一只被洗干净的碗，再怎么洗，它还是无法洗成一间印刷厂。鹅打算好了，这天下雨，要不不下雨。一头鹅保持稳定。一头鹅站稳脚跟。一头鹅被扛在肩上，稳稳地。没事吧，一头鹅回头看了一眼说。鹅从上游游动到下游。真鹅没有超出鹅对它的认知，这真让鹅伤感并且这么说是什么意思：有一种在快速不停输入斜体字的幻觉。鹅在一个点上，如果这个点够大。鹅瘦而不柴，肥而不腻，炖、蒸、卤皆宜。鹅看上去像一种叫鹅的鸟。鹅走进电影院。鹅，这是星期三。这是星期三的天气。鹅只要一想起古人，其中总有一个不是卢照邻就是谢灵运什么的。鹅在动物界属鸟纲以下的鸭科。鹅是一种家禽。但这里说的鹅包括但不局限于作为家禽的鹅。远远望去，远处举目无鹅。如果鹅是雨，鹅为什么不是呢。鹅不是植物。下午，鹅写了一首诗《鹅》：鹅，鹅鹅，鹅，鹅鹅鹅鹅，鹅鹅。鹅，鹅鹅。鹅如果飞在空中，它一定飞得稳稳的，因为想起来简单。鹅停着，不说鹅话。鹅倒在地上，口吐白沫。下午下雨，鹅坚持出门散步，保持这项传统。下午，鹅一直在漏水。鹅走在路上，边走边丢失。鹅笑了，说：鹅应该在英格兰。这种时候，鹅愤怒。但鹅最多也只能是这样。鹅愤怒吃着草地。不够，鹅抛弃自身（的）形象，把它拆开，索性让鸟飞去天空。11 点 03 分，出离愤怒的鹅在稍息。鹅绕道移动 2 里，回到原点。鹅回到家中，打了一通宵的算盘珠。就在去年，鹅还是兔，而这会儿六月，兔替换成鹅。异形是鹅，异形也被替换了。现在，这里（《鹅》）不会再出现兔和异形，只有鹅。除非特殊情况。兔和异形的关系统一换成鹅鹅关系。鹅＝鹅，等于关系不大，趋于零。鹅忘了发起总攻。鹅在光合作用中不起任何作用。鹅没有恨，它缺少爱意。鹅脱离树枝，掉到地上。鹅的时代感和手感一样迷糊。鹅被要求出示有关证明。鹅对民主不太讲究。鹅看着轻巧，但那只是表象。鹅吃鹅，听说过，没见过。鹅和鹅各自点燃一支。鹅走进一部电梯，反之，从电梯走出一头鹅。鹅对城市的理解是（它还没想好）。鹅必须逃离对鹅的审判。鹅站着（没有在呼吸，只是站着）。挂起一支鹅只需要一根不太结实的绳子。鹅看着鹅没有说话，通常不知道说什么。真鹅因为它已经是真鹅所以它是真鹅。鹅记性不好，总忘记它是兔。鹅不能用假装的方式联系一只帆船。鹅以穿着一件特大号病号衫时特有的语气问鹅：上路的感觉如何。怎么说呢。眼见着一个鹅越来越像一个鹅：它抽象、不安、时而暴戾，求它的极限，结果大概是一。一头鹅（一定是这样的）：隐隐约约，它抬起鹅头，一对鹅眼关着。它的鹅掌鲜红，鹅毛洁白，脖颈高高的、滚粗，而鹅翅紧紧收拢。它的鹅心现在正在往全身泵着澎湃的血液，整个胃空空荡荡，如同一个废弃的印厂。它的涣散的精神被诅咒，灵魂随意荡漾，连一点因颓唐而暂时激发出想要反击的气力也都没剩下。鹅睡不着，它决定不惜消耗真气忘掉这一切如果可以，没这可能。鹅，不一定。鹅举着一支扫把练习修行。鹅和米饭和闲着。真鹅出现在鹅群时，鹅群在睡觉。真鹅唤醒其中一头鹅，让这一头鹅带领鹅群去应许之地。这一头鹅傻乎乎望着烧着的真鹅，不知道它在指挥个什么。真鹅给了这一头鹅一根凉快的冰棍它才勉强答应试试看。这一头鹅含着冰棍水，一路驱赶鹅群，在黎明破晓之前，它们来到河边。有些鹅还处于睡眠状态不愿下河。这一头鹅说，它笼笼统统说了一些话，鹅群继续前行。傍晚时分，一名斥候便装来到鹅场，嘴上撕啃着一条孜然鹅腿。真鹅让鹅想起酵母。鹅有一种靠近归宿的感觉。一群鹅在拼老命挖战壕。鹅在发呆。鹅走、投无路，鹅来到河边，河水流淌。鹅看着简单只有两条腿两只翅膀（加在一起只有一对）和一个脑壳。不要说鹅的坏话。尽管说鹅的假话、空话，但不要是坏话。同样，不要怀疑鹅。鹅弥陀佛。论鹅在当下修真的必要性以及局限。站在鹅的立场，真鹅真的可有可无，鹅想。鹅原谅鹅。一个鹅，如果它是一个普通的鹅（这里它是普通鹅，当它仅作鹅的时候），它可以不那么复杂。鹅不是当地特产。鹅最近在变瘦，但不饿。一个鹅是鹅的影像。鹅站在河边除了承认错误，顺带什么都没做。一头鹅经常超出它的叙述范围。鹅感觉四周过于空旷，感觉无法回到以前而未来总是还没来。鹅一般从鹅蛋破壳而出。鹅最常见的烹饪方法是烟熏，或炖着吃。鹅出门游荡。鹅从风向推算，明天可能有雨。一头鹅抛锚了，停着，在路边。鹅所指不明。鹅受到强烈刺激后，三天没有睡觉。鹅深深陷入沙发中。鹅（鹅）。鹅走在空气里，与空气产生大量摩擦，鹅被空气包围、挟持同时而鹅呼吸需要空气。鹅比海近，又比1大，鹅完整。鹅的暴力倾向大部分被秋天抑制。一头累鹅，它想在一个地方稍作停留，它从没实际做到。鹅吃的食物通常是草。鹅不吃鱼，通常。鹅抬头，看着有且只有的一块的天空。鹅对西伯利亚来的尼姑满怀歉意，一路指挥她走去淮安的路线。鹅对的她同情自动升级为悲悯。鹅来到世上的生日是哪天。这天下雨，一头鹅在雨里行走。它不知道在雨里行走。它行走着，但不知道。它是一个小鹅（这简直是一个发明）。它是一个小鹅，它不知道，它在雨里大摇大摆行走。它走过雨，进入一片新雨（这也是好的）。可是当它走在新雨里，它还是意识到了危险。它赶快离开。它头也不回，离开雨。它如此害怕和雨建立关系，虽然它只是一头初生不久的小鹅。它和雨和小斩断关联，重新成为一匹纯粹的鹅。

它快迟到了。鹅忽略不计。鹅的当月流量已领取。鹅没有明确的任务，新陈代谢异常旺盛。鹅把鹅扛在肩上，该上哪儿上哪儿。鹅被捕后无所事事。鹅在等这一分钟过去，等了60秒。鹅端着一支仿真水枪。这头鹅看上去不会轻易使用气功。鹅看见一个工人扛着一把铁铲，猜测他大概正赶去与大禹汇合。鹅琢磨鹅。鹅站在窗前，看着外头火光滔天。这鹅有点咸（散文是一种什么东西）。鹅是怎么发生的，假设鹅确实已发生。在鹅眼里看见另一头鹅。鹅晴转多云，下午。鹅看了鹅一眼，说，你鹅什么。鹅吃草，这是鹅的本能而不是习惯。鹅接受品种繁多的思想教育，多多益善，在夹生的大杂烩中有时突然度过一生。雪在下，鹅没有气力。鹅飞在空中，那不是它。鹅知道，鹅鹅天生不平等。鹅说（自己对自己），我的袈裟呢？一头鹅草吃多了，吃多的草在鹅脖颈鼓囊着。鹅和风一起到来时，雨停着没动。有问题吗。鹅觉得没有问题。鹅从鹅头到掌以及掌纹观察一遍，一点问题也没有。最多也就这个问题：一个没有问题的问题。这时，鹅原以为伸开鹅翅拥抱点什么会感觉更好些。可是当鹅真的展开那对腋股（翅膀）后它又叹了一口气。鹅不担心食物以及食物价格。真鹅因为很少出现在鹅群，当真鹅显现时，鹅可能不认识（这点鸟同样适用）。一头鹅对诗这种语言形式，怎么说呢，诗意可有可无对一首诗歌。无是一种特殊的有，一头鹅对哲学的各种搞法相当失望。没有鹅说话，大势已去。鹅的眼前一片空白。鹅怎么可能乖乖交出武器呢，这年头。鹅停着（在任何地方），鹅耳孔堵塞，什么都听不见。

鹅看见一头豹子，看见豹子正看着它。一头鹅推着一个鹅走。鹅重要也不重要，这要看在什么情况。鹅曾经发誓，发了什么誓言，鹅忘了。发誓这种东西，发过也就算了。鹅不必太当真。鹅在古希腊曾经引起过暴动，这是真的。鹅昏暗无边，坐在客厅的电话机旁边。鹅（一匹鹅）在呼吸热乎乎的气体。有一头鹅在抢滩登陆的时候忘了带上头盔。鹅没有正常的情感。鹅不平静其实。鹅随时在休息，当它休息时，鹅关着鹅眼。鹅在那里，不在这里，这是真的。鹅不在任何地方。鹅争取被动，甚至静止，但还是在主动。此刻，鹅在睡觉。鹅不是鸟。鹅和鹅究竟是一种什么关系。鹅除了历史，也研究生物学。鹅听见一阵键盘敲击声，急促、熟悉、绕梁三尺。鹅对所谓的税收制度的认识仅限于鹅被转手倒卖时因价格的变动而产生的利润的非法性。鹅弥陀佛。鹅有一个徐文长式的问题，不知当讲不当讲，鹅说知无不言。鹅不清楚客厅里出了什么事，鹅走去客厅。客厅里静悄悄的，没什么事正在发生。鹅首先是破壳而出的。这事鹅不知道。一头鹅是所有鹅中的其中一头。除了它，其它所有鹅统一来自鹅蛋。鹅不愿意相信，但它只能信。否则，它太孤独。鹅把鹅头埋在鹅翅中间。鹅有理由相信，鹅比鹅蛋重要。鹅经过一个寺庙门口，它停下，停了停。停着想。但想起什么，它同时又忘掉什么。这是鹅的强项。一头鹅东想西想，它想起一把水壶。鹅一边走路，一边不在走路，总是这样。鹅可以有一种不复杂的习惯。反之，习惯让鹅不复杂。鹅饿死的概率几乎为零。比赛继续。六月，鹅不止一次知道，知道了又能怎么样的各种现状。鹅消息灵通，百发百中。鹅漫游经过一个树苗，鹅拔起它，帮它成长。鹅在船沿刻下一道划痕，潜入水底寻找大宝剑。鹅随时放松，随时想起海洋哺乳动物。后来，鹅的态度越来越任性，但那是后来的事。鹅现在在描述的不是一头鹅，是所有鹅的鹅。鹅知道这没什么好处，但也不坏，只是有些徒劳。赤道是一条线，这么说也没错。所有的鹅加起来才是鹅。一头鹅算不上鹅。在此，鹅不打算过多纠结。

图书在版编目（CIP）数据

鹅 / 张羞著 . -- 成都 : 四川文艺出版社 , 2019.10
ISBN 978-7-5411-5482-9

Ⅰ.①鹅… Ⅱ.①张… Ⅲ.①长篇小说－中国－当代
Ⅳ.① I247.5

中国版本图书馆 CIP 数据核字 (2019) 第 189639 号

E
鹅

张羞 著

选题策划	后浪出版公司
出版统筹	吴兴元
编辑统筹	朱 岳 梅天明
责任编辑	周 轶
特约编辑	陈志炜
责任校对	汪 平
装帧制造	墨白空间·黄 海
营销推广	ONEBOOK

出版发行	四川文艺出版社（成都市槐树街 2 号）
网 址	www.scwys.com
电 话	028-86259287（发行部） 028-86259303（编辑部）
传 真	028-86259306

邮购地址	成都市槐树街 2 号四川文艺出版社邮购部 610031		
印 刷	北京盛通印刷股份有限公司		
成品尺寸	130mm × 210mm	开 本	32 开
印 张	6.75	字 数	135 千字
版 次	2019 年 10 月第一版	印 次	2019 年 10 月第一次印刷
书 号	ISBN 978-7-5411-5482-9		
定 价	55.00 元